何必珍珠慰寂寥 II

戴帽子的鱼/ 著

湖南少年儿童出版社
HUNAN JUVENILE & CHILDREN'S PUBLISHING HOUSE

你若是一颗行星，
我便是守卫你的卫星。

图书在版编目（ＣＩＰ）数据

何必珍珠慰寂寥. 2 / 戴帽子的鱼著. — 长沙：湖南少年儿童出版社，2014.9
ISBN 978-7-5562-0203-4

Ⅰ．①何… Ⅱ．①戴… Ⅲ．①长篇小说－中国－当代
Ⅳ．①I247.5

中国版本图书馆CIP数据核字(2014)第100491号

何必珍珠慰寂寥 II

策划编辑：李　芳　　　　　　　　责任编辑：唐　龙
质量总监：郑　瑾　　　　　　　　特约编辑：邓　理
统筹编辑：彭朝霞　　　　　　　　装帧设计：杨　平
内文设计：刘思维　　　　　　　　封面绘制：蘑菇君

出版人：胡　坚
出版发行：湖南少年儿童出版社
社址：湖南省长沙市晚报大道89号　　　　邮编：410016
电话：0731-82196340（销售部）　　　　82196313（总编室）
传真：0731-82199308（销售部）　　　　82196330（综合管理部）
常年法律顾问：北京市长安律师事务所长沙分所　　　张晓军律师

经销：新华书店　印刷：湖南天闻新华印务有限公司
印张：15.5　　　字数：310千字
开本：710 mm×1000 mm　1/16
版次：2014年9月第1版
印次：2014年9月第1次印刷
定价：25.00元

目录 Contents

第一章：告别

这一次愿你能够一生一世。

01 你想怎么闹这场婚礼

这是赵珍珠生平参加的第二场婚礼。

她还记得自己第一次参加的那场婚礼是邱珊珊与李多乐喜结连理。那时，新郎李多乐找到巧克力工匠，为贪吃的新娘邱珊珊准备了一个可以吃的婚礼，舞台、麦克风、桌子和凳子都是用巧克力做成的，感动得现场所有女生全部流泪。

嫁人当嫁李多乐，几乎成为全场女生的共识。

唯有赵珍珠曾坚定不移地相信，她此生只愿嫁给周青盟。只要能够和他在一起，无论受多大的伤害，无论有多深的痛苦，她都愿意承受。

可现在，她却是来参加他的婚礼。

她并未受到周青盟的邀请，一封请柬却莫名其妙出现在她住址处的信箱里，不知道是谁寄来的："恭请光临新郎周青盟先生与新娘凉美小姐大婚喜宴。"

胡珀开着出租车载着赵珍珠去参加婚礼。他已经习惯了出租车司机的生活，从早到晚穿梭在城市的繁华与荒凉之中，与无数人相遇和告别。宁静、重复的生活让他的脸上早早褪去了年轻与张狂，慢慢只剩下疲惫与忍耐。

路上，他一直在绕圈，他深知这个时候哪里最拥堵。若不是一直靠着车窗，两眼无神望着窗外的赵珍珠忽而出声道："别绕了，我不想错过他的婚礼。"恐怕胡珀会将这短短的路程绕成永远无法抵达的距离。

说完，赵珍珠的眼眶微红，脸色更加苍白。这一年来，她的头发长长了，遮住了左耳下方的海星文身，仿佛又变回了她与周青盟初恋时的模样。

胡珀无言，只能依言载着她去陆城东边的高塔酒店。

高塔酒店大堂里摆放着周青盟与凉美的巨幅婚纱照。他们在海边相拥，婚纱的长裙摆被海水浸湿。赵珍珠站在婚纱照前发了一会儿呆，她注意到婚纱照海报的角落里生长着抱团的蓝色小花，这是夏城独有的夏花。夏城是以前她和周青盟和好如初的地方。

"我想在你的心上种满漂亮的花朵，那样你就不会再轻易悲观。"誓言犹在耳边，如今的她却只是一个落寞的旁观者。

胡珀掰响手指关节，仿佛被注满愤怒的气球，低吼着："珍珠，今天你想怎么闹，我一定奉陪到底。"

他们俩是过命的交情。她为他挨了一刀，他也帮她受了一刀。当她离开周青盟，当邵曦晨离开他，他们俩就像是全世界仅剩的两个人类，在无尽的孤独里依偎取暖，像野兽一样互相舔着伤口。

赵珍珠深吸一口气，看着胡珀一副怒发冲冠随时准备搏命的样子，摇了摇头："电梯到了，我们上去吧。"

她快走几步，挤进正要合上门的电梯，多亏电梯里戴着飞行员式墨镜的男人及时摁住开门的按钮。

"谢谢。"她伸出手正要摁下顶层的按钮，却发现这层的按钮是亮的，"你也是去参加婚礼的吗？"如果是凉美请来的宾客，她想旁敲侧击问问她的情况。因为到目前为止，她对新娘的情况一无所知。

男子用鼻音"嗯"了一声，微抿的嘴角微微下垂，似乎提到这件事便有些不满。

胡珀这时也已经走进了电梯，还在继续蛊惑赵珍珠大闹婚礼："珍珠，要不，我待会儿冲上台痛揍周青盟一顿？还是，我把酒泼到这对狗男女的脸上？"

赵珍珠不知陌生男人是敌是友，毕竟他也是宾客之一，她尴尬地咳嗽一声，示意胡珀停止高谈阔论，这里毕竟有外人在。

胡珀正在气头上，见她从收到婚礼请柬开始，就是这样一副凡事忍耐的样子，更加心疼她受了委屈，嗓音猛然提高："珍珠！你怕什么！有什么事我帮你顶着！你只管闹，只管发泄！难道说，你真心祝他们百年好合，白头到老？"他的眼神锁定她，她却时不时不安地瞟一眼事不关己高高挂起的墨镜男。这时，激动不已的胡珀也察觉到自己不该在外人面前说这些，便狠狠地瞪了那男人一眼，警告他不准多言。

男人接收到胡珀凶狠的眼神，无所谓地扬起嘴角奇怪的笑容。

"叮！"顶层到了。

男人信步走出电梯，踏出第一步时蓦然回头，对胡珀丢下一句令人回味不已的话："我支持你在电梯里的提议。"

胡珀眼睛一亮，嘿嘿冷笑，与赵珍珠并肩走向"战场"："看吧，原来不满的人这么多，这场婚礼注定没有好结果。"

"胡珀，你不要闹了。"她的语气里已带有一点哀求的意思。

顶层宾客云集，她的视线直抵站在门口迎宾的周青盟。刹那间，所有人都变成黑白色，只有他仍是彩色的，鲜亮地活在她的世界里。

过去一年，她曾费尽心思忘记他，对他避而不见，对他不闻不问。可此时此刻，她才发现，一切都是徒劳的。刻意的遗忘只会让记忆更加深刻。

她屏住呼吸打量他当新郎的模样，他比以前胖多了，眉眼间写满温柔和幸福。

这与他们最后相见时截然不同，那时的他瘦得像个幽灵，拦住在超市购物的她，甚至在她面前跪下。她尖叫着让他滚，用周围可以拿到的一切商品疯狂地砸向他。他没有躲，就算一个沉重的酸黄瓜罐头砸中他的额角，他也仍然抬着头极其卑微地望着她，祈求她的原谅："珍珠，我不能没有你。"

"先生，请先起来。"闻讯而来的保安竟然拉不起看似瘦弱的他。

"小姐，请冷静。"五大三粗的保安也拦不住发狂的她。

他们如有深仇大恨般对峙着，直到胡珀从停车场跑上来，一脚踹倒周青盟，再硬生生地把赵珍珠拉走。

从那之后，时间拖沓着走过一年。

她逼自己喝水，吃饭，睡觉，读书，散步，终于稍有生机，以为自己算是坚强，恢复得也算迅速。却没想到，他早已开始了新的生活。当初那一句差点撬动她心的"我不能没有你"真是个天大的笑话。他哪里是无水之鱼、无根之萍、无家之人？他分明过得万事如意。

倒是她，把这场爱想得太过伟大，被眼前的现实狠狠地扇了一个巴掌，痛得眼冒金星，喉头吞血。

02 一千三百一十四元

过往的爱情在脑海中轰隆隆被碾碎成渣。赵珍珠头痛欲裂，蹒跚着退了一步，在心中嘲讽自己到底来干什么。

是想看看他是真的结婚了吗？还是以为他在使用激将法？是想证明自己很大

度，已经走出过去的阴影，还是怀着恶意来看看新娘到底是谁？

现在，她才发现自己什么都不想干，她只是想来看看他。看看他过得好不好。过得好，她会难过；过得不好，她也会难过。

周青盟正殷勤有礼地给前来贺喜的宾客发烟和喜糖，时不时和新娘柔声细语交谈几句，眼神如琉璃般剔透，如温泉般温暖，看上去哪有一丝将就？就好像他娶的正是已有的人生里最梦寐以求的女人。

"他要是一副萎靡不振的样子也就算了，啧啧，居然还活得有声有色。"胡珀看得两眼直冒火光。

他正要大步上前大闹一场，赵珍珠却比他更快地走上前，走到周青盟面前，怀着复杂的感情简单地道出两个字："恭喜。"

周青盟一愣，望向凉美，就好像他不认识赵珍珠，在询问凉美认不认识。凉美也是一愣，但马上又露出甜美的笑容，伶俐地递上一盒心形喜糖："谢谢你来参加我们的婚礼。"

平心而论，凉美不美，五官平淡，且难掩脸上的雀斑，不过圆脸上的笑容却无懈可击，幸福得惹人嫉妒。

"珍珠！冷静！我稍后向你解释。"赵珍珠这时才看到站在周青盟身后如临大敌的李多乐。李多乐压根儿就没想到消失这么久的她会主动出现，脸上闪过一丝懊恼，好像不愿意在此时此刻此地看到她一样。

周青盟隐约听到李多乐压低的声音，疑惑地看了他们一眼："多乐，你的朋友？"

"不用了，我没兴趣。我马上就走。"这一年，赵珍珠也一直避开李多乐，因为他作为周青盟的好友，一直在帮他求情。

赵珍珠接过喜糖，摸出早已准备好的红包，里面有一千三百一十四元，寓意一生一世。凉美道了声谢，准备接过来。赵珍珠却避开她的手，执意递到周青盟面前。

周青盟脸色一僵，显然不高兴她不给新娘面子。但今天是他们的大喜之日，他只能含笑接过来，手指的触感告诉他这算是个丰厚的红包。

他的眼里划过一丝不解，望着已经转身离去的赵珍珠，连谢谢也忘了说，几乎哑口无言。他低头打量这个红包，右下角写着一句"这一次望你能够一生一世"，墨黑的字迹淡淡晕开，似被水浸湿过，落款是"赵珍珠"。看到这三个字，他的呼吸忽而一乱，他的身体有反应，大脑却仍是一片空白。

"青盟。她是？"凉美靠近周青盟，听到他急促的呼吸声，不知为何觉得有些不安，直觉告诉她因为这个女人的出现，她的婚礼危若累卵。

"你们俩小心。该死。保安去哪儿了！我不是说过严禁媒体进场的吗？"李多乐打断两人的交谈，因为他已认出人群中多了一张记者的面孔。由于游戏公司常和媒体合作宣传，他与许多记者都打过照面。

凉美闻声一惊，上前一步，娇小的她第一反应竟然是把周青盟护在身后。

记者正在采访一位长发披肩的年轻女子："请问您是哪方的亲友？对这场婚礼有什么看法？"

"啊，你是要采访我吗？"女子激动地用手梳了梳头发，"我是小美的高中同学，我挺羡慕她的，没想到她能够找到这么优秀的老公，听说她老公白手起家赚了不少钱，而且人要是瘦下来肯定很帅。我现在只想抢到新娘的捧花，沾沾小美的运气！"

"哦？"记者诡异地一笑，"请问您知道新郎是凉美小姐工作的精神疗养院的病人吗？"

"什么！"女子捂住嘴，显然是难以置信，随即又释然，"我就说嘛，小美这么普通，怎么会这么好运？"接着马上拿出手机，"啪啪啪"，一下子就把这个劲爆的消息传遍了认识的人。

凉美身边的伴娘为难地看着手机上的新消息，犹豫着把手机递给她。

高中同学的微信群里赫然炸开了锅，在婚礼现场的人和有事不能来的人都在热烈讨论凉美怎么嫁给了一个精神病人。

周青盟察觉凉美看过手机后笑容变得不太自然，就关切地看向她，握着她的手加大了力度。"我没事。"她莞尔一笑，示意他不用担心，然后依然高高兴兴地迎接宾客，丝毫不顾某些人幸灾乐祸的目光。

她穿着累人的高跟鞋和紧身婚纱，坚持挺直背，装出一副无所畏惧的姿态。

谁都没有注意到人群中那个戴墨镜的男人，嘴角勾出一抹痛快的笑容。记者越过人群与他对望一眼，他不着痕迹地点点头，双手插在口袋里，坦然地看着即将开场的闹剧。

李多乐正欲把记者赶出去，没料到一直在捕捉婚礼细节、拍摄宾客的婚庆公司摄像师，突然把镜头转向他们这一方，没想到他竟然也是混进来的媒体工作人员。记者挤到凉美面前，举起话筒，问："凉美小姐，我是'陆城在线'的网站记者林东，你们的爱情故事非常感人。请问，当别人对精神病患者避之唯恐不及，害怕他暴起伤人的时候，为什么您却毅然决定嫁给他？是为了他在天堂游戏公司的股份，还是您在精神疗养院当护士照顾他时，真心爱上了他？"

"我当然是真心的……"凉美从未在镜头前被采访过，立刻着急地表明心意，接着就不知道该说什么了，急得直冒汗，只能紧紧地抓着周青盟的手，不停地重复这一句话。

李多乐马上出声提醒她："不要理他们，无论你说什么，他们都会剪成自己想要的效果。"

记者含笑道："李多乐先生，据我了解到的消息，约一年前，周青盟先生主动把所持有的公司股份无偿转让给公司合伙人，也就是您。但是他患病入院之后，您又主动把所有的股份无条件归还给他。您对待朋友的做法非常让人敬佩，能请您谈谈对这场婚礼的看法吗？"

李多乐绷着脸，伸手把话筒推向一边："无可奉告！这里不欢迎你们，请你们马上离开！"

记者顺势把话筒递向周青盟："周青盟先生，听说您失去了部分记忆，这对您的工作有影响吗？还有，虽然您已痊愈出院，但您会担心您可能反复发作的病情威胁到您的婚姻吗？"

截至目前一切顺利，记者已经在心里喜滋滋地想好了标题——《贴身护士毅然下嫁多金精神病患者，为情为财扑朔迷离》。

03 爱你至深却已缘尽

此时，正欲离开的赵珍珠身形一滞，完全蒙了。

她以为周青盟刚刚表现出的陌生是故意针对她的，她以为他是故意装作不认识她的，却没有想到他是真的不认识她了。她真的不知道，他曾病重得住进了精神疗养院。

因为自己的病情，周青盟一直自卑，甚至拒绝过凉美的求婚，可是在凉美的悉心照顾下，他一天天好了起来，妄想自己可以过正常的生活。可是，记者的话残酷地击碎了他的幻想。他在镜头前惊慌失措，仿佛无处遁形。

赵珍珠不由自主地转身，冲到记者面前，挡在周青盟面前，悲愤地吼出："够了。他好不容易才痊愈，你们还想逼疯他吗？"这一切，完全是出于本能。当她发现记者兴奋的目光，当她发现话筒已经递到自己面前，被记者问道："这位小姐，请问您是什么人？为什么要袒护新郎？难道……"她才猛然清醒过来，心里充满了苦涩的滋味。

她竟然在帮他捍卫他和别的女人的婚礼吗？

这时，一直蓄势待发的胡珀冲过来拦住喋喋不休的记者，甚至作势要砸烂摄像机，同时吼道："珍珠，快跑。"

与此同时，婚礼现场变得一片混乱，不少围观的人看得津津有味，纷纷拿出手机拍摄视频。胡珀的话提醒了赵珍珠，她慌不择路地朝电梯的方向逃窜。

记者仍跟在身后大声喊："这位小姐，您清楚周先生患病的内情吗？据传，他是因为受到情伤才患上重度抑郁症的，甚至还常常出现幻象和自残行为。医生必须把他绑在床上，注射大剂量的镇静剂才能制止他自残。"

赵珍珠紧张地看着电梯不断上升的数字，不停地摁着电梯按钮。

"叮。"电梯门打开。

她正要进去，那个戴墨镜的男人再度出现，适时地长腿一迈，挡在门口，意犹未尽地说："何必走呢？来的时候，你和你的朋友不还信誓旦旦地要大闹婚礼吗？现在机会来了，难道你要当缩头乌龟？"

他的阻拦为记者的采访争取到宝贵的时间，记者缠着胡珀，摄像师疾跑过来拍摄赵珍珠。摄像师因为跑得太急，刹不住脚，镜头直接撞向赵珍珠。

赵珍珠捂着头的指缝间流出鲜红的血。墨镜男扶住她摇摇欲坠的身子，她这么瘦，几乎只剩下骨头，硌得他手疼。他不由得把声音放轻："你还好吗？"

顺着脸颊流下来的血流进赵珍珠的眼睛里，她看到的世界一片血红。她本来就虚弱，经这一撞，更觉得自己轻飘飘的，好像要飞走了。

男人看她的脸色如此糟糕，回头瞪了一眼莽撞的摄像师，虽然他戴着墨镜，不想让人看清他的脸，摄像师也看不到他凶神恶煞的眼神，却还是止不住打了个冷战，怯怯地道歉："方先生，对不起。"

方先生？几欲昏迷的赵珍珠听到摄像师好像与他相识，想到这一切闹剧可能都和他有关，勉强支起身子，追问不停："你是谁？你有何居心？看到一切乱成这样，你满意了吗？"她咬牙切齿地把所有的怒气都撒向这个不认识的男人，最终软绵绵地晕了过去。

"素材够了，让林东带回去，再让他编辑好发到网上。"墨镜男望了一眼不远处被胡珀缠住的记者林东，对正在擦拭摄像机上的血迹的摄像师吩咐道，然后横抱起昏迷的赵珍珠，走进电梯里，离开了喧嚣的顶层。

离开时，他在酒店前台留言，若有人问起参加顶层婚礼的那个瘦瘦的白白的女孩，请到附近的陆城中心医院找她。

来到医院，他明显讨厌这股气味，一路屏着呼吸，实在憋不住了才小心地呼吸一口，继续皱眉向前狂冲，径直撞开外科主任的办公室。

外科主任是位经验老到的老医生，姓宁，名望极高，平日里已极少亲自坐诊了。看到有人莽撞地抱着病患冲进来，他眉头一皱。但在看清楚来人是谁之后，立刻变得满脸慈爱："蓝调，你这臭小子，急什么急？回国了也不常来看看我，你小时候，我白照顾你了。"再看到赵珍珠头上的伤口，他担忧地看向戴着墨镜的方蓝调。

方蓝调知道他在想什么，小心地把赵珍珠放在治疗床上："宁叔，放心，不是我弄的。就算我遗传了那个人的暴力因子，我也有足够的自制力不沦为他那种人。所以，别用那种怀疑的眼神看我。"说完，他有些愧疚地看着受伤的赵珍珠。如果不是他拦在电梯口，也许她就不会被撞伤。他恨这场婚礼，但不包括她，毕竟她也是这场婚礼的受害者，从今天的情况判断，她好像是新郎的前女友。

药水一碰到伤口，赵珍珠就吃疼醒来，茫然地看着面前和蔼的老医生。

方蓝调见她醒来，脸上的担心迅速褪去，他又恢复成冷冷的样子，房间里的温度似乎骤降了好几度。他不欲多作停留，对宁医生点点头，朝门口走去。

"你！站住！"阻拦他的声音很微弱，却有一股不容忽视的坚持。

他没有回头，脚步也没有停下，直到听到身后椅子和人一起摔到地上的声音，他才脚步一顿，有些怜悯地回头看着地上狼狈的赵珍珠。

"有何贵干？"

赵珍珠觉得头有千斤重，但仍努力地抬起来，问："是你找记者来的？我警告你！不准播出来！否则我在医院里也要告他们！"

"咳咳。"她抹了抹嘴角溢出来的血，半张脸都是血红血红的，像个恐怖的女妖，"我告诉你，我尽管身体不怎么好，可告起来也会让他们吃不了兜着走！"

这样直白的威胁，让正要扶她的宁医生顿生犹豫。

方蓝调一步一步走到赵珍珠面前蹲下，近距离看着她。她的眼神狠得让他呼吸一滞，这个不堪一击的女孩居然让他产生一股敬畏之情。再联想到她的身份，他笑着摇摇头，冷漠地讽刺她："如果我没猜错，新郎是你的前男友？"

"与你无关。"赵珍珠倔强的样子让方蓝调的心里涌起莫名的情绪。他伸手拿起了一块纱布，细细地帮她擦净脸上的血，露出了一张清秀的面庞。他故意提醒她："可是，他忘了你。"

"他忘了我，我自然也会忘了他。"她的眼眶蓦然潮湿，却不肯掉眼泪，声音嘶哑地继续说，"但我不会让人伤害他。"

真是个疯子加蠢货！因为她太疯太蠢，他竟然有点生气，扔掉染了血渍的纱布，站起身，粗暴地把椅子扶正，再动作轻柔地扶起她。

她推开他的手，自己扶着椅子艰难地坐上去，气喘吁吁："如何？你同意这笔交易吗？"

方蓝调盯着她执着的脸沉吟半晌，而后示意宁医生继续帮她包扎伤口，同时在她面前拨电话给自己的秘书："董秘书，联系'陆城在线'的新闻部主任，让他不要发布林东今日采访的婚礼视频。作为交换，我们会增加在该网站的广告投放量。"

挂断电话，他对她说："你赢了。但我要告诉你，就算你要告记者，他们赔不起我也赔得起！"此时，他眼眸一转，像是想起什么，一字一字地强调："你记清楚，我退步，不是因为你的威胁。"

看到事情解决了，赵珍珠瞬间放松不少，但心里的疑惑也争先恐后浮出来。看他打电话的样子，应该不是"陆城在线"的记者，既然不是记者，不是想吸引眼球，也不是想提高点击率，那他到底是谁？又为什么要破坏别人的婚礼？

她问，他却不答。他不必向她解释自己的所作所为。他在她猜疑的目光中转身离开。

宁医生吩咐护士进来给赵珍珠安排一张病床，留院观察几天。

走出医院的方蓝调摸出口袋里鼓鼓的红包，如同握着一块灼热的火炭，这本来是他要送给新娘的红包。红包上写着一行字——爱你至深却已缘尽。

就算他大闹婚礼，她也还是嫁给了别的男人啊。

04 这也许是最好的结局

胡珀费了一番工夫才查到赵珍珠被人送到陆城中心医院，找到她时，她已经睡着了。

他尽量轻手轻脚免得吵醒她，看了看病房的环境，这间单人病房就像配套齐全的宾馆套房一样，电视、冰箱、游戏机什么都有，而且特别大，比一般的四人病房还要大。重要的是空气流通，没有一点医院的药水味，反而传来窗外花园里花朵的阵阵清香。

赵珍珠睡得不沉，梦里还是身处一团糟的婚礼现场，没多久就醒了过来。一睁眼就看到胡珀鼻青脸肿的样子，有点好笑，笑了笑又觉得心酸。

今天，久未动手的他为了她再次发飙，打完记者打宾客，去抢周围拍视频的人的手机，逼他们删掉。

"对不起，我没听你的话，把婚礼闹得一塌糊涂。"他起先是替赵珍珠仇恨周青盟的，却没想到周青萌生了这么严重的病。

他非常清楚地知道，折磨是相互的。

"婚礼有继续进行吗？"

"后来警察来了，要带许多人回去做笔录。新娘子，叫凉美还是凉丑的，站出来说麻烦给她一刻钟的时间，马上就到正午了，她还是想将婚礼举行完。对了，今天场面太混乱，你没见到晓泉吧？他是花童，在他献花的时候，主持人让他说几句祝福的话，他把花丢到地上，说'刚刚我听到珍珠姐姐的名字了，她肯定是回来找我哥哥的。等我哥哥想起了珍珠姐姐，肯定会和她在一起的'。然后……"胡珀担心地看了赵珍珠一眼，继续说，"然后周青盟扇了晓泉一巴掌。周爸周妈也开始在台上安慰姓凉的，我看他们以前很喜欢你，不过因为周青盟住院的事，好像对你有点不满，现在对姓凉的比当初对你还要好。今天这么乱，姓凉的好像一点都不在意，仍继续完成了仪式。"

他说完，本以为赵珍珠会流泪，却没想到她一脸平静。

"她是个好女孩，我有点明白周青盟为什么会娶她了。"她闭上眼，语气中透着深深的疲惫，呢喃着，"这也许是最好的结局。"

胡珀有点不忍心让她面对接下来的局面，但李多乐就在门外等着，看上去没什么好事："李多乐想见你。"

赵珍珠睁开眼睛，说："让他进来吧。我想知道，这一年，我到底错过了什么。"

李多乐走进来先说了一句对不起："对不起，许愿。对不起，赵珍珠。"

经他提醒，赵珍珠才想起自己原来有两个身份，而这两个身份都和周青盟相爱过。

十八岁时，名叫赵珍珠的她为了换取母亲林丹袭的治疗诊金，凭着与母亲相似的一张脸，毅然投入母亲初恋情人许南望的怀抱。许南望让她改名为许愿，送她进陆鸣大学读书，还没来得及发生什么他就在当夜匆匆离开。她安然无恙度过了一年。这一年，虽然背负秘密，可她仍无可救药地爱上大学同学周青盟。她害怕许南望随时回来履行当初约定的事，可没等到许南望，却等来了许南望的儿子许渊。许渊挟着盛怒找上门，他用她和他父亲的事情逼她主动离开周青盟。而最后，胡珀报了警，许渊和许南望因为做非法生意落入狱中。

胡珀鼓励她重新做回赵珍珠，对外宣称许愿已去美国。她大胆地听从了他的建议，以全新的身份重新接近周青盟。然而周青盟对着神似许愿却名叫赵珍珠的她全无好感，他一边忍受着思念的折磨，一边把对许愿的怒气都发泄到她的身上，可同时又无法不被她吸引。这样复杂的情绪逼得他精神濒临崩溃，在邱珊珊的婚礼上，赵珍珠发现他在吃抗抑郁的紫色药丸。为了解开他的心结，她重新化身许愿出现，说清楚两人之间再也不可能在一起，她此次离开将再也不会出现在他的生命里。暴怒的周青盟将她禁锢在湖边的小木屋里，幸好胡珀把她救了出来。她再次做回赵珍珠，对在木屋里发生的事绝口不提，并带周青盟去夏城疗养。当周青盟被在夏城发生的一切所感动，决定彻底忘记许愿，和赵珍珠好好在一起时，却发现她怀孕了。而赵珍珠无法向周青盟解释这个孩子是她以许愿的身份和他在小木屋时有的，导致他为了和身为赵珍珠的她好好在一起，瞒着她伤害了这个来历不明的孩子。

正是这个永远失去了的孩子，让无论身份是许愿还是赵珍珠的她都无法再和周青盟在一起。

如今，她已经二十二岁了，正值普通女孩大学毕业、准备雄心勃勃步入社会的年纪，她却仿佛看透了余生漫无边际的荒凉。

病房里，李多乐甚至不敢看赵珍珠的眼睛，他避开她的眼神，斟酌着字句，因而说得很缓慢，让每个字都像一把刀，缓缓地插入她的心脏："你还记得你们刚分开的时候吗？青盟得知你原来就是许愿，每天都来乞求你原谅，却总是被你赶走或是被胡珀揍昏。后来，他再也没来找你，不是因为他死心了，而是因为他的病情加重了。你知道他一直在遵医嘱服用抗抑郁药物。可后来，这些都没用了，他开始出现幻觉，记忆开始混乱。有时候他以为他仍在大学里和许愿谈恋爱，有时候他又以为他从来没有做出过伤害孩子的事，开心地哄着洋娃娃。你没有看过他抱着洋娃娃哼歌的样子，连我都躲到洗手间里去哭。所以，我只能把他送进精神疗养院。"

说到这里，李多乐已经哽咽："你知道吗？他难得有清醒的时候，一直问我，许愿来了吗？赵珍珠来了吗？他很渴望你能去看看他。医生也说过，他这是心病，只要你能去看看他，他治愈的希望就大多了，难度也减轻了。可是，你对我和他都避如蛇蝎，所以青盟只能在一天天的等待中奄奄一息。如果不是凉美尽职尽责地照顾他，我想，他也许早就抑郁而终了吧。不管怎么说，他现在终于好起来了，即使他失去了关于你的全部记忆。凉美虽然从未见过你，但一直知道你的存在，平凡的她从来没有恋爱过，因此很震惊青盟在艰难的治疗期间所体现出来的对你的深爱。她问我，被这样一个男人失去理智地爱着是什么样的感觉。是我建议她尝试一下的。"

李多乐挺直腰杆，甘愿成为一个箭靶："所以，你如果要怪就怪我吧。我从你是许愿开始就认识你，你是赵珍珠的时候我也支持你。可现在，我认为凉美比你更适合青盟。"

然后，李多乐的声音陡然一低："还有，我希望你能接受我的道歉。因为你今天忽然出现，让我无法对青盟解释你是谁，和他有什么关系。所以，我只能撒谎了。撒过这么多谎的你，想必能够理解有些时候，说谎才是更合适的选择。我希望你记住我撒的谎，一个字也不要错，从今以后这就是真相。你听好了！今天，青盟问我知不知道谁是赵珍珠时，我半真半假地告诉他，你原名许愿，是我们的大学同学，是他的初恋，但经不起金钱的诱惑离开了他。当他一手创办的天堂游戏大获成功，你又以赵珍珠的身份接近他，应聘到我们公司。结果，你只是为了窃取商业机密，并且差点骗走他所有的股份，他得知真相后备受打击，一蹶不振，病情反复。"

说完，李多乐吐出一口气："对了，珊珊很想你，可是这一年，你躲着所有和青盟有关的人。以后有空多来看看珊珊，她刚查出有了身孕，有时很多愁善感，特别想见你。我说完了，先走了。"他转身，差点吓得跌倒。刚刚说话的时候，谁也没注意到周青盟像只猫一样，已悄无声息地溜进病房里。

李多乐勉强站稳，紧张地问："你什么时候来的?"

"刚到一会儿，听见你说珊珊很想她。多乐，你可要注意珊珊啊，她很单纯，别像我一样被骗了。"周青盟的脸上，又浮现出当年他把对许愿的怒气撒向赵珍珠时一模一样的表情。

那是彻底的厌恶，甚至更胜当初几分。

胡珀受不了李多乐和周青盟一直给赵珍珠泼脏水，喝问："你想干什么? 说真的，到底是谁该兴师问罪！"

赵珍珠厉声打断胡珀，紧接着声音一虚，问："周青盟，你想干什么?"

"我只是觉得我有必要和赵小姐把话说清楚。"

"呵。"赵珍珠苦笑一声，赵小姐? 这恐怕是他对她最伤人的称呼吧。

然而伤人的人还不自觉，继续侃侃而谈："我不明白当初我怎么会那么愚蠢，竟然因为你而患上重度抑郁症。但是，现在我已经开始了新的生活，希望你不要再自作多情地出现在我和凉美的面前。"

赵珍珠被单下的手握成拳头，拼命挤出一丝力气回答他："我懂了，现在请你和李多乐一起出去！"

周青盟没有丝毫留恋，转身就走。李多乐看了她一眼，也扭头跟了上去。胡珀重重地捶了下墙壁，而赵珍珠则闭上眼睛，再也无法入眠。

05 而她该何去何从

尽管始作俑者"陆城在线"没有发布婚礼的采访视频，但当时还是有不少人用手机拍下了现场的情况，胡珀不可能找到所有人逼他们删掉。所以目前这段视频已经像病毒一样在网络上蔓延开了。

赵珍珠对这种为了点击率就肆无忌惮地曝光他人痛苦的行为毫无好感。她怀疑这一切可能仍和那个戴墨镜的男人有关，提起他脸色就难看。

"难道真的是蓝调把你给打了？"宁医生对这个问题显得非常紧张。

"蓝调？"

"方蓝调啊！送你来医院的人！难道你不认识他？"

"我不认识他，我们是在一个婚礼现场遇见的。我被摄像机砸到了头，他把我送来医院的。"

"那我就放心了。不过，你这孩子怎么一点都不知道感恩呢？归根究底，是蓝调救了你。而且，他还让我帮你安排了高级单人病房，每天都输最好的营养液，护士每天送来的饭菜也不是食堂的，而是由高级餐厅专门配送的。"当然，他没提自己也是这家医院炙手可热的名医，多少达官贵人想要预约他亲自出手，他却应方蓝调的要求整日围着这个小姑娘转。

赵珍珠是第一次听到方蓝调的全名，她狠狠地记住了，接下来又问自己什么时候能够出院。

宁医生已经听烦了这个问题，拗不过她，今天终于摇头叹气地签了出院通知书。胡珀昨日跑的晚班，大约是睡得太沉了，到现在还没来。赵珍珠正准备去办理出院手续时，护士领来一位不速之客。"赵珍珠，你有访客！"护士离开，留下身后一个提着果篮的娇小女子。

赵珍珠没有想到，刚刚新婚，凉美不去度蜜月，反而来医院找她。她一年没出现，周青盟和他身边的人一个接一个急着找她，不过目的却与当初相去甚远。

"有什么事？"她的语气十分冷淡，多说无益。

而凉美盯着她似是发呆，竟然好久都没有回过神来。

"没事的话我走了。"她侧身经过凉美，忽然被她抓住了手臂。

"你就是赵珍珠吧？"凉美小心翼翼地问道。

赵珍珠点头。凉美松手，竟微微笑了："我一直很想看看被青盟深爱着的女孩长什么模样。直到昨晚多乐跟青盟解释你是谁的时候，我才知道，我一直在寻找的你，原来已经出现了。我还担心你收到请柬，不会出现呢。"

赵珍珠终于侧目："是你给我寄的请柬？你怎么知道我家地址的？是向我示威吗？"

凉美还是习惯性地保持着盈盈笑意。因为不漂亮，所以她从小就很爱笑，努力博取别人的好感。"我缠着多乐告诉我的。我知道你是青盟生命中很重要又或许是最重要的一个女人。我想弄清楚你的态度。"

"我的态度又有什么关系。反正他现在已经不记得了。你今天还来找我做什么？"

"我想和你谈谈。"凉美毫不掩饰自己打量的目光，而赵珍珠却无法生出一丝怒意，因为对方的目光里充满善意，以及一丝掩不住的羡慕。

"谈什么？难道李多乐没有跟你说清楚吗？我不过是为了窃取游戏公司的内部资料才和周青盟在一起的女骗子！"

凉美坚决地摇摇头："我知道事情的真相不是这样的，肯定比多乐所说的要曲折动人一百倍。还有，别忘了，我是青盟的护士，当你看过他发病的样子，你就会知道普通的爱并不足以逼他至此。"她从背着的单肩信封包里拿出一本厚厚的日记本，赵珍珠十分轻易地就辨认出封面的字迹属于周青盟。"我亲眼见过无数次青盟念着你的名字不停地撞墙，仿佛唯有肉体上的痛苦才能缓解精神上的折磨。我们尝试过很多方法，药物、催眠、电击等等。他的大脑在长期的痛苦中自动选择把你遗忘来进行自我保护，可是他一直在与这种遗忘进行斗争。他每天都写日记，而我们也与家属达成治疗协议，每天都把他写的东西收走。他找不到自己记录的东西，甚至还藏匿了剃须刀片，在自己的身上刻字。幸亏巡房医生及时发现，他的手臂上至今还有一个'走'字，其实应该是未写完的'赵'字。"凉美回忆着过去眼含泪光，她亲眼看着周青盟一步步变成人不像人鬼不像鬼的样子。

赵珍珠颤抖着翻开日记本的第一页，一行潦草的字映入她的眼帘："她是赵珍珠，我不能忘记她，因为我爱她。"

一年里，赵珍珠从未哭过。准确地说，她连哭泣的力气都没有了，长期如同行尸走肉般发呆与沉默，就连动一下手指也觉得疲惫。这一刻，她终于哭出声来，哭得十分响亮，透过隔音极好的墙壁，连隔壁病房的人也跑来看是不是出了什么事。

她蹲在原地孤立无援，凉美就蹲下来轻轻抱住她。

凉美递给她一个红色的小本本，这是他们的结婚证："如果你难过，可以把它撕掉。青盟也许一辈子都想不起你，也许明天就会想起你，就算只有亿万分之一的可能，对我来说都是一场浩劫。所以我把决定权交给你。"

赵珍珠翻开红本本看到周青盟微圆的脸，平安喜乐直抵他的眼眸深处。她再抬头看凉美，凉美紧张地屏住了呼吸，牵强地笑着，做好了接受任何一种可能的准备。

"你为什么要这么做？"

"我从小不漂亮、不聪明，家境也不好，对幸福更不敢有奢望。我一直以为我的人生会是经三姑六婆介绍一个过得去的男人过一辈子。可没想到我竟然遇见了青盟！这是我这辈子遇到的最不可思议的好事。而你的存在是我和青盟的婚姻最大的变数。我不想一直处于患得患失的恐惧之中，所以我宁愿直接面对它。"

"如果我说我被他打动了呢？"

"那么，我不介意跪下来求你。"凉美微微屈膝，似乎真的打算跪下来。

"求我别这样吗？"

"不。求你带走他后，不要再像以前那样对他。他已经是支离破碎重新修补好的瓷瓶，经不起再一次摔得粉碎。"

赵珍珠伸手，扶住凉美，把结婚证还给她："结婚照很漂亮，你们俩看上去很般配。以后好好生活吧。对了，小心方蓝调！"

"方蓝调？"凉美第一次听到这个名字，疑惑不解。

"你不认识吗？那他为什么……没事了。"赵珍珠至今不理解方蓝调为何要大闹婚礼。

算了，不想了。周青盟已经走向新的生活，而她还不知道自己该何去何从。

第二章：重生

每个人都有重生的机会，我没有。

01 彩虹蛋糕

距离周青盟的婚礼已过去了小半个月，赵珍珠决定按李多乐说的去看看邱珊珊。

这一年，她很听胡珀的话。"珍珠，你有地方可去吗？如果没有，来我身边，因为没有爱情，所以没有伤害。我因为邵瑶华（邵曦晨原名）而死掉的心，你因为周青盟而破碎的心，在余生，相濡以沫。"毕竟，她再也不想回家看到父亲赵天河为了钱不顾一切的扭曲嘴脸，何况母亲林丹袭已过世。

她住进胡珀当初为邵曦晨买的房子里，西月大街三号，阳台上种着芍药花。在这一年里，她与书为伴，深居简出，拒绝任何访客，像是患上了人群恐惧症。而胡珀起早贪黑开出租车赚钱养家，让她很是过意不去。于是，她研究了很多菜谱，每天变着花样烹饪和烘焙，同时发到网上的厨艺论坛，获赞无数。

胡珀笑称她的厨艺已经可以开店了，她娴熟地从烤箱里端出一盘散发着柠檬清香的玛德琳点心，用袋子装起来，让他开车饿了时可以随时拿一块抵饿。

"别开玩笑了，我只是做给你尝尝的。你常在外面跑，一定要按时吃饭。"

两个人不再说话，默默感受着家的温暖。这里面没有任何爱情的成分。他们都心知肚明，自己替代不了彼此心中曾经相爱又恨过的人。

除此之外，她还在按当初的习惯继续学英语，试着从网上接一些笔译的工作，以微薄的报酬减轻胡珀养家的负担。

去见邱珊珊以前，她事先在家里烤了一个六寸的彩虹蛋糕，装进一个绿色森林图案的包装盒里。蛋糕一共有七个薄层，层与层之间抹上一层薄薄的奶油，而且每一层都是不同的颜色和不同的口味，红色是草莓味，橙色是甜橙味，黄色是柠檬味，绿色是抹茶味，青色是葡萄味，蓝色是蓝莓味，紫色是香芋味。

她怕蛋糕在公交车上被挤坏，所以叫了出租车。出租车师傅很健谈，听说她要去水沐庄园，就一直跟她聊那里的别墅。水沐庄园是位居城东的新建别墅区，依山傍水，听说一些明星富豪也在此置业。

"就在小区门口让我下车吧。我想自己走一段。"看到水沐庄园的标志，她出声道，提着蛋糕付钱下车。

门口的保安指给她看邱珊珊所住的33号别墅大致在哪儿："从这里朝着人工瀑布的方向直走，然后看到桥，过桥左拐，经过一座玫瑰园再右拐……"复杂的路线把她彻底弄糊涂了。"大概要走半个小时。"保安最后总结道。

"呃，我知道了。"

想到久未见面的邱珊珊，赵珍珠心里一阵激动。毕竟，邱珊珊是她们三人组当中最幸运的一个，她爱李多乐，李多乐更爱她。他们很少会有争吵，除非是李多乐不准她吃多了，她再吃就要撑坏了。

真正的好朋友是，对方过得比你好，你只祝福不嫉妒；对方过得比你差，你只鼓励却不扬扬得意。

就算赵珍珠这些年一直在忍受痛苦和磨难，她却始终庆幸自己可以看到邱珊珊快快乐乐的，让她不至于对全世界感到绝望。

在前去看望邱珊珊的路上，她感觉无比轻松，无比快乐。

夏天还未结束，强烈的阳光被蓊郁的树木遮挡了大部分，心情不错的赵珍珠就像走在遮天蔽日的森林里，像小松鼠一样追逐着零零碎碎的光斑。

别墅区很安静，正午时分极少有人外出。赵珍珠丝毫未察觉有一辆白色轿车缓缓地跟在自己后面前进，只因为她忘情地追着光斑到了大道中央。

"别按。"副驾驶座上戴着墨镜的男人伸手挡住了女司机欲按喇叭的手，他正是赵珍珠在周青盟的婚礼上遇到的方蓝调。

"是。方先生。"女司机是房屋中介，此刻悄悄翻了个白眼，内心咆哮着刚刚是谁一直打电话忙工作，又一直催促着她赶紧带他看房子的啊？怎么现在看到有个白痴挡在路中间，他反倒不急了！

不过，身为资深中介，她的脸上还是露出一副客户一切都是对得不能再对的表情，趁机加大推销力度："怎么？方先生，您认识这位小姐？这可正好啊！您看她好像也住在这里，等您搬来了，两人不刚好就成邻居了吗？"

"你看她像住这里的人吗？"方蓝调摘下墨镜，露出一双明亮的眼睛。他的睫毛长而翘，女中介看到这里内心又在咆哮了，和他一比，她的睫毛简直就是天生残疾啊，就算涂了韩国女明星一致强烈推荐的浓密纤长睫毛膏也不顶用啊，就像一个是松狮的毛，一个是吉娃娃的毛。你是不是种睫毛了啊！当然，这句话她吞进肚子里没敢问出来。

　　她随着方蓝调玩味的目光看向赵珍珠。身为去年房屋中介年会上的售楼之星，她深知要卖出昂贵的房子，那么自己首先得在形象上和这些挥霍的买家靠拢，所以她浑身上下每一件物品都是名牌。她的眼光亦毒辣，一瞬间就能判断出眼前的女孩身家几何。女孩穿的是地摊便宜货，只有年纪轻才能穿着这样廉价的衣服依然无损美丽。

　　这女孩全身上下加起来还没有自己一双鞋子贵吧，又怎么可能住在这里。

　　女中介好后悔自己在这么帅的男人面前表现得这么愚蠢，于是不敢再胡乱说话，只慢吞吞地开车跟着。

　　赵珍珠抬手擦汗，面对眼前的岔路，她一下子傻了眼，保安好像没说到这个岔路口该往哪边走啊。她左右望望，没有人可问，再回头，欣喜地发现了身后的车，不过也马上意识到自己一直霸在路中间，脸一红，往车边跑去。

　　副驾驶座的车窗主动落下，她看着那张有点熟悉的脸，似乎自己在哪儿见过他。高鼻薄唇，眼神颇有深意，小麦色的皮肤让他看上去像是非常擅长户外运动。不过当他的眉毛一扬起，她看着这双陌生的眼睛又不太敢肯定。

　　如果刚才方蓝调没有摘下墨镜，那赵珍珠肯定能认出他就是她一直恨得牙痒痒的那个婚礼上的不速之客。

　　"你喜欢这样没礼貌地盯着人一直看吗？"他不悦地问。

　　好像连声音也很熟悉。不过在他的高压视线下，她不敢继续深究，便友好地问："请问您知道33号别墅怎么走吗？"

　　他留意到她的额头上留了一道疤痕还没消去，歉意之心又起，现在刚好弥补。

　　他是一个行动派，直接命令式地回答："上车！"

　　"不用了。您告诉我怎么走就行。"

　　方蓝调却不理她，关上了车窗。

　　赵珍珠看看周围除了这辆车再没有其他人了，没办法只能上车。车里放着一个檀香木雕，传来淡淡的檀香气，让人静心宁神。等她上车后，他再没和她说话。而她闻着檀香气，也从起初的焦急，慢慢变得心平气和。只是看着他的侧影，又总觉得自己在哪里见过他。

"到了。前面就是33号。"中介出声提醒。

车里一片寂静，无人应答。中介转头一看，发现副驾驶座的方蓝调和后座的女人都呆呆地望着同一个方向。33号别墅旁边是35号，35号的门前庭院里有一块小小的花圃。花圃里有一个男人和一个女人，女人抱着一盆玫瑰花，男人拿着一把园艺锄，正弯腰挖坑，然后他们一起把怒放的玫瑰小心翼翼地移植在土壤里。

是周青盟与凉美。凉美为周青盟擦汗，他回报以胜过玫瑰般温柔的笑容。

"到了。"中介再次出声，两个人都回过神来。

赵珍珠失魂落魄地跳下车，连谢谢也忘了说，蛋糕也忘了拿。

当车里只剩下两人时，方蓝调问："这附近有转让的别墅吗？"

"对不起，方先生。这里是C区，现在所有的别墅都已售完，只有A区的7号别墅现在因屋主移民急着转让。"

"没关系。反正也不算远。"方蓝调重新戴上了墨镜，不想再看眼前那对男女和睦幸福的一幕。

车子缓缓驶出C区，车里的气氛变得有些诡异。中介不知为何方蓝调忽然十分生气，令她像是沿着悬崖驾车一样胆战心惊。为了缓和气氛，她赔笑道："方先生，您不是前不久才在高塔附近买了一间公寓吗？住着不合适？需要我帮您转手吗？"

"不用，那是买给朋友的。我以后会住这里。"方蓝调推开车门，在A区7号别墅前下车，走进里面只匆匆看了一眼，见里面果然如中介所说前任屋主是科技狂人，处处简洁而不简单，便要中介找屋主来签合同。

交易十分顺利，中介做成一笔生意喜不自胜，殷勤地帮方蓝调打开车门，这时才看到后座上放着的蛋糕。

"啊？那个女孩的蛋糕。现在给她送过去不知道来不来得及。"

看房签合同花了很长时间，方蓝调抬头看看傍晚的天色："不用了。她不住这里，说不定已经走了。"他再低头看着蛋糕，诱人的香气钻进鼻子里，引得他食指大动。他这才想起自己连午饭都忘了吃，见完客户后就马上坐中介的车来看房子了。他打开包装盒，看到美丽的彩虹蛋糕，只尝了一口便停不下来了，嘴里嘀咕着："我是饿疯了吧？居然觉得不亚于AWAY店里的蛋糕。"

他所说的AWAY店是伦敦中央车站一家超人气的蛋糕店，是全球许多情侣的必去之地。AWAY得名于为爱离开皇宫的温莎公爵。当年，温莎公爵身为乔治五世的长子，却为了娶辛普森夫人而离开皇宫。

中介吃惊地望着尝了一口蛋糕的他，方蓝调冷声问："我饿了，有问题吗？"

慑于他一路上的恐怖气势，中介不敢多说，马上摇头回答："没问题。"当然，更不敢提醒他他的鼻尖沾上了一点奶油。

02 希望你一辈子住在城堡里

C区，赵珍珠一路遮遮掩掩地避过周青盟和凉美的视线，好在他们俩深情对望着，似乎全世界只剩下他们两个，根本就没留意到她。

周青盟和李多乐是邻居，是李多乐提议把房子买在同一个小区的，互相好有个照应。

赵珍珠顺利地来到邱珊珊家门口，这才回过神，发现自己把蛋糕忘在车上了，于是只能两手空空地摁响门铃。

屋内的邱珊珊此时正抱着小西瓜，用勺子舀着吃得无比痛快。听到门铃声，她边起身边朝厨房喊道："秋姨，别动，我去开。你在煎牛排，可要时刻关注着火候啊。这牛肉啊，一定要鲜嫩多汁，不能过熟，不然肉就老了。"

"是。"秋姨在厨房里乐呵呵地答道。她是李多乐亲自走了好几家家政公司才甄选出的家政保姆，专门负责照顾怀孕的邱珊珊。相处没几天，她就发现这个贪吃的女主人热爱美食胜过一切。

邱珊珊打开门，看到赵珍珠的瞬间尖叫出声，吓得秋姨赶紧跑出来看，发现邱珊珊正哭着抱住门口的客人，又哭又笑还唠叨个不停："许愿，哦不，珍珠，当初你把我们全骗了！你怎么这么傻，我才不会怪你分饰两角呢。一年了，你怎么现在才来！可想死我了！让我看看！你怎么这么瘦！脸色这么苍白！秋姨，快把我冰箱里的布朗尼蛋糕拿出来！哎呀！不对！秋姨你怎么跑出来了，快点进去，你继续看着牛排的火候，我自己去拿。"

不一会儿，邱珊珊就抱着大堆的零食摆到客厅的茶几上，招呼着赵珍珠"快吃快吃"，自己顺手塞了好几颗巧克力豆到嘴巴里。

"珊珊，你胖了！"赵珍珠看着圆滚滚的邱珊珊，"扑哧"一笑。以前邱珊珊虽然也爱吃，可是润而不腻，就像一颗饱满的红苹果，但现在她怀孕才一个多月，却像气球一样迅速地鼓起来。以前葡萄般的大眼睛现在被脸上的肉挤得就像是葡萄干了，简直孕味十足。

"我知道。所以我很苦恼啊！我以前练跆拳道，现在多乐也不让我练了，还一直给我买好吃的东西，他说我想吃什么其实就是宝宝想吃什么，不能让宝宝饿着。走，我带你去看。"她牵着赵珍珠的手，推开客厅旁边的一扇门。

赵珍珠一下子惊呆了，这间屋子简直就是一个小超市，货架上整齐地摆放着世界各地的美食。邱珊珊随手拿起一罐奶油，张大嘴，直接往嘴里喷了一坨奶油，然后又让赵珍珠也张嘴，也往她的嘴里喷了一口奶油。

"好吃吧？"邱珊珊憨态可掬地看着赵珍珠，掰着手指数，"家里一共有三层楼，每层楼都有这样一个小房间专门放零食，方便我不用走上走下地拿吃的。你说，我能不长胖吗？"她理直气壮地把长胖的罪过全部归到李多乐身上。

"珊珊，你这样幸福，真好！"赵珍珠看了她半晌，动情地抱住她，"我希望你一辈子就住在李多乐为你打造的童话般的城堡里，永远不用走进这个世界上阴暗肮脏的地方。"

"好了好了，这么久没见别说这些了。我再带你去看看多乐亲自设计的宝宝的房间。他不知道宝宝是男孩还是女孩，于是设计了一个海盗船风格，还设计了一个粉红色的凯蒂猫风格。"

邱珊珊拉着她上楼，赵珍珠注意到，左边是楼梯，右边是滑梯，邱珊珊还没怀孕的时候，可以一溜烟地滑下去，全都充满了童趣。不过，邱珊珊在楼梯口忽然又停下来，似乎有点犹豫，最后改口道："算了，不看了。我们去吃饭吧！"

"怎么了？"赵珍珠捕捉到她眼里的一丝黯然。

"没什么啦。"邱珊珊一下子意兴阑珊。

"告诉我！"

"其实……这一年，因为你不在，我和邵邵经常在一起。你也许已经知道了，邵邵离开胡珀，如愿嫁给了那个富二代楚峥嵘。不过，她似乎过得并不好，上次她到我家来做客，看到孩子的房间，就很不高兴，说男孩是不是要当海盗，女孩是不是要当宠物猫？我听着心里很不是滋味，就和她吵了一架。我怕你也过得不如意，看到这些也会不高兴。"邱珊珊越说声音越低，甚至都不敢看赵珍珠，之后就开始中气十足地数落起李多乐来，"其实啊，你们也别以为我过得有多好，我告诉你啊，多乐以前都是抱我上楼梯的，可他现在不肯了，他说他抱不动！以前晚上我们都挺恩爱的你懂的，可是现在他把我哄睡了之后就会到书房去睡！我总觉得，我吸引不了他了，他不爱我了！"

"好了好了，"赵珍珠连忙打断邱珊珊的控诉，"再说我都要羡慕哭了好吗？他不是不爱你，而是更爱你了。他怕抱你上楼梯有个闪失摔着你，他也怕晚上和你睡在一起会控制不住。"

"真的？"邱珊珊红着脸，不好意思地问。

"真的！"赵珍珠哭笑不得。不过她想，自己之后应该去看看邵曦晨。

赵珍珠在邱珊珊家用过午餐又喝了下午茶，听说邱珊珊一天要吃六顿，早餐、早午餐、午餐、下午茶、晚餐、消夜。

两人久别重逢，不可避免地提起了周青盟的婚礼。时过境迁，云淡风轻。赵珍珠只说了句："看到他幸福，我也可以脱下以前的枷锁，寻找新的生活了。"

邱珊珊木木地回了一句："谁能相信当初那么相爱的你们，转眼已是陌路人。"却很快又欢快地给她加油打气，"放心吧。我会帮你物色青年才俊的。这个小区里最不缺的就是年少有成的男人了。"

赵珍珠忙拒绝，不过看邱珊珊的样子完全是把她的话当耳边风了。

傍晚时分，赵珍珠才起身离开，出门时仍躲躲藏藏的，不过好在周青盟和凉美已经进屋了。

她走到小区门口，眼前忽然一亮，看到今天中午那辆白色的车，飞奔过去拦在路中间。

女中介猛踩刹车，吓出一身冷汗。挡风玻璃前的檀香木雕滚落下来，被方蓝调手疾眼快地接在手里。

赵珍珠抚着胸口，也吓得魂不附体。

此刻已是傍晚，光线并不刺眼，方蓝调没戴墨镜，看清是赵珍珠，不自觉地皱起眉头。这个女人，真不要命了吗？一点都不懂得爱惜自己。

他放下车窗，瞪着差点被车撞上惊魂未定的她，忍不住呵斥："你疯了吗？"

"我……我的蛋糕呢？"她走到他坐的这边上，探头进去张望，长长的发梢扫到他的脸上，让他有种酥酥的痒的感觉。

后座上空空的，但她发现方蓝调的鼻尖有一点可疑的奶油。

"我的蛋糕？"赵珍珠死死地盯着那张好看的脸，忽然伸出手指，揩掉他鼻尖的一点奶油，她完全不知道这个动作看来有多么暧昧和亲昵，"被你吃掉了？"

方蓝调拿出棕色的皮夹，镇静自若地问："多少钱？"

"这不是我买的，是我自己做的，专门送给朋友的。"

"既然这么会做美食，怎么不把自己养胖一点？"他的目光肆无忌惮地在她身上逡巡一圈，皱眉。他还记得初次遇见时她和现在一样瘦，他不是叮嘱宁医生好药好吃地养着她，不胖一圈不准出院吗？

他告诉自己做这些事都只是举手之劳，就像路过便利店顺便买根火腿肠丢给流浪猫一样。何况，她受伤与他脱不了关系。

赵珍珠毫不领情，道："与你无关。"

这是她第二次对他说这句话，传递着强烈的排斥感。

不愿继续和她进行无用的争执，方蓝调戴上墨镜，关上车窗，绝尘而去。

赵珍珠看到他戴上墨镜的样子，忽而觉得自己在脑海里捉住了一只回忆的蝴蝶。"方蓝调！"她气急败坏地喊出声。

听到她在后面叫出自己的名字，刚刚还有几分恼怒的方蓝调勾唇一笑，那笑容很淡，几乎看不清。她还记得他，不是吗？

03 我尝到的只有苦味

赵珍珠垂头丧气地走出小区，等了很久都不见有车来。毕竟这里几乎家家户户都有车，还不止一辆。据保安说，最近的公交车站也远得要命。

傍晚的阳光仍旧滚烫，宽阔的马路上，只有她一人踽踽独行。她竟然不排斥这种孤独，大概是因为她已经习惯了一个人走着漫漫长路，不期望有人伸出援手，也不期望有人相伴同行。

公交车站亦很冷清。她看到3路车远远地来了，不是回家的方向，但是可以去邵曦晨的新家。她想了想，索性今天一次找回当初最好的两个朋友。

今天邱珊珊说的话，让她十分担心邵曦晨。

她一直坚信，如果邵曦晨昔日选择了胡珀，也会和邱珊珊一样幸福。胡珀愿意把一切都奉献给邵曦晨，尽管他倾尽所有看上去亦寒酸不已。而邵曦晨最终选择了那个五大三粗的娃娃脸楚峥嵘，接受豪门施舍的残羹。

一年里，邵曦晨如愿以偿奉子成婚，她赌对了。楚峥嵘当初和她交往，纯粹只是玩玩而已，但若她有了孩子，楚母就绝对会逼着楚峥嵘和她结婚，而向来只会花钱不会赚钱的楚峥嵘肯定只能听命行事。婚礼当日，赵珍珠没有去赴宴，那一整天她都无比紧张地陪着胡珀，怕他出事。

不过，他和后来的她一样，也是通过接受所爱之人已婚的现实走出了阴影。邵曦晨的婚礼过后，他一直汲汲营营地活着，不浪费一点精力去思考多余的事。

楚家在山脚，是一幢白墙灰瓦的双层小楼，清幽自在，应是喜好收藏古董的楚母偏爱的风格。可赵珍珠觉得，这样远离市区和派对的生活，说不定会把邵曦晨给逼疯。她喜欢热闹和繁华，活得肆意而张扬，如今却要洗尽铅华，尽力扮演楚母心中的完美儿媳。

家中没有用人，楚母喜静，不喜欢有生人打扰，所以所有的家务都是邵曦晨在做。邵曦晨来开门时，穿着素色长衫，不施粉黛，只用一根簪子绾起了长发。她右手拿着一块软布，刚刚正在擦拭家中的黄花梨木八仙台。

她的眸子清冷，见了赵珍珠不惊不喜："进来吧。"她侧身让路，走路轻得就像是幽灵。

桌上有一套紫砂壶茶具。邵曦晨坐下来，煮沸水，倒入紫砂壶和杯中，略作清洗便将水倒掉，然后放茶叶入壶，再次倒入沸水，刮去壶顶的泡沫，盖上茶壶盖，用沸水浇壶。这一壶水同样弃之，第二壶才开始斟茶，每杯只斟七分满。

赵珍珠确实口渴，捧起茶就要喝。

"别急着喝。先看，再闻，最后再饮。"邵曦晨轻声提醒并示范。

赵珍珠为她的变化之大感到意外，以前那个烈焰红唇的美人竟变得这般温婉娴静。她学着邵曦晨的样子，先是仔细观察茶水的颜色，翠绿色的茶汤看上去就像是流动的美玉。她拈起闻香杯，轻嗅了一口，顿觉神清气爽，最后捧起品茗杯分三口饮尽。

"你尝到了什么味道？"

赵珍珠一愣，不知该如何回答。

邵曦晨面色不变，自问自答："我尝到的只有苦味。"这时，她一直平静的面容上忽然露出狰狞的笑容。

楚峥嵘的母亲是独女，嫁人后独掌娘家的玉石首饰生意"明玉轩"。楚父是律师，对生意不感兴趣。她一人扛起整个生意，并打理得有声有色、井井有条。难道她会看不出来邵曦晨并不是真心爱儿子，只是一个做着豪门梦的普通女孩吗？楚母善良却并不愚蠢，相反，她十分精明。

她让楚峥嵘娶进母凭子贵的邵曦晨，却逼其在结婚前签署婚前协议，如果离婚，邵曦晨将净身出户。

在外人看来，邵曦晨的确过上了富太太的生活，出入有豪车，手持无限信用卡疯狂购物。而且，她的父亲也被安排到最好的私立医院接受顶级专家的会诊，当年性命垂危的他再熬了一年，只看了刚出生的外孙女一眼就撒手人寰。

可是邵曦晨不快乐。楚峥嵘并不想结婚，他早对这段婚姻失去了新鲜感，时常夜不归宿。邵曦晨为此和他争吵不休，却被楚母斥责自从娶回她就家宅不宁。

她怀着无尽的委屈生下了孩子，是个漂亮的女儿。孩子刚出生，楚母就示意楚峥嵘带孩子去做亲子鉴定，并直视她不屈的眼睛柔声告诫她："曦晨，请谅解，楚家的孩子不容有误。"显然，楚母请人调查过她的背景，知道她曾和胡珀相恋，不过对于孩子清清白白的鉴定结果，楚母不屑道歉。

孩子只在邵曦晨身边待了一个月就被带去了香港，交给楚峥嵘的姐姐抚养。楚峥嵘的姐姐一直不孕，很渴望有一个孩子。而且楚母清楚自己的儿子有几斤几两，在无德无能又不负责任的楚峥嵘和拜金的邵曦晨的抚养下，孙女不会有前途，交给律师女儿和医生女婿会更好。

"在我爸的葬礼上，楚家一个人都没有出现，楚峥嵘前天晚上喝得酩酊大醉，他妈在外地谈生意，只派了一个经理来参加。还有，我生生看着女儿被人带走，而且连给她取名的资格都失去了。楚峥嵘姐姐给我的女儿取名叫楚遇缘。我不喜欢这个名字，你知道吗？从我知道自己有孩子那天起，我就在翻字典找名字，这个家里没有人和我说话，我就摸着肚子和她聊天，我叫她'楚凡安'，凡事得安宁。"泪水静静地划过邵曦晨美丽的面庞，她抚着平坦的肚子，痴痴地念着女儿的名字，"凡安，你在哪里？妈妈好想你。"

04 我们是三类人

门铃轻响，大门一开，玄关处响起高跟鞋踩地发出的声音。

邵曦晨连忙擦干脸上的泪水，换上如花笑颜，轻盈地走到客厅的门前迎接来人，接过对方手里的爱马仕包，殷勤地问："妈，您回来啦？晚饭已经好了，我做了你爱吃的清蒸鱼头。"

"不吃了。刚和你爸一起应酬，已经吃过了。啊，我忘了告诉你，倒是浪费你一番手艺了。"

一连串的变化让赵珍珠目瞪口呆。她赶紧起身，面对着看上去慈眉善目的中年贵妇，丝毫不敢掉以轻心，恭谨地打招呼："阿姨您好，我是邵邵的朋友，赵珍珠。"

"珍珠啊，你好，说起来，我们在多乐的婚礼上遇见过吧？当时，你和曦晨都是珊珊的伴娘。怎么这一年都没见你来找曦晨了？你们俩啊，要多走动，曦晨为了陪我住在这么个冷清的地方，平常出门不方便，几乎也没什么朋友。不过，这倒帮她修身养性了。你看看，她变化大吧？我把她带出去啊，没人不夸奖我这挑媳妇的眼光，都夸她的气质不错呢。"楚母一边说，一边摘下脖子上的珍珠项链和手上的翡翠戒指，很自然地交给邵曦晨去放好。她一坐下，邵曦晨便主动走到她身后，为她轻轻捶背。

楚母又亲切地寒暄了几句，然后才上楼回屋休息。

看到女人的身影消失在楼梯上，邵曦晨温柔的双眼又恢复了冷漠。她压低声音，自嘲道："连你看着都觉得累吧？我每天都要这样做戏。就算我恨她把我的女儿交给她的女儿，可是我也必须讨好她。没有女儿，我只能靠她在家里占有一席之地。我时常感觉，自己只是她养的宠物而已。"

"邵邵，这一年，你真的变了太多。以前，你不会伪装成另一个人。虽然对金钱渴望，但是你很真诚。"赵珍珠还是怀念以前那个直言不讳、直抒胸臆的邵曦晨。大概以后她的豪门守则要再加一条：一入豪门深似海。

"人是会变的。你不也从许愿变成赵珍珠了吗？呵呵。我们三人当中唯一没变的就是珊珊，因为她一直顺风顺水，而我们却总在风暴中央。"她掩饰不了自己的失落，"不公平啊！有些人不费吹灰之力便站在了人生的顶点；有些人机关算尽终于戴上桂冠，头发里却爬满了虱子；有些人连追求平淡的生活也会一败涂地。我们恰恰就是这三类人。"

"邵邵，你别这样，我希望我们三个人无论过得怎样，友谊都永远不会变质。"话虽如此，但是看着邵曦晨眼中的不甘，赵珍珠深知她们都已经回不去了。

好在邵曦晨也没有继续纠缠这个话题，转而问："对了。你现在住在哪里？"

"我住在胡珀家，但我们只是朋友。"犹豫了一下，赵珍珠据实相告。

邵曦晨只是愣了一下，然后又点点头，丝毫没有生气："没关系，有你帮我照顾他，我也放心了。是我对不起他。我这辈子听过的最温柔的话就是他对我说：'你不要一个人勇敢了，来我怀里懦弱好吗？'"她的脸上终于涌现出笑容来，美如朝露。

她接着问："你现在有工作吗？"

"没有。我现在做一些笔译，而且在网上发一些自己的菜谱，积累了几万的订阅量。有时会有些网店店主找到我，让我发个广告链接。"

"你有没有兴趣到楚家的公司上班？我还有一点人脉，可以给你开出不错的薪资。"

"这……"赵珍珠正要拒绝。

"其实我也是有私心的。我想你帮我看着点楚峥嵘。我身边已经没有可以信任的人，所以只能靠你了。你能帮我吗？"

看着邵曦晨尖瘦的下巴，赵珍珠鬼使神差地点了点头。

05 公司不姓邵

和昔日的好朋友重归旧好，而且重返职场，赵珍珠再次重生了。

楚家的明玉轩主要经营玉石首饰，以翡翠为主。但是，明玉轩卖的是中低档玉石，公司最贵的产品也不超过一万。这是因为高档玉石不仅产量稀少，而且价格惊人，楚家根本玩不起。明玉轩在全国虽然有很多家分店，但大多数都集中在二三线城市。

赵珍珠对玉石一窍不通，但是经邵曦晨介绍，也顺顺利利进了明玉轩总部当文员。楚峥嵘名头上挂着一个经理的头衔，但上班却是三天打鱼，两天晒网，他不喜欢翡翠这种传世的古老宝石，成天怂恿他妈进军钻石市场。在公司，他基本不务实事，除了和几个年轻漂亮的女职员认识外，他最熟的就是人体提款机——公司财务。

恰好，赵珍珠入职那一天，楚峥嵘也在公司。

人事部的助理带着赵珍珠在公司里走一圈认识各个部门的同事，看到楚峥嵘的办公室门开着，她脸色一僵，小声叮嘱赵珍珠在公司要规规矩矩做人、洁身自好，里面这个楚经理只手遮天、不学无术，成天不练脑袋只练肌肉，是公司里最不好惹的人物。

她带着赵珍珠就站在经理办公室门口，却并不走进去，只远远地跟楚峥嵘打招呼："楚经理，这是公司新入职的赵珍珠，在行政部上班。"

"赵珍珠？"楚峥嵘摸着下巴，饶有兴致地念着她的名字。

他对赵珍珠是许愿的事有所耳闻，不过对于细节并不清楚。他自己本身就有一堆花边新闻缠身了，所以也没时间向邵曦晨详询这些八卦。更何况，他们之间的话少得可怜。

助理看着他那张轻佻的娃娃脸和身上毫不匹配的肌肉，心里直犯恶心。反正使命已达，她以眼神示意赵珍珠赶快和她一起走。

"等等。这份文件我签了，你拿走吧。"楚峥嵘拿起桌上的文件夹。

助理毕恭毕敬地走进去，刚拿住文件夹，楚峥嵘却不肯松手，反而往回一收。助理穿着高跟鞋，一不小心跌进他怀里。

"怎么这么不小心啊！"楚峥嵘得意地笑着，像是在扶助理起来，可助理越是挣扎着起来，就越是被他拉进怀里。

助理憋红了脸："楚经理，不用您帮忙，我自己有手有脚。"

"开个玩笑嘛！别的女职员可不像你这么小心眼呢。拿去吧！"楚峥嵘把文件夹递给她，助理气呼呼地转身，楚峥嵘却诡笑了一下，轻拍一记她的翘臀。

如此明目张胆地在赵珍珠面前调戏其他女生，而且明知道赵珍珠和他的妻子邵曦晨是闺密。赵珍珠倒吸一口冷气，这才知道邵曦晨在楚家的处境到底有多艰难。

助理抱着文件夹匆匆跑出去，看到等在门口的赵珍珠，她吸吸鼻子，说："你现在知道我为什么刚刚让你在公司好好做人、洁身自好了吧？楚经理早就结婚了，但公司里还是有一两个贪慕虚荣的女孩和他关系不清不楚的。"

助理说到这儿，忽而噤声，原来楚峥嵘也已经走出办公室，正皮笑肉不笑地看着窃窃私语的两人。

"赵珍珠，走！"他钩钩手指，率先走在前面。

助理对赵珍珠的印象不错，不忍她羊入虎口，咬咬牙站出来，为她开脱："楚经理，什么事？赵珍珠她刚来，办理离职的同事还没和她把工作交接清楚，你现在带她出去，工作怎么办？"

"缅甸的供货商来了，我带她出去应酬一下。别人远道而来，我尽地主之谊，为他们接风洗尘总没错吧？"

"可她对工作不熟悉，可能做不好。"

"她不来，你来？"楚峥嵘哂笑一声，助理退后一步，她也并不是那么无私的一个人。"况且，你是经理还是我是经理？"

他改为靠近赵珍珠，盯着她的脸，呼出的气扑到她冰凉的鼻尖上："何况，我相信，她在逢场作戏这方面实力非凡。"

等楚峥嵘带着赵珍珠离开，助理还在原地苦苦思考："什么意思啊？什么逢场作戏？"

楚峥嵘早已没开当初那辆大红色的捷豹跑车了，他换车的速度和他换女人的速度成正比。

一路上，赵珍珠都保持沉默，而楚峥嵘则享受着飙车的快感，也没去烦她。

当他们来到高塔会所的包间时，玉商搂着女孩，已经喝得醉醺醺的了，说话时舌头打结："楚经理，你……你来了？这次我们送的货是黑冰水墨画种，特别适合你们开发男士佩玉的市场。"说完这句话，之后的谈话就再也没有涉及生意，纯粹是寻欢作乐。

因为有赵珍珠在这儿，所以楚峥嵘并没有叫女孩陪他。玉商好酒，赵珍珠接连被灌了好几杯红酒，头晕乎乎的，想着这是上班第一天，也没敢起身告辞，只是中途溜去洗手间稍作休息。

她步履蹒跚，穿过长长的走廊，看到洗手间的标识就冲进去，对着洁白的瓷盆干呕不已。

过了好一会儿，她才打开水龙头，用冷水拍醒自己，然后从镜子里看到一个熟悉的男人，不是方蓝调又是谁？

"色狼！"她尖叫道，没想到他仪表堂堂，却做出这么龌龊的事情，竟然还闯进了女士洗手间。

方蓝调没说话，只是指了指门牌上的烟斗标识，然后一手插在口袋里，悠闲地靠着门。

赵珍珠窘迫不已地逃出洗手间，回包间连喝了几杯冰水才恢复冷静。

方蓝调见她刚刚在洗手间吐得厉害，有点不放心，心道他帮她觅良医养身子，她自己倒是得劲儿糟蹋自己的身体，想了想就跟在后面，看着她进了2013房。他蹙眉推开旁边的2014房走进去，立刻受到热烈欢迎，大家纷纷向他敬酒。

"方才子，恭喜你斩获金铅笔奖，全球五大广告赛事你可都留下了足迹啊。奥岚广告陆城分部有你带头，业绩迟早会超过全球其他分部的。"

2013房里，话题再次回到玉石上。

一个玉商的手在女孩的蛇腰处游离，兴奋地说："楚经理，老是买现成的翡翠有什么意思啊！我告诉你啊，在边境，有一种很刺激的游戏叫赌石！原石没有切开前，谁也不知道里面有没有玉石，玉石含量多少，品质如何。所以，你要是够胆，看准一块石头就买下来，赌它涨！许多人就因为一次赌石而一夜暴富啊！不过我也要提醒你，有些人看见一块石头表面已经擦出大面积的绿了，砸三千万想变三亿，可结果里面毛绿都没有，变成三千块的笑话。"

楚峥嵘听得眼睛发光，跃跃欲试："真的？说实话，我看这行无聊得要命，现在的年轻人谁喜欢老气横秋的玉石啊？结婚都买钻戒去了！原来我妈根本没把这些好玩刺激的告诉我啊！"

"行！等我回去了，你来找我，包你玩得尽兴。现在嘛，我们几个也要抓紧时间玩个尽兴了！"玉商搂着女孩心满意足地走出去。

偌大的包间里只剩下楚峥嵘和赵珍珠。她呼出一口气，站起来准备往外走。楚峥嵘懒洋洋地坐在沙发上，拍拍旁边的位子，阴阳怪气地说："干吗急着走啊？"

赵珍珠没好气地回他："楚经理，客人都走了，我还留在这里干什么？而且我也有点醉了，想早点回家。"她扶着额。

"赵珍珠，你不用装了。我知道你是邵曦晨派的眼线，她是不是想收集我出轨的证据？上诉离婚的时候好分走我家的财产？你回去告诉她，没用的，她已经签了协议，只要离婚，就无条件放弃楚家的一切，孩子和钱，她哪一样都拿不走。对了，还有一句话请务必转告给她，想嫁入我楚家的女人多了去了。她想和我离婚我求之不得呢。"

赵珍珠看着他狂妄自大的样子，气得浑身发抖："楚峥嵘！邵邵是你的妻子，你孩子的母亲！请你对她放尊重一点！"

"放尊重？麻烦你告诉我什么是尊重？"楚峥嵘嬉皮笑脸地走到她身边，猛地把她抱紧，"我这样对你够尊重吗？"

她呕吐的感觉越来越强烈，像浑身被巨蟒缠住那样恶心而又害怕。

他低头找她的唇，却被她躲开，一口咬上他的耳朵。

楚峥嵘捂着耳朵上的伤口退后，抬手狠戾地扇了她一巴掌："别让我再在公司看到你，公司不姓邵！"

此时，方蓝调因为受不了包间里虚伪的恭维，再次出来躲酒，正看到楚峥嵘捂着滴血的耳朵摔门而去。他疑惑地看着2013房的门牌号，刚刚赵珍珠就是惊慌地逃进这里面，涨红了脸，像一颗鲜美的草莓。

他竟然连一刻思索也没有，下意识地直接推门而入。连自己都没察觉到自己的步履有多匆忙，心情有多紧张，像是怕她又出了什么事！

好在她完好无损，只不过正坐在地上自斟自饮，眼神迷离。一见到男人出现在门边，便像受惊的兔子一样，吓得把杯子摔碎在他脚边。

"你别过来！咦？你不是楚峥嵘？对了，我想起来了，你是方蓝调！你们都是浑蛋！浑蛋！"她又灌了一大口酒，一边哭，一边骂，"为什么？每个人都有重生的机会，可我没有。"

为什么她决心从头再来，却还是有人要以她的过去嘲弄她的未来？过去如同一副沉重的镣铐，锁住她的双手和双脚，如果找不到钥匙，那她是不是要自断手脚？

她多想好好的，和周青盟一样过新的人生。

"闹够了就给我停下来！"看够了她的颓废，听够了她的自怨自艾，方蓝调的一只手拍向墙上的开关，打开所有的灯，阴暗的房间一下子亮起来。

她不适应突然而来的强光，眯着眼打量踩着玻璃碴儿稳步朝她走过来的方蓝调。

他在极其强烈的光线下，无比夺目。他霸道地夺过她的酒瓶，甩手砸到墙上。酒瓶破碎时，他极其冷酷地指清现实："在婚礼上、在医院里，你不都装得挺坚强吗？就算是装，你也得一直坚强下去。没有人会可怜你！"

"很累，我很累啊！"她拉扯着自己的头发叫喊着。她也恨自己这样不争气，无法像周青盟一样忘记一切朝前走。

"累也不能缩着，要站着，警告自己不能倒下去。"他一把将她抓着站起来，她的腿麻了，站起来时一直在颤抖，他不得不抱着她，支撑着她站着。

"呕……"她因为不适应站着的姿势，终于吐了出来，房间里充斥着难闻的酸味。而赵珍珠靠着他却闻到了一阵清新的海洋香气，来自他，淡淡的，通过对比才闻得出来。

第三章：再遇

我在你必经的路旁吗？

01 也许会觉得寂寞吧

　　方蓝调的衬衫上既有赵珍珠哭泣的泪水，也有她呕吐的酸水。

　　实际上，他非常厌恶一个女人这样靠在他肩头不顾形象地狂哭狂吐，他推了她几次后，她又醉醺醺地靠过来，哭得那样凄凉。他居然罕见地默默忍住了再次推开她的冲动。

　　哭吧。他看了一眼她额头上的伤疤，扑了粉，可近看仍很明显，怎么还没有消？宁医生说过保证用最好的药膏的。

　　赵珍珠哭累了，睡过去。他拿过她的手机，按亮后看到有图形密码需要解锁。不过这都不是问题，他把手机拿平，左右偏了偏，目光锐利地辨清上一次解锁时手指上的油脂留下的痕迹。由于痕迹比较模糊，他试到第五种可能时才顺利解锁。

　　她的手机界面很空，背景也不花哨。方蓝调顺利地调阅出她手机里的通讯记录，号码很少，但与胡珀的通话次数在本月高达九十三次，其余的号码只有零星的一两次。他的心里顿时感到一阵不清不楚的不舒服。

　　他拨通胡珀的电话，冷淡地说清楚她的位置，让对方马上来接。

　　"谢谢，请问你是？"胡珀刚问完，方蓝调就挂了电话。

　　比起胡珀猜不到对方是谁，方蓝调却能猜到是胡珀。他记性极好，对比人名和声音，一下子就想起来是在那场婚礼上见过的那个男人。

　　这么一看，前男友结婚了，她也不算太惨。毕竟身边早已有了一个任劳任怨的备胎不是吗？刚刚听电话里的声音，一听到她喝醉便十分紧张。上次婚礼还为她冲锋陷阵来着。

　　思索中的方蓝调把玩着她的手机，她一点也不像一些女孩子爱在手机上贴闪闪亮亮的水晶什么的，她的手机壳很干净，边缘有一点磨损，是用久了的缘故。结合三次相遇，他对她有了一个初步肯定的判断——她试图过简单的生活，而她的经历又偏偏很复杂，这让他有了一点点兴趣。

"呵。我真无聊。"当他做出这个判断时，猛然惊觉自己实在很无聊，于是立刻收心，看看腕表上的时间，把赵珍珠扶起来，到马路边上等胡珀来接。

胡珀接到电话后，马上开着车赶过来。看到一个陌生男人扶着赵珍珠，立刻下车把她抢扶过来，再动作轻柔地把她抱进车里。而她在移动的过程中迷迷糊糊睁开了眼，看到是胡珀后，露出一个安心的笑容。

方蓝调心里有些不是滋味，她看到他时大喊色狼，可看到胡珀却像是看到骑士一般。不过，事情一码归一码，他今天既然帮了她，就要帮到底。

接她的毕竟是个男人，而她又是个运气不好的女人。另外他对这个世界又不是百分之百地信任。

胡珀此时正准备开车离开，方蓝调却拦住了他，挑眉道："抱歉，我改变主意了。我决定把她送到警察局，等到她酒醒之后再让她自己走回家。她虽然身材干瘦，但楚楚可怜的模样也容易引起男人犯罪。"

"她家就是我家！"对于方蓝调没事找事，而且赵珍珠莫名其妙和这个男人喝得酩酊大醉，胡珀也早已憋足了气，语气十分不友好。他并没有认出对方是那场婚礼上的墨镜男。

方蓝调冷笑："你们住一起？她又不是你的女朋友。"

胡珀白了他一眼："这位先生，你不觉得作为陌生人你的问题太多了吗？你帮她叫车，我很感激你，但其余的事你不用多管。我会好好照顾她的。"

"胡珀，怎么还不走？我困了！"赵珍珠在车里闷得难受，催促道。

闻言，方蓝调沉着脸退到路边，看着车子远去。一阵冷风吹醒他，他嫌弃地看着自己身上脏兮兮的衬衫。怎么了？酒醉也能传染吗？他竟然这么可笑，为了她刨根问底！

他在附近找到一家男装店，买下一件新的衬衫换上。结账时，收银台的服务员询问他旧衬衫是否扔掉。

"不。收起来。"他看着收银台上皱成一团的衬衫，又脏又旧又难闻，可他的眼神却出奇的温柔，眷恋无比。

他提着装有旧衬衫的袋子在公交车站等末班公交车，其实他想买什么车都可以，只不过他喜欢坐公交车近距离地观察人生百态。毕竟广告商有不同的目标用户，作为广告人，他也需要了解每一类人的心态，然后精准地根据他们的需求，引导他们购买商品的欲望。

笔直站着的他和身后的公交车站广告牌上的国际模特儿竟然分不出胜负。旁边几个刚看完电影的大学女生在低声讨论他的美貌和长腿，并且一致怂恿当中一个长相清秀的女生去索要他的电话号码。

他的听觉比常人要敏锐，听到她们压低的声音，不悦地站远了一些，他不喜欢被人私下议论。

当那个穿着百褶裙的女孩扭扭捏捏地走到他身边时，他等待的6路公交车正好停下，于是他充耳不闻，疾步上车，摸出公交车卡放到刷卡机前。

"余额不足！"刷卡机里传出彬彬有礼的提示音。

方蓝调拿出皮夹，里面只有几张百元大钞和黑色信用卡。公车上没设售票员找零，于是他扔了一张一百元到投币箱里，转头对身后上车的人说："都不用刷卡了。"

几个女学生也正好要坐这辆车，又正好跟在他后面，因为他的这一举动雀跃不已。她们上车后仍是叽叽喳喳讨论个不停，猜测他请她们坐车是什么意思。

方蓝调本来像以往一样，坐在公交车最后一排，可以观察车上的人在做些什么，但是他此刻频频被那群女学生注视着，感觉有些不悦。他一看她们在看他，她们就心虚地低下头。他一移开目光，她们又看向他。她们似乎还觉得这游戏挺好玩的，娇声笑个不停。

他不想搭理她们，于是塞上耳机听歌，闭上眼睛假寐。

女学生们开始讨论出的结果是他可能对某个人有兴趣，但看他现在这个样子，只能无奈地接受现实——人家只是没有零钱而已。

方蓝调虽然闭着眼睛听歌，但是耳朵一直没有错过报站的声音。

"水沐庄园站到了。"他起身下车，眼角的余光瞥见刚刚的几个女学生现在只剩下想和他搭讪的那一个了。她看见他下车，还傻笑着挥了挥手，他当然不会理会她。

02 我也在她必经的路旁吗

前任房主对7号别墅的装修十分符合方蓝调的审美，简洁的现代风格，没有多余的点缀，并且引进了全球领先的智能化家居技术。客厅的灯具同时是中央控制人工智能计算机，能够识别主人的声线，根据他的命令开启相关的任务。比如他想洗澡，只需要通过下达声控命令，浴缸的水龙头就会自动打开，调节到合适的四十摄氏度水温。水放好后，计算机会出声提醒他："浴室已准备完毕。"他把中央计算机视为管家，取名Echo。

除了Echo，他还有一只电子机械宠物叫"咕噜"。咕噜是一只银色的电子狗，全身有一千四百多个零件，动作十分流畅，就像真正的狗一样拥有拟真的情感，只是它不需要主人的喂养和清洁而已。

方蓝调一走进家，咕噜已经欢快地跑到他脚边，侧着头摩擦他的裤脚。

他弯腰把它抱起来，对着空荡荡的房子说："Echo，我回来了。"

"方先生，欢迎回来。"Echo一直处于待机状态，只要他一打开指纹锁进门，便激活了它，客厅和玄关的灯就一下子全部亮起来。而且他走到哪里，灯就亮到哪里，已走过的地方则会一一关上。

咕噜在他的怀里这里嗅嗅，那里嗅嗅，探测到他身上有酒味，测出血液里的酒精浓度，一双电子眼一下子变成红色的叉叉，好像十分不满。"对不起，咕噜。我已经尽量少喝了。"他拍拍咕噜，咕噜的眼睛才又重新变回开心的绿色圆圈圈。

咕噜和Echo是资源共享的，Echo也已经得到方蓝调微醉的信息，于是自动在网上搜索解酒方法，并建议道："方先生，您应该喝一杯蜂蜜水。"

方蓝调依言到厨房泡了一杯温的蜂蜜水，一口气喝光，又把杯子清洗干净，擦干水迹，放回原位。

然后，他提着装有脏衬衫的袋子进了洗衣室。家里有洗衣机，只不过方蓝调对那件脏衬衫有特殊的感情，一直以来都坚持手洗，慢慢地揉搓、挤干、晾晒。

这是他二十岁时在伦敦第一次登上国际广告赛事的领奖台时所穿的衬衫，他凭借公益系列平面广告《家庭的战争》获得伦敦国际广告奖，广告是用战争的伤害比喻家暴给人带来的痛苦。

那时，他还是个一文不名的穷小子，出生于伦敦的贫民区。而这件昂贵的名牌衬衫是母亲花掉所有的积蓄，并卖掉最后一件珠宝买来的。

他从小深陷家暴的痛苦之中。父亲有严重的暴力倾向，他清楚地记得母亲用瘦弱的身体挡在他面前，承受着父亲的拳脚相向。

那时，陆城中心医院的宁医生正在英国深造，为了节约生活费，也租住在贫民区里，经常免费为他处理伤口。所以那天他抱着受伤的赵珍珠去找宁医生时，宁医生的第一反应是他是不是从小耳濡目染，也有了暴力倾向。后来，宁医生学成归国，但一直都和方蓝调保持联系。

在方蓝调十四岁时，母亲忍无可忍地申请了离婚，并向法庭申请了人身禁止令，父亲不得出现在离他们一百米的范围以内。

长期笼罩在他头顶的阴霾这才渐渐散去。

半年前，他心灰意冷地离开英国，因为奥岚广告伦敦总部本该属于他的总监职位，意外地落到另一个女人手里。世界各地的广告公司都渴望请到这个锋芒毕露的才子，争相抛出橄榄枝，而最终，他选择回到故乡中国，加入奥岚广告陆城分部。

他晾好衣服，低头看见咕噜在脚边等他。他抱起咕噜坐到沙发上，闭目养神了一会儿，重新睁开眼睛时开口说："Echo，打开日记。"

他有记日记的习惯。每晚，他都会认真地回想一整天发生的事，哪些没有完成，哪些已经完成了但是有些东西下次需要注意等等。这个习惯可以帮助他减少自己的错误。他就像一块精密的机械表的分针，尽力保持完美的速度前进。

不然他怎么可能从一个寒酸不已的少年成长为今日事业有成的男人呢？

"好的，方先生请说，我已开启语音日记本程序。今日晴，微风。"

方蓝调不紧不慢地回顾了今天一天发生的事。任何事都在他的掌握之中，除了晚上的意外——赵珍珠。

"Echo，今天，我又遇见了她。这已是第三次不期而遇了，每一次都没有好结果。第一次，因为我的失误，让她住进医院；第二次，我吃掉了她做的蛋糕，她生气了；而今天，我在男士洗手间遇见了她，之后还被她吐了一身。对于女人，除了公事，我一向敬而远之。与她相遇后发生的事，一再超出了我的正常限度。我希望这件事情到此为止。"刚说完，他就想起她的脸，时而像初次见面时那样倔强，时而像第二次见面时那样生气，时而像今晚这样悲伤，她到底怎么了？还好吗？

他发现，自己内心深处还是渴望再次遇见她的。

"Echo，你有人工问答功能吧？我问你，我和她还会再遇见吗？呵呵，今天果然是喝多了，我和你说这些有什么用，你不过是台电脑罢了。"

方蓝调感觉有些头晕，躺在沙发上。

Echo的人工问答功能可以根据方蓝调说出的关键字，最快地在网络中搜索相应的答案。片刻停顿后，Echo的声音遍布客厅的每一个角落，轻轻吟诵起席慕蓉的诗句来："如何让你遇见我/在我最美丽的时刻/为这/我已在佛前求了五百年/求佛让我们结这一段尘缘/佛于是把我化做一棵树/长在你必经的路旁/阳光下慎重地开满花/朵朵都是我前世的盼望……"

"我也在她必经的路旁吗？"方蓝调抚摸着咕噜。从他回来后，激活的咕噜就开始慢慢升温到狗类的正常温度，到现在，终于不再是刚回来时冰冷的金属触了，而是带有微微的暖意。

他一个人喃喃着，头顶的中央计算机和怀中的机械狗都在等待他的最新指令。

若在别人看来，也许会觉得寂寞吧。这么宽敞的房间里，他总是这样一个人和不存在的生命交谈，日复一日。

03 我不喜欢迟到

"早安，方先生。"早晨七点，Echo根据方蓝调设定的程序自动将玻璃的透明度从零调至一百，这样在夜间能够防止窥探隐私，在白日能让充足的阳光照射进来。

与以往不一样，方蓝调本来是个自律性极强的人，一般闹钟刚响，他就会马上起床，绝不拖泥带水。可昨晚他喝了点酒，有些困倦，头一次闹钟响了他没有立即起床。

见他赖床，Echo自动给咕噜下指令，于是咕噜开始狂吠不止。

"好了！起来了。"他揉着额头。

听到方蓝调的声音，闹钟程序自动终止。

方蓝调在沙发上昏昏沉沉地睁开眼睛，拍了拍咕噜。刚刚还竖起尾巴叫器不已的咕噜一下子乖乖坐好。不过方蓝调一开始走动，它也就摇着尾巴紧跟着他，陪他一起洗漱。

Echo则已经开始自动播报国内外新闻，突然收到新的信息，它分析了一下内容，然后报告给方蓝调："方先生，刚刚董秘书已经通过电子邮箱将您今日的行程发到我这里：今天上午十点整，您需要组织羽巢咖啡中国市场的整体营销讨论会；下午三点整，您需要面试您的事务秘书，一共有三位面试人员；晚上七点三十分，您需要参加世奇珠宝陆城旗舰店的开幕酒会。董秘书还有一段语音留言。"

董秘书之前是方蓝调的得力助手，不过在上一个项目中她因为表现出色，已经被提升为人事部副经理，所以方蓝调需要尽快招募新的秘书。

董秘书做事风风火火，留言的语速非常快，这也是方蓝调特别看重的地方，不浪费时间。"方总监，我正开车过来接你，请你今天就不要坐公交车了，我从家里过来的路上听广播说6路公交车的路线上发生了车祸，车祸地点刚好是从你家出发上班的必经之路，估计会堵车两至三小时。羽巢的营销主管是个不折不扣的人体时钟，精确到一分一秒，他和你一样很不喜欢迟到的人。"

洗漱完毕，方蓝调开始动手准备早餐，从冰箱里拿出两块吐司面包放进多士炉里烤热，然后涂上花生酱，夹上一块火腿肠，再用平底锅煎个太阳蛋，倒上一杯橙汁，整个过程只有短短的十分钟。

这些事他都必须亲手做。毕竟Echo只是台计算机，能够根据程序执行命令，并且通过网络命令其他智能家电配合执行。但它不是实体，不能帮他做所有事，声音也像ATM自动存取款机的提示音一样略显生硬。说到底，它只是一台会发声的智能电脑而已。也许有一天，科技真的可以进步到出现仿真的机器人保姆吧。

吃完早餐，方蓝调脱下昨晚睡觉时忘脱的衬衫，因为是新买的又隔了夜，应该洗一洗。他裸着上身，肌肉线条流畅紧实，好在家里没有任何女性生物。

当他看到昨晚买的新衬衫背后的红色数字时，第一反应不是像普通男人一样得意，而是面无表情地往洗衣机里倒入大量的漂白剂。

他昨晚竟没注意到那个腼腆的女生什么时候偷偷用口红把她的手机号码留在他的衬衫上，还写上了"Call Me"，以及画了一个羞涩的笑脸。

他没有抄下号码，反而认为这些做法无聊透顶。

衬衫丢进洗衣机里，他走进卧室换好衣服，一边打领带，一边算时间。本来他有晨跑的习惯，但今天时间不够了，他也就不打算去跑步了。

董秘书还没来。

直到他把衬衫晾好，门铃才响起来。Echo识别了门口的图像，比对存储的脸谱库，道："方先生，是董秘书。"

"开门吧。"方蓝调吩咐。

董秘书见门自动打开，轻车熟路地走到客厅。方蓝调见到她便问："你查过路况没？有多堵？如果时间不够，现在马上联系徐总延迟会议。"

董秘书看现在才八点，想想可能不会迟到，于是说："不用。我路上开快点。"说完，她殷勤地帮他递包，他接过拿到自己手里。

"走吧。"

路上果然堵车，车辆排成的长龙望不见头，比董秘书估计的情况要严重得多。方蓝调坐在车里，拿出平板电脑开始画画，他一闲着无事就喜欢画平面广告的草图。

董秘书被堵得心浮气躁，她绝对患有路怒症，堵车的时候就会犯病。所以她很佩服方蓝调在绵延不绝从四处传来的喇叭声中还能安稳地画画，而且，他的设计丝毫不弱于文案。

这人是从娘胎里就开始学习了吧？她暗想，多希望自己那一对四岁的双胞胎也能像方蓝调这样出色啊。

虽然她已是个母亲，且年长于方蓝调，却很佩服他。

广告界有很多年轻的天才，但像他一样创作时天马行空，为人处世却低调沉稳、收放自如的人还是少数。

董秘书开着车像乌龟一样驶出堵车路段，终于奔上康庄大道。方蓝调慢条斯理地关了平板电脑，右手拉住车厢上方的拉环，看了看腕表上的时间，不疾不徐地说："董秘书，今天的客户和我都不喜欢迟到。"

听到这句话，董秘书仿佛感觉头顶上有一把垂直的剑，还能怎么办，冲啊！

九点五十九分四十七秒，董秘书气喘吁吁地推开会议室的大门。会议室里北面为首的中年男人正目不转睛地盯着时钟，看到董秘书出现，脸色稍缓。

"方总监呢？"

"徐总，方总监马上就到。"她可以不计形象地快跑，但方蓝调总不可能为了见客人而在办公区域狂奔。他可以谦虚，但不可以把姿态放得太低。

徐总瞟了一眼时钟，摇头道："我们说话这段时间已经过去二十秒，现在已经是十点零七秒了，对于这种不守时的人，我们……"

正在这时，方蓝调神采奕奕地走了进来，打断他的话："徐总，据我所知，当初你们一共物色了三家广告公司，要求为贵品牌设计整体营销方案，而且给每一家都支付了比稿补贴金。今天，是竞标截止日期。您将从三家公司中挑出一家进行合作，我们也已经做出适合贵公司的提案，还请您不要浪费前期投入。"

接着，他一刻也没有停顿，示意董秘书打开投影仪，先是对前期为期一个月的市场调查作总结，对比市面上具有竞争力的速溶咖啡品牌作SWOT分析，确定羽巢咖啡的竞争优势（Strength）、竞争劣势（Weakness）、机会(Opportunity)和威胁

（Threat），而后利落地总结道："羽巢咖啡作为一家美国公司，首次进军中国市场，时机略晚。在美国市场表现不如它的鹊家和唛家咖啡早早进入中国市场，现在已经成为中国市场上数一数二的咖啡品牌。通过美国市场的用户反馈，我们发现，他们钟爱羽巢咖啡的原因在于它虽然是速溶咖啡，但是它的口感相当于认真研磨和精煮的咖啡，足以满足挑剔的咖啡用户对口感的严格要求。因此，在中国市场上，我们仍然要抓住咖啡的品质去吸引客户，所以，推广期内，我建议围绕'速溶咖啡，研磨口感'为核心诉求进行全面推广。请各位先发表意见，然后我再就具体推广计划进行详细解说。"

方蓝调坐下来，喝了一口羽巢咖啡，赞道："对于我这类口感挑剔、但是又工作忙碌的人来说，羽巢咖啡确实是第一选择。"

徐总的脸上已经完全没有责怪之意了。在比稿日前，三家公司都把基本概念拿出来和他沟通过，对于其余两家公司的概念他早就丧失了信心。一家是想突出羽巢咖啡在美国市场上的成功，可凭什么中国市场就得接受美国人喜欢的咖啡呢？另一家是想突出羽巢咖啡速溶的特征，简单快捷，可是市场上哪一家速溶咖啡不是速溶的？只有方蓝调的创意深得他心。

助理凑到他耳边，小声地汇报其他两组去另外两家广告公司的情况。徐总听到那两家公司还是冥顽不灵地坚持初衷，对方蓝调释怀地一笑："方总监，继续说下去吧。我们洗耳恭听。"

上午的工作匆匆结束，方蓝调送走徐总一行人，董秘书在一旁庆幸不已。她还以为今天这个客户会因为她载方蓝调上班没赶上时间而拂袖就走，却没想到方蓝调居然力挽狂澜了。

对于早上的迟到，她负有一定的责任，于是主动开口道歉。

"下不为例。"方蓝调言简意赅地丢下四个字。

董秘书却不以为他是放过自己了，她知道下不为例真的就是下不为例，如有再犯，休怪他无情。

度过一劫，董秘书蓄意讨好，问："方总监，要我帮你去买一块蛋糕吗？"

她清楚地记得每谈成一笔生意，方蓝调都会买一块蛋糕以示庆祝。虽然觉得他这种不苟言笑的男人喜欢吃甜食有点怪怪的，不过也觉得他这样挺可爱的，让他像个真实的人类。

听董秘书这么一说，他倒觉得有点饿了。

"不用你买，我自己去买。"小的时候，他很少能吃到蛋糕，有时候甚至连过生日也吃不到，所以长大后就对甜食有特别的偏爱。买蛋糕是种乐趣，他喜欢自己买。

"对了，我经常听到你和一些女同事在讨论祛痘疤的产品，它们对治疗疤痕有效吗？"他想起甜食就想起了彩虹蛋糕，再接着又想起赵珍珠额头的疤痕，于是随口一问。

"不清楚。我去查查，不过肯定找得到。是你自己用吗？"她上上下下打量他，没哪里受伤啊。

"你去买就是了。"方蓝调避而不答。

方蓝调乘电梯下楼，董秘书见他走了，才嘀咕道："这反应，十有八九是女的。"说完，连她自己都激动不已，女的！

她回头看看办公室里的各位同事，真想告诉他们这一个石破天惊的消息，可是她聪明地选择了闭嘴。

好日子要来了啊！一旦谈恋爱，百炼钢也会化为绕指柔啊！一向对工作严苛得近乎变态的方蓝调或多或少都会让大家轻松点吧。

04 他算不算有一点想念她

再说方蓝调径直来到蛋糕店，目的很明确，就是彩虹蛋糕。自从上次尝过赵珍珠忘在车里的彩虹蛋糕后，他就忘不了那七种味道在唇齿间混合的感觉，觉得奇妙无比。可是，他转了一圈，竟然都没找到他想吃的彩虹蛋糕，毕竟做起来十分麻烦。

终于，他在第三家蛋糕店里找到了，可是只尝了一口便苦着脸丢掉了。因为这一家的彩虹蛋糕根本就没有七种味道，所谓的颜色全部都是用食用色素染出来的。

于是，他又继续找。他的性格里有一种顽固的特质，不达目的不罢休。找不到记忆中的味道不罢休，做不出好的广告不罢休。

下午近三点，方蓝调暂时放弃了寻找彩虹蛋糕，囫囵咽下一个汉堡，就回到办公室准备面试自己的事务秘书。三位来面试的都是海归硕士，而且斩获过一些学生类广告奖项，比如时报金犊奖。但是他却连一个都没看上。董秘书送走他们的时候就像一个怨妇，没有新的人顶上来，就意味着她还要继续当方蓝调的小跟班。

晚上七点半，方蓝调如约参加世奇珠宝陆城旗舰店的开幕酒会，不过只露了个脸，和该维系关系的人寒暄一番便走了，多待下去也没有什么意义。

他回到家，吩咐Echo记好今天的日记后，又吩咐Echo搜索全城有彩虹蛋糕的蛋糕店，Echo马上尽职尽责地搜出十三家店。

接下来的一个星期里，方蓝调跑遍了全城，得出一个结论——它们都没有记忆中的彩虹蛋糕好吃。

彩虹蛋糕好像成了他的一桩心事。

当他走出第十二家店，站在人潮涌动的街头，他忽然意识到，他一直寻找的彩虹蛋糕与赵珍珠有关，他想念彩虹蛋糕，是不是也算有一点想念她？

说起来，瞒着她让宁医生照顾她，让她吐在自己最珍视的一件衬衫上，还有满世界寻找与她做的彩虹蛋糕相似的味道，他绝对有点不正常。

Echo搜索的第十三家店是家网店——"珍珠定制美味"，彩虹蛋糕只是预售。方蓝调看到预售两个字大失所望，因为网店要一个星期后才正式营业。

不过，网页上有彩虹蛋糕的做法。方蓝调心神一动，赵珍珠说过她的蛋糕是自己做的，那么他也可以自己动手做。

他谨慎地浏览了一些评论。比如，A留言说："珍珠的菜谱是我见过的最准确最好用的。她的菜谱对食材的用量精确到克，不像其他省事的博主，总是说这样适量，那样适量，对于很多人来说根本就不知道适量是多少克好吗？"B留言说："珍珠，关注你的菜谱很久了，终于可以尝尝你亲手做的味道了！希望网店快点开起来。我好庆幸我也是陆城人哦！"

方蓝调按照网页上的说明，准备好齐全的烘焙原料，一步一步按照指示操作，结果烤出一堆焦黑的不明物体。

他确信自己的每一步都是严格按照菜谱来做的，怀疑是菜谱出了问题，便私信质问店主珍珠是不是菜谱有误。珍珠并不恼，很快就回复他，并一针见血地指出是他的烤箱的问题。不同的烤箱有不同的脾气，A烤箱的温度标准可能不同于B烤箱，所以要试探着摸索出自己烤箱的温度，再根据菜谱给出的温度酌量增减。

与其有时间一而再再而三地摸索烤箱的脾气，他还不如参加预购呢。

鼠标一点，预购成功。

网络两端的人都没意识到彼此原是旧相识。

原来赵珍珠被楚峥嵘辞退后，邵曦晨很快就知道了这件事，这也就等于楚峥嵘直接向她宣告，他一点也不会给她面子，她也无法左右他的任何决定。虽然邵曦晨心情低落，但还是急着给赵珍珠介绍新的工作。她现在是不少百货公司的贵宾客户，安排赵珍珠进百货公司做事肯定不成问题。可赵珍珠拒绝了，她说自己的菜谱很受欢迎，被辞退以后，她打算开一家以"珍珠定制美味"为名的网店，同城快递卖糕点。从预售来看，反响简直可以称得上是疯狂，不少订阅"珍珠定制美味"的用户本来就是陆城人，一直都看她的菜谱学习烹饪和烘焙，很愿意尝试她亲手做的美味。而且还有一些陆城以外的用户，一直在留言问什么时候可以开通其他城市的售卖渠道。

一个星期后，当赵珍珠写下水沐庄园的地址，收信人是方蓝调的时候，她完全没有意识到此方蓝调是彼方蓝调。

方蓝调坐在电脑前，收到了更新的发货信息，算算同城快递在下午四点前应该可以收到，刚好当下午茶点心。

可事实上比他计划的时间还要早，下午三点的时候，戴红帽子的快递员就把蛋糕送来了。

方蓝调签收后，马上拿出来尝了一口，接着就眯起了眼睛。不是因为失望，而是因为熟悉。

他再看蛋糕的包装，竟然和那天赵珍珠留在车上的彩虹蛋糕的包装一模一样，都是绿色森林的图画，只不过这次在天空上盖了一个"珍珠定制美味"的印章，而且还手写了一张卡片。"感谢您对珍珠的支持！希望我能早日拥有一家自己的蛋糕店，也祝您梦想成真。"

署名的图案是一颗珍珠，不过在方蓝调眼里，画得更像是眼泪，她流到他衬衫上的眼泪。

05 我绝对不会再管你的死活

把没吃完的蛋糕放进冰箱里，方蓝调准备出门。他的目的地是快递单上寄件人的地址，西月大街三号。

他知道自己的举动很无聊也很唐突，可他努力说服自己是去送药的。上次他吩咐董秘书找祛除疤痕的药膏，董秘书就从一位老中医那里讨了一盒照祖传秘方配制出来的雪莲膏，据说效果立竿见影。

由于胡珀和赵珍珠都不爱和左邻右舍交流，所以平常除了抄水电气表和收垃圾费的人外，他们基本没有访客。

方蓝调敲响门时，赵珍珠看了一眼时钟，不过才下午四点半，胡珀不会这么早收班的。

"来了！"她洗净手上的低筋面粉，放下正在做的蓝莓曲奇，刚打开门便呆住了。"你！"赵珍珠不知道他究竟是如何找到自己的，但是她也懒得掩饰自己对他的厌恶和不满，脸色当场变得难看了几分，声音也难听了几分。

他把她的脸色变化全看在眼里，她见到他的瞬间，就仿佛一下子从娇艳的玫瑰花变成刺人的仙人球。

而现在，这颗扎手的仙人球已经开始历数他的罪状："你到底守不守信啊！现在网络上到处是周青盟和凉美的婚礼采访视频。不要告诉我你没让'陆城在线'的记者报道出来就不是你的问题，要不是你找记者来也不会闹成现在这样。当时好多人都用手机拍下来了，现在在网上火得很。而且，以你卑鄙的为人，我很怀疑你是不是仍然在暗中推波助澜？"

以你卑鄙的为人，方蓝调听到这一句话，心像被她的锐刺戳了好几个窟窿一样难受。他不想与她置气，他来这里的目的很简单，确认是她，然后给她送雪莲膏，于是他毫不客气地打断她："闭嘴！"

她可不是他公司里对他佩服得五体投地的下属。赵珍珠冷哼一声："你让我闭嘴我就得听你的话吗？我不是你手下那群浑蛋，你让我在婚礼上去拍别人的悲惨故事，我就得乖乖去拍。我警告你，不准打扰周青盟和凉美的生活。"

方蓝调这时再看她，只觉得她额头上的伤疤无比狰狞。他越是愤怒，就越是冷静，轻蔑地打量她和身后狭小的屋子："警告？你觉得你有什么实力可以警告我？我答应你的只是让'陆城在线'不播，但别人怎么做我不会去多管闲事，你要怪，就只能怪他们自己邀请的宾客居心叵测了。"

"你！"

"在没有获得足够的实力之前，不要自不量力地警告我。"他把雪莲膏抛向她，她下意识接住，才拧开盒盖，就传来一阵清香。

"我这个卑鄙的人给你送来祛疤的药膏，看你敢不敢用。"说完，他又想起那一夜，她抱着他哭得那样凄凉，原来是喝醉了酒，神志不清醒了，想必现在也记不得那晚是谁帮她的吧？"以后注意点，不要随便抱着我又哭又吐的！下一次，我绝对不会再管你的死活。"

赵珍珠握着手上的药膏，再看着他愤然离去的背影，回味着他最后一句话，心里一阵不安，自己是不是误会了什么？

晚上，胡珀回来，赵珍珠问起自己之前在高塔会所喝醉酒的事。胡珀说当时有一个好心人通知他去接她，不过那时候她已经喝醉了。而且，她第二天早上只记得楚峥嵘扇了她一巴掌后，自己借酒消愁的事，胡珀也就懒得再提那个萍水相逢的男人了。他与方蓝调仅有一面之缘，没认出两人曾共乘一部电梯。

经此一提，赵珍珠模模糊糊想起来当时自己似乎喝了不少酒，而且还吐了他一身。她难过地说了许多话，他多少有些回应，不过她却怎么也想不起来他说了些什么，只记得那种被人拯救的感觉。就好像她掉进了旋涡，有个人坚持要拉住她，不让她掉进绝望里，用力把她给拖出来。

晚上睡觉前，她在额头上的伤疤处抹了一些他送的雪莲膏，冰冰凉凉的，很舒服。

如果他是卑鄙无耻的人，怎么会连这么一件小事也记在心上。而且，他的确遵守约定让"陆城在线"删了视频，网上传的那些视频画面抖动得厉害，一看就是用手机拍的，现在想想或许也的确与他无关。他又不是无所不能，怎么能管住整个互联网上满天飞的视频呢？

她现在有心想要说句对不起，却又觉得自己之前说的话那么重，肯定把他给得罪得十分厉害，怕是不会轻易获得原谅了吧。

第四章：逃避

若我们总是相遇，你就不用再逃，
因为命中注定此时此刻你一定会遇见我。

01 你是个不错的人

"方先生，您的蛋糕。"

"方先生，您的蛋糕。"

"方先生，您的蛋糕……"

连续几日，方蓝调每天都收到自己未曾订购的彩虹蛋糕，每个蛋糕盒里面都有一张道歉卡。

"对不起，我误会你了。在此，我真心诚意地向你致歉。"

"我不奢求你原谅我的口不择言，但是我必须要向你坦诚我的错误。你遵守了我们的约定，而我却把别人做错的事推到你身上。我知道，被人冤枉的滋味很不好受。"

"我每天都在坚持涂你送的药膏，效果很好，扑上粉之后，疤痕已经不是很明显了。谢谢你……"

方蓝调不是小心眼，收到第三个蛋糕和第三封信时，他就已经原谅她了。她这种知错就改的态度，甚至让他很欣赏。

他找到扔在一旁的快递单，看到寄件人的手机号码，大度地发了一条短信过去：若药膏用完了，疤痕还没消的话，告诉我。

方先生，能请你告诉我，为什么你要请记者去大闹婚礼吗？这是赵珍珠回复的短信，方蓝调很犹豫，她对他所有的误会都因这场婚礼而起，他要不要据实以告呢？这时，又有一条新短信：如果你不愿意说就算了。

算了，说说也没什么。其实他自己也很后悔，当日一时冲动，辜负了朋友的期望。

我有一位朋友深爱着新娘，而新娘却不知道。我十分生气，朋友却希望我能代他送上祝福。算是一时冲动吧，"陆城在线"刚好来我们公司争取广告投放量，我已查到新娘是精神疗养院的护士，而新郎曾是那里的病人，所以就找了"陆城在线"的记者帮我做事。我知道这种方法拆散不了两人，顶多只会让新娘灰头土脸，帮朋友出口气罢了……

　　我明白了，你对你朋友很好，你是个不错的人。她对他的形容词，已经从卑鄙换成了不错。她能够理解他的做法，他对他的朋友，就像胡珀对她。如果那天她没有拉住他，也许胡珀真的会当着众人的面狠揍周青盟一顿。

　　纵览方蓝调已有的人生，听过的赞美无数，各种夸张的溢美之词也不少，除了第一次听闻时有一种终于备受肯定的感动和快乐，之后再听到，他就慢慢变得无感。此刻，不过是一个普通女孩一句朴素的肯定，他却再次涌起昔日的感动和快乐。

　　以后不要免费给我送蛋糕了，你那是小本经营，别破产了。他难得地开了个玩笑。上次到她家，她来开门时头发上、手上、身上到处都是面粉，他看得出来她很努力经营自己的网店，不禁想帮帮她：以后每天下午三点送一批精致的糕点到我公司来。

　　赵珍珠知道方蓝调是在帮她，本想拒绝，可又想到他是个说一不二的人，便想着到时算他一个会员价好了。

　　这下子，赵珍珠每天变得更忙碌了，整天都在烤箱边挥汗如雨。旧烤箱根本经不起她这么折腾，没多久就报废了。当天的糕点没能及时发货，她打电话向方蓝调说明情况。他当时没说什么，只是晚上就有两个工人抬着一个专业的大烤箱送到家里请她签收。

　　她一下子就猜到是方蓝调买的，打电话过去执意不肯收。他听到她拒绝，果然声音一沉，不容拒绝地回复："就当是预付的货款。"

　　可看看这烤箱的材质、功能和品牌，赵珍珠算不出自己要做多少糕点才能还清。

　　不过她确实挺喜欢这烤箱的，胡珀还笑话她干脆睡在里面好了。

　　这一天，赵珍珠一睁眼又开始了忙碌的一天。每天都像陀螺一样转个不停，她从昨晚开始便觉得身子有些乏，好像有点发低烧。不过工作可不能耽搁，这样忙碌的生活让她感觉很满足，宛如新生。

她强打起精神忙了一早上，中午十二点的时候快递员准时来收件。奥岚公司的糕点正好出炉，她还来不及试味，就慌里慌张打包好交给了快递员，转身继续忙网店的订单。大概下午两点的时候，她才有空歇一口气，坐在凳子上感觉手臂发麻，勉强抬手从桌子上拿了一块蓝莓曲奇当午餐。

可她只咬了一口便冲到洗漱台边疯狂地漱口。

太咸了！

她猜测，难道是自己忙中出错，错把盐当成糖了？

啊！对了。今天的蓝莓曲奇是做好送到奥岚的。想到这里，她紧张地站起来，到处找手机给快递员打电话想把快递拿回来。可那个快递员只负责在这个区域收发件，他拿到快件后，会马上送到分部然后再派人转送。当然，他也说会帮忙查一下是谁在派件。

赵珍珠左等右等，等不到他回话，打电话给方蓝调也一直无人接听，她索性冲出门，招了一辆出租车就往奥岚广告赶。

奥岚广告在陆城高塔附近的双子大厦第十七楼。双子大厦就像是陆城的大脑，陆城的精英大半都在这里上班。

她赶到时，奥岚广告正在开一周的例会，她看到前台的垃圾桶里有她的快递单，心一沉，左顾右盼不知道蓝莓曲奇究竟被送到哪里去了。

董秘书正巧出来接水喝，看到办公区域有个东张西望的陌生人，立即警惕地问她是谁。赵珍珠连忙说自己是珍珠订制美味的店主，今天的糕点送错了，想要收回。

董秘书赶紧抱怨道："我已经吃了一口，咸死我了，这才出来找水喝的。曲奇正放在会议室的桌上，没人敢动。"接着，她又补了一句，"不过你运气真好，方总监没发现。"

然后，董秘书就带着她去会议室收点心。中午方蓝调又忙过了头没吃饭，所以蓝莓曲奇一收到，董秘书就端上了会议室。

会议室里坐满了人，却寂静无声。原因是方蓝调正在看一份报告，他紧抿着唇，面带薄怒。他一手拿着一块蓝莓曲奇，慢慢地往嘴里送，没怎么仔细嚼就吞了下去，连眉头也没皱一下。

"他专注的时候不会注意其他事。你说你是不是运气很好？"董秘书带着她把桌上的蓝莓曲奇全部收走，语气中充满了羡慕。

方蓝调果然专心过了头，连赵珍珠收走他手边的餐盘也没注意到。

赵珍珠和董秘书离开气氛阴沉的会议室，董秘书帮她把收走的曲奇一层层摞好，两人挨得很近，因为她今日匆匆出门没有扑粉，所以额头上的疤一览无余。董秘书看着她，不禁想起之前的雪莲膏，又想起近期方蓝调吩咐她买烤箱，心里冒出一个念头，难道就是这个不起眼的女生？

"是你！"董秘书指着赵珍珠，语气里充满了揭破谜底的成就感。

"我？"

"你就是我们方总监的女朋友对吗？"

"我……"赵珍珠刚想否认，董秘书已经激动地贴过来，自顾自地说个不停，"据我了解，方总监很少会这么在意一个人。你不知道，当初为了给你找那个雪莲膏我费了多少周折。我找老中医求到手后，他一看不是品牌产品，就担心有不明成分或是激素，于是让我拿到质检部门去检验，检验结果出来后，他又担心效果没我说的那么好，还让公司一个有疤的女孩子试用了几天。还有你用的烤箱，他让我跑了好几家知名蛋糕店打听他们的蛋糕师傅用的是哪种型号，可这种型号陆城又刚好缺货，然后他就加钱马上从邻城调货……"

董秘书还欲继续说，赵珍珠已经抱着蓝莓曲奇往外走，她越听越心惊，越听越不敢听。

走到门口，赵珍珠像下定决心似的说："麻烦你转告方先生，我网店的生意很忙，不能再继续给贵公司送糕点了。还有，请他给我一点时间，烤箱的钱我会尽快全额返还的。"

"你说什么呢？怎么突然就变卦了？"

董秘书看着赵珍珠离去的背影，这才察觉自己貌似说了什么不该说的话。当她说起方蓝调为她做的种种时，如果是普通女孩肯定会欢天喜地，而对面的女孩眼里没有开心，只有惆怅。

她没有意识到，赵珍珠已经是一个害怕爱而且爱不起的人了。

就算方蓝调对自己的好感还没有进化成爱，赵珍珠也绝不会留一丁点的可能性。

02 对不起，让你误会了

结束会议，方蓝调疲倦不堪地回到办公室。董秘书惴惴不安地带来的消息更让他感到烦躁。赵珍珠不是才和他解除误会吗？怎么听董秘书转述的话的意思，她是又要和他拉开距离了？

他从没见过如此反复无常的女人，很想揪着她问个清楚，不过待会儿策划部的人会根据会上的意见完善方案后再送给他审阅。他没想到策划部的人竟然会对已经定下来的创意方向完全理解错误，在截稿日迫在眉睫时，被他发现这么大一个问题。他看着办公室鱼缸里安静游弋的热带鱼，深吸一口气，静下心来，无论有多少事，都得一件一件来。

下班后，他径直去了赵珍珠的家。赵珍珠听到有人敲门，担心是他，轻轻移步到门边，从猫眼里看到果然是他，于是不吭声，装成家里没有人。

方蓝调听觉灵敏，她在门后的脚步声被他听得一清二楚。她的这种行为让他比之前任何一次被她无端指责都要生气："我已经听到你的声音了，你给我开门。"

即使被拆穿了，赵珍珠也不肯开门，隔着门说："对不起，方先生，是我让你误会了。"

他们之间还有什么误会，上次不是已经都把话说清楚了吗？对于她的说辞，方蓝调充满了怀疑，反而以为她这是在玩欲擒故纵的把戏。这样想想倒让他心情略微变好。"如果你的目的是吸引我的注意力，我告诉你，你成功了，但是到此为止。你可以耍赖，却不准无理取闹。"这句话颇为自负，可是没有人敢质疑他说这句话的资格。他是广告行业中的金龟婿，不乏一些拍广告的女明星向他示好。

那些莺莺燕燕，他根本看不上眼。

这个赵珍珠倒还算有趣。

赵珍珠见他完全曲解了自己的意思，一咬牙，干脆把话敞开说："你为什么对我这么好？"

为什么？这个女人住在别的男人家里，心里还对前男友念念不忘，她说不上多么漂亮，多么温柔，多么友好，两人认识的时间也不长，只是发生了许多事。方蓝调第一次思考这个问题，恍然发现自己不知不觉间已经不遗余力地做了这么多。他因为她也是那场婚礼的受害者而与她惺惺相惜，他因为她的前男友娶她人为妻而可怜她，他因为害她负伤而内疚，他因为她误会自己而生气，他因为她的蛋糕而着迷，他也因为她只身创业而欣赏。是从什么时候开始，他让她在心里占据了一席之地？

"我不习惯和人隔着门对话，你打开门，我们说清楚。"

然而她从来就不是一个听他话的女人。

门依旧关得紧紧的，只传出她的声音，这是他从未在女人面前享受过的待遇。

"方先生，我们还算不上真正的朋友。我这个人脾气差，性格古怪且多疑，不喜欢结识太多人，也不随便向人敞开心扉。你要是想找人做朋友，我想以你的才貌，大把的女人会排着队找你。我很讨厌你这样纠缠我，这让我觉得很烦恼。"既然以后都不打算再见面了，赵珍珠不介意言辞刻薄一些。

在以前的感情里犯了很多错误，都是因为她没有快刀斩乱麻造成的。所以她现在变得决绝而冷漠。

方蓝调握紧拳头，越听心里越不是滋味，低吼一声："难道你以为我是浪荡子，习惯随便与女人搭讪吗？"

"与我无关。方先生，我没有兴趣深入了解您。所幸我们现在互相的了解也不算深，希望我们以后都不要再见面了。"赵珍珠知道，其实方蓝调没有一点错，只是她对男人似乎有了莫名其妙的戒备心理。不是说好要像周青盟一样重新开始的吗？怎么她好像就本能地抗拒任何一个男性生物靠近她的世界呢？

门外的方蓝调渐渐冷静下来，上次她不是也在这道门边骂他是卑鄙的小人吗？结果隔天就送上蛋糕乖乖地道歉。思及此，他的脸上浮起一抹笃定的笑容，他相信这一次也会像上次一样："你相不相信，就算你刻意逃避，我们也会再次相遇？"

"不相信！"三个字彰显了她对他的不在意。

"我会让你相信的。"七个字掷地有声。他不再多作停留，下楼离开，他的心中已经有一个完整的计划。

其实她说得没错，她不相信他们能再次相遇。她本来就很少出门，整天在家里做蛋糕忙得不可开交，若要存心避开他，陆城这么大，有一千三百万人口，从数学的角度来说，他们相遇的概率实在是微乎其微，无限接近于零。但他是方蓝调，绝对不会坐以待毙。他记得，她曾经提着蛋糕到水沐庄园去看望朋友。那个朋友住在C区33号。因为平常喜欢观察人，所以他对33号别墅的女主人也有一些了解。

他知道这位幸福的女主人最近常给小区保安送夜宵，从保安嘴里挖出了小区里所有疑似单身男人的信息，甚至连晚上有没有带女人回家这种事情都摸得一清二楚。

据保安说："方先生，上次邱小姐还向我问了你的事呢，问得很详细呢。"

他以前根本不理会邱珊珊问这些做什么，现在联系已婚妇女的最大爱好想一想，不外乎是牵红线当红娘了。

他调整了每天跑步的路线，以前只在A区跑，现在他也会去C区跑一圈。说实话，他买水沐庄园的房子，除了房子确实符合他的心意外，还因为想观察凉美这个女人会不会有朝一日想起那个"爱你至深却已缘尽"的朋友，但几次都是见到她和周青盟其乐融融的一幕，于是干脆眼不见为净，不再在C区闲逛。

现在，为了让赵珍珠相信，就算她刻意逃避，他们也会再次相遇，他又常常出现在C区了。

邱珊珊每天早上也会被李多乐逼着出来散步。他担心按她这种吃吃睡睡的节奏，到时候孩子会因为个头太大，给生产造成困难。

邱珊珊走得简直比蜗牛还慢，而且她只要一见到小区的长椅就必坐，这一路走来没错过任何一处。

这不，见到不远处一排长椅，她又开始撒娇了："多乐，我好困好累哦，我们休息一下嘛。"她一坐下来，李多乐就赶紧上前为她擦汗、递水，伺候得无比周到。

看着邱珊珊一副懒洋洋的样子，李多乐愁眉苦脸，他是不是应该用鱼竿在她面前挂一个纸杯蛋糕？

其实根本不用纸杯蛋糕，因为方蓝调一出现，邱珊珊立马就站了起来。她认出这就是保安说过的方先生，有一次他经过时，保安指给她看了。她当时就觉得印象不错，年轻英俊。

对于方蓝调，小区保安可是评价颇高："方先生刚搬进来，虽然话少也不爱笑，但为人不错，从不对我们颐指气使，而且作息健康，每天早晨都起来跑步。不过，方先生是小区里唯一没有开车的人，我居然看到他搭公交车上下班，很低调的一个人。"

此刻，方蓝调经过邱珊珊身旁，礼貌地点了点头。

邱珊珊很想追上去闲聊几句，但他跑得很快，而且李多乐看她的眼神也古里古怪，冒着酸气，她于是只能作罢。

晚上，方家的门铃响起。

Echo的脸谱库里没有这个人，立刻报告："方先生，门口有位陌生女士找您。"咕噜自觉到门口严阵以待，它的眼睛同时也是摄像头，可以摄下影像。如果来人意图不轨，就可以存下证据。当然，当方蓝调发出危险信号，Echo也会第一时间自动接通警察局的电话。

方蓝调打开门，见门口站着一个圆滚滚的女人，身穿一身粉色的衣服，非常可爱。正是邱珊珊。

"您是方先生吧？方蓝调？"邱珊珊一边热情地打招呼，一边举高手里的蓝莓派，"我就住在C区，离这儿不远。毕竟大家是邻居，我专门来认识一下，顺便送上乔迁礼物。说起来，今早我们还见过呢。"邱珊珊天生就是自来熟，要不然当初赵珍珠带着秘密改名为许愿，不愿和任何人接触的时候，她怎么还是成了赵珍珠最好的朋友呢？

邱珊珊低头看到方蓝调身边的机械狗，大感好奇，蹲下来摸了摸。咕噜弯曲着尾巴，尾巴尖对准了她的手，同时眼里闪烁着妖魅的红光。

方蓝调命令道："咕噜，乖！"

咕噜马上又安静地坐下来。

"这是什么？"邱珊珊恋恋不舍地放开手。

"机械狗，智能玩具而已。2010年美国产的，现在还有更高级的版本。"方蓝调接过蓝莓派，向她道谢。

"哦，这样啊？多乐说孕妇不宜养狗，容易过敏，一直不准我养狗。哈哈。我知道了，我要是养只机械狗他就没话说了。"邱珊珊乐呵呵地打着小算盘。

她话多，方蓝调话少。当她兴致勃勃地把小区大致都介绍了一遍后，忽而话锋一转："方先生，你还是单身吗？"

"嗯？"方蓝调表面不动声色，心里却在想，邱珊珊的心思可比消费者的心思好揣测多了，一下子就上钩了。

"哦，我是说啊。"邱珊珊一说起谎来就手舞足蹈，"如果你单身，我想单身男人一般不会自己下厨吧，现在在外面吃又不健康，我觉得你有时候可以到我家来吃个便饭。反正大家都是邻居嘛！我就住C区33号，很近的，一点也不麻烦。"

"真的吗？"方蓝调的眼光十分锐利，邱珊珊总觉得自己像是被他看穿了一样，毫无秘密可言。

"其实，呵呵呵——"她老实地承认，"我是有个朋友想要介绍给你，不知道你喜欢什么样的女孩子？"

一般情况下方蓝调根本不可能回答这样的问题。但这一次，邱珊珊本来就是他钓上来的鱼，他当然乐于配合，"我喜欢吃甜食，喜欢会下厨的女孩，要瘦，要白。还有，我比较沉默寡言，不喜欢太闹的女孩子。"

邱珊珊一边听一边奋力地点头，觉得方蓝调真好说话，又觉得他说的每个字都是专门用来形容赵珍珠的。

上次和赵珍珠见面的时候，她就说过要给她介绍青年才俊，没想到这么顺利。

"择日不如撞日，那就明晚吃个饭见个面怎么样？"

"那就叨扰了。"

03 你的抵抗，只会让我更想靠近

赵珍珠闭门不出，每天只在十二点时打开门，和快递员一手交钱一手交货。胡珀让她别整天闷在屋子里，说他哪天专门空出时间来带她去自驾游。她怕一出门就会遇见方蓝调，于是推托说网店生意正兴隆，现在正是打基础的时候，不能随便休假。

在她宅在家里头上都快长出蘑菇的时候，邱珊珊打来电话，甜腻腻地说："珍珠，晚上必须到我家来吃饭！我好想你哟！"

"好吧。"她对邱珊珊就是没辙。既然要去看望吃货，她就必须得带上一批美食了。

当赵珍珠的马卡龙出炉时，方蓝调已经早早地来到邱珊珊的家，顺便带了一个礼盒，是和咕噜同款的机械狗。当初他买了两个，是担心咕噜一只狗太寂寞，不过激活咕噜后，他又觉得自己很可笑，一只机械狗能够懂得什么是寂寞？它们不过是按照既定程序来扮演人类宠物的零件集合体而已。所以，另外一只机械狗一直被他收着，看邱珊珊喜欢，今天刚好送给她。

邱珊珊果然很高兴，和方蓝调聊起天来知无不言言无不尽。方蓝调对凉美的事仍有些在意，在他的刻意挖掘下，邱珊珊透露了许多关于隔壁35号别墅周青盟夫妇的事情。当然，周青盟跟许愿或赵珍珠的往事，她守口如瓶。

"我很羡慕他们呢。青盟每天早上都会剪一枝玫瑰花放在凉美的床头，而即使青盟加班再晚，凉美也会等他，送上一碗热汤。我想，岁月静好也不过如此吧。"

邱珊珊丝毫没有察觉方蓝调表面看上去和她一样在笑，眼底却很冷。她看赵珍珠这么晚了还没来，有些着急，说："我朋友怎么还没来呢？我再打电话催催。"

这时，门铃响起，她应声打开门："说曹操曹操就到啊！珍珠，快进来。"

当赵珍珠提着一袋新出炉的马卡龙进来，看到客厅里悠然自得品着一杯花茶的方蓝调时，手一松，马卡龙掉到地上。

方蓝调早就猜到等待的客人是她了，脸上带着笑意，云淡风轻道："看来我说得没错。若我们总是相遇，你就不用再逃，因为命中注定此时此刻你一定会遇见我。"

离上次她言之凿凿说"不相信"才过了五天，现实就嘲讽地摆在她面前。

方蓝调就在咫尺之遥。

赵珍珠进也不是，退也不是，开口道："珊珊，他怎么会在这里？"

"你们认识？那更好了！"邱珊珊喜滋滋地回答，"他也住在水沐庄园，刚搬过来，是我请他来家里吃饭的，就差你一个了。快坐下吧。我们不用等多乐了，他今晚又要加班。"

邱珊珊招呼着他们去饭厅坐下。晚餐以粤菜为主，清淡鲜美，是秋姨为了照顾邱珊珊有孕不得食辛辣专门做的。

通过邱珊珊滔滔不绝的介绍，方蓝调知道了赵珍珠的许多往事，不过对于她的成长经历和家庭背景，邱珊珊只是含糊带过，接着就不停地吹捧赵珍珠有多么温柔贤惠。他一向笑容很少，今夜却不吝啬微笑，浅笑着看着她，看她以后还怎么嘴硬逞强说两人互相了解不深。

"啊！蓝调，我说了这么多。你倒也说说自己啊。"邱珊珊这才察觉到全场只有自己一个人在说话，两个主角却一直都在默默地吃菜，而且眼神交错时有火花闪烁，但不是她想看到的激情点燃的火花，而是某种怒不可遏的交战。

方蓝调擦擦嘴角，正欲回答，赵珍珠却站起来，一副不想听的样子，假装去厨房添饭。"赵小姐，你坐下，我帮你！"秋姨很懂得察言观色，马上把碗接过去。

"我父母都是英国华侨后裔，我毕业于英国威斯敏斯特大学，半年前才从英国回来，现在在奥岚广告公司工作。"方蓝调飞快而简要地介绍了一下自己。

赵珍珠根本不想听也听不进去，看上去没什么兴趣。

邱珊珊用手肘悄悄推她一下："珍珠，对了，我上次忘了问你现在在做什么工作。如果还在找工作的话，我想蓝调应该认识很多公司的老板吧，也许可以帮你推荐一下。"

这边方蓝调想：她不是不想看到自己吗？那他偏偏就要常常出现在她面前，于是也说："是啊。我现在就缺一个秘书，我看你挺合适的。"

"不用。我学历不高，高攀不起鼎鼎大名的奥岚广告。那里海归硕士那么多。何况我现在自己开了一间网店，自由自在，想开店就开店，想看书就看书，不需要别人的关心。"赵珍珠觉得一刻也待不下去了，之前自己还信誓旦旦说不会再见面，可没几天就以相亲的形式相遇，简直输得彻彻底底，于是站起来说："我吃饱先走了。珊珊，我还得去搭公交车。"

"这样啊……"邱珊珊士气低落，从赵珍珠的态度判断自己似乎做错了事。她很幸福，所以也很想周围的朋友跟她一样幸福，可是她的思路并不适合赵珍珠。

"我送你！"方蓝调颇具绅士风度。

"不用了。我习惯搭公交车，节能低碳。"

"那正好，我是无车一族，平常也是搭公交车上下班。"

他看着她慌张欲逃的样子，不以为意地笑了笑。她想逃，他未必就肯放过她，看她以后还怎么逃？他和她较劲这么久算是颇有心得，就像兔子和乌龟比赛谁先到家，他是兔子，她是乌龟，"嗖"一下就钻回壳里。他想着总有一天他要扒下她的乌龟壳，把它远远地丢到汪洋大海里。

"好好好。蓝调。虽然这个小区治安不错，可珍珠毕竟是个女孩子。现在天色已晚，就拜托你了。"邱珊珊已经很八婆地抢先帮她答应了。

于是，赵珍珠走在前面，方蓝调亦步亦趋地跟在后面，这样刚好可以肆无忌惮地看着她。他要是走在前面，指不定她在后面就偷偷溜走了。他其实也试过和她并排走，不过她马上就会走到他前面或是后面去。

出了门，赵珍珠才发现外面十分热闹，一辆120急救车停在35号别墅门口，凉美焦急地站在车旁，看着医护人员把担架抬上车。

"他……"赵珍珠刚迈出一步，想问"他怎么了"，却硬生生停下来，落寞地想，就算周青盟再有什么事，她也没资格关心过问了。一年了，她早把他弄丢了，现在别人已经把他捡起来带走了。

倒是凉美眼尖，看到了她，走过来，简明扼要地说清楚情况："没有大碍。青盟不小心在浴室滑倒了，摔伤了腰。"说完，她就赶紧上了车。

等救护车开走，赵珍珠才失魂落魄地继续往前走。方蓝调看她好像失去了方向感，走路歪歪扭扭的，于是加快脚步走到她前面带路，还时不时回过头，看她跟上没有，或者说逃掉没有。

每一次回头见她还在，他的心就会更加柔软，总觉得这样时时刻刻有一个人在自己身后的感觉很温暖。

而且，她也好像忘了要逃，无精打采地低头走着，不过每一步都恰好踏在他影子的头上。

方蓝调不怒反笑，打趣道："踩我的影子能让你消气吗？"

"什么？"赵珍珠受惊般地跳开一步，总算没再踩着他的影子。

"没什么。"他心里想着，她一惊一乍的样子还挺好玩的。

"就到这里吧。我自己知道去公交车站的路。"她总算回过神来，和在她家门口时一样无情地下了逐客令。

"你觉得我会听你的吗？你既然闯进了我的世界，就不能想逃跑就逃跑。"方蓝调走过去，抓住她的手，这让他觉得踏实无比，否则他必须随时回头看看她还在不在。她挣扎，他就抓得更紧。他的手很暖，她的手很冷，抓紧了，她的手也渐渐暖和起来，不知道是被他气的，还是被他握的。

握了很久，她还是在动来动去。

他心里有些火大，觉得自己简直是在对牛弹琴，忍不住凶她："周青盟已经结婚了，你怎么还学不会向前看？总是拘泥于过去有意义吗？"

"我知道，不是因为他。"她回答得很果断，倒让他有些意外。他自以为可以很轻易地洞察一个人的想法，却在她的身上频频受挫。

"那是为什么？"

赵珍珠闭着眼，脸上布满痛苦，像她这种遍体鳞伤的人，已经都自顾不暇了，哪还有什么资格谈情说爱。何况，爱如此伤人，一刀见血，一剑封喉，一滴致命。她很怕，很怕再付出爱，再收获爱，再失去爱。这样的痛苦，她不愿再重复第二次。

"你怎么了？"她浑身颤抖，他想也没想就把她拥进怀里，抱得紧紧的，却也不能化解她止不住的颤抖。

"嗯。"方蓝调吃疼地弯着身，没想到他抱她时，她却像《农夫与蛇》里所描述的一样，蛇咬了农夫，她踢了自己一脚。

赵珍珠要跑，可手仍被他抓着。

腿上的痛渐渐缓和，方蓝调直起身子，脸上阴云密布："我和你有仇吗？"

她的声音低低的："没有。"

"那你为什么要抗拒我的靠近？我自问对你很好。"

"方先生，不要问了。"她只有一只手可以捂住自己的耳朵，哀求着，"我不想说。你若对我好，就离我远点好吗？"

拒绝！又是拒绝！在她面前，方蓝调引以为傲的自制力一点一点分崩离析。去他的什么绅士风度！

"赵珍珠，你以为你不告诉我，我就查不到原因吗？我可以请记者，可以请侦探，可以把你过去二十二年的事查得一清二楚。但是我不愿意做这样的事。"

听到前半句时，赵珍珠的心悬了起来，后来听到他说不会这样做，她的心也就放了下去，但仍然揪得紧紧的。

"你可以有你自己的秘密。但是你要知道，如果你不是这么抵抗我，我可能不会这么在意你。因为你越是抵抗，越是怕我接近你，越是怕我了解你，我就越是好奇，越想靠近，越想知道你到底是个什么样的女孩。这一切，都是你自找的。"

最后一句话，他说得特别重，然后就发现他确实把她给吓到了。其实，只要在他掌控的范围内，他是可以包容她的无理和任性的。

夜色中，她的面庞显得更加白皙。在过去的一年里，她常常待在家里，很少晒太阳，所以皮肤白得有些过分。夜风中，月华在她的发梢流转，她就像一朵洁白的花骨朵被风吹着微微颤动。方蓝调心一软，松开她的手，擦干她脸上的泪，柔声道："别怕，我不会强迫你的。我只求你不要躲着我！"

04 心头的尘埃

下午茶时分，赵珍珠的厨房里传来阵阵煳味。

心不在焉的她最近在最擅长的厨艺上频频犯错。闻到煳味，赵珍珠猛然清醒过来，巧克力炭烧面包就真像被炭火烧过一样惨烈了。

她想发短信告诉方蓝调，他订的巧克力炭烧面包烤焦了，今天送不了了，但又觉得他会认为她又是在故意躲着他吧。

这几日，她算是领教了他说到做到的魄力。他每天都会下订单，今天想吃这种，明天想吃那种，而且还要求她亲自送到。她如果不做，或者不来，他就会亲自上门来提货，还会在屋子里坐一会儿，说："你要是不习惯和我相处，那我就抽时间多陪陪你，你就会习惯我的存在了。"

没辙，她只能认真地完成他的订单。他点什么，她就做什么。他要她亲自送货，她就等他开会或者办公室没人的时候去。

方蓝调明知她每次送货上门都故意挑他没空的时候，但也并不戳破。那一晚的话很有效果，她现在已经学会听他的话，他也不愿操之过急。

今日的糕点过时还没送去，方蓝调的电话就准时响起。赵珍珠硬着头皮接起他的电话，还未等他开口，就着急地解释说面包烤焦了，她会重新做好再送去。

"是吗？我还以为是你想我了，邀我去你家坐坐呢。"他揶揄道，最近他渐占上风，霸气侧漏。

赵珍珠无言以对，挂断电话重新做了一批面包送进烤箱里。趁着烤面包的这段时间，她可以做些别的事。她看着小而温馨的家被她打扫得亮堂堂的，只有沙发上胡珀的脏衣服比较碍眼。

这是她今早大扫除时发现的，居然藏在沙发底部，也许是胡珀某天半夜三更回来迷迷糊糊地脱在地上，不小心踢进去的。

她决定还是洗衣服好了，顺便洗掉心头的尘埃。她做事很细心，先是把衣服口袋里的东西都掏出来，免得被水浸湿。

胡珀的口袋里只有一些零钱和一张皱巴巴的彩票。赵珍珠有点奇怪他居然会买彩票，但也没仔细看，就放到茶几上的收纳盒里，抱着脏衣服去浴室洗。

洗完衣服，面包也已经烤好了，她装起来，出门送去奥岚广告。她进去前，先左右打量了一下方蓝调在不在附近，然后才低着头进去，把面包往桌上一放，转身就走，就好像做贼一样。

董秘书端着咖啡看着赵珍珠鬼鬼祟祟进来又出去的一幕，再看看旁边同样在看赵珍珠的方蓝调，问："方总监，你不送送她？"

"不用。乌龟急了还咬人呢！"他的嘴角还挂着她出现后才有的笑容，接着就继续吩咐董秘书要做的几件事。

晚上七点左右，胡珀回家吃晚饭，赵珍珠因为重新做面包而耽误了做晚饭，所以晚餐显得有点简单。胡珀今晚接了个长途的单，吃过饭就要去接人，虽然累但是报酬颇丰。

席间，胡珀和赵珍珠聊起最近拉的几个乘客都会谈起的事："有人中了一注彩票，一共有五百万，居然没去领。你说那个人会不会根本就不知道自己中奖了？"

"有可能啊。很多人老是抱怨自己没运气，其实只是自己没发现。身体健康，父母双全，儿女承欢，佳偶天成，已是幸运。"赵珍珠越说心里越不是滋味，她发现自己哪一样都不占。

这个话题就此打住。赵珍珠没想过去看看自己今天翻出来的彩票，胡珀也早就忘了自己最近有一次送客到家附近，因为没有零钱，而用一百元买过一张两元的彩票的事。平常甚少与邻居接触的两个人都没注意到楼下的彩票投注站拉起了两条横幅，一条是庆贺本站出现五百万获奖者，一条是寻找获奖的人。

胡珀只吃了几口饭便要出门，临出门时把一沓钱塞给赵珍珠："我发现我的柜子里多了一些钱，是你偷偷放的吧？你的网店生意才刚起步，钱就留着自己花吧。而且，你不是还要还别人烤箱的钱吗？"

赵珍珠推拒道："可我住在这里，从来就没有给你缴纳过房租。现在我终于有一点经济能力了，不想再白住了。"

"珍珠，邵曦晨因为钱而离开我，所以我不希望我和我珍视的人再为钱斤斤计较，闹得大家都不开心。好吗？"胡珀再次把钱塞回给她，她也就不再拒绝。其实自己也是幸运的，幸运的是有胡珀这样的朋友，在她彷徨无助的时候，还可以坚定地告诉她——"就算你背负了黑夜，可是你还可以做月亮。"

时间又过了一个星期，赵珍珠再次进行大扫除，看到茶几上收纳盒里的彩票，她想也没想就丢进垃圾桶里。不过准备下楼丢垃圾的时候，她又鬼使神差地想起那张彩票，于是把它翻出来，想着核对一下又不会耽误太久。

大约愣了五分钟，赵珍珠手指颤抖地拨通了胡珀的电话："你快回来！"

她从没在胡珀出车的时间打过电话，怕他因为接电话而影响注意力。所以，胡珀听到这四个字后，什么也没问就回来了。远远地看到楼下的彩票投注站还拉着那两条横幅，不过他也只是径直上楼梯回家，什么也没多想。

"珍珠，什么事？"

胡珀看见赵珍珠，感觉怪怪的，她不是个容易失态的人，反而常常像个老太太一样老气横秋的，现在却像打了兴奋剂一般。

"你看看。"赵珍珠把彩票和从网上抄下来的当期彩票中奖号码递给他。

"是中了一千还是一万啊？"胡珀笑着笑着就笑不出来了，因为数字全对。

"五百万……"赵珍珠觉得说出这三个字耗尽了她所有的力气。

许多中了彩票的幸运儿去领奖的时候都会戴面具，以防各种远亲和平常不联络的朋友都忽然争先恐后地冒出来攀亲借钱。但是胡珀没有，他只是理了发，剃了胡须，清清爽爽地出现在电视机的镜头前。

他希望一个久未见面的女孩能够看到他。

当记者采访他有什么获奖感言时，他的回答十分苦涩："如果这个奖早来一年，也许我的生活将完全改变。"

记者说："现在也不迟啊，你还这么年轻，完全可以用这笔钱创造无限的可能。"

他低头，难掩难过："不，已经迟了。"

他爱的那个女孩现在已经属于别人了。

邵曦晨整日在山脚下的房子里虚度时光，她从来都不觉得白天和黑夜这么漫长。她最常见的娱乐活动就是看电视，看虚幻的爱情偶像剧来麻醉自己的神经。

她看见了胡珀。看一遍不够，直到这个电视台播完，她又马上找其他转播的电视台继续看。

她无法克制自己想要拥抱他的冲动，不是因为他忽然成为百万富翁，而是因为她对他的想念终于在再见他时如火山喷发了。屋子里只有她一个人，她把脸贴在冷冰冰的电视屏幕上，吻他时忽然掉了泪。

05 锁不上的情谊

胡珀虽然中了彩票，但仍然继续开出租车，唯一不同的是，他现在每天只工作八个小时，不再透支身体的健康去赚钱养家。他把房贷全部还清了，给自己留了一百万，其余的全部给了他妈妈。

他提议过资助赵珍珠在闹市区开一家大大的蛋糕店，可是被她拒绝了。她已经欠胡珀太多，她希望能靠自己一步一步慢慢攒够开店基金。胡珀又提出帮她先把欠的烤箱钱还了，这倒是个诱人的提议，不过想想方蓝调的行事作风，她还是叹了口气拒绝了。

之后，胡珀提出想让她帮他选一下求婚戒指。自从赵珍珠和邵曦晨恢复联系后，赵珍珠并没有瞒着胡珀，她自作主张把邵曦晨的近况告诉了他，私底下还希望两人能够早日破镜重圆。

她和胡珀天天见面，她知道胡珀从未忘记过邵曦晨。邵曦晨就像插在他心头的刀，拔出来会喷血，不拔出来只是活得略久一点。

胡珀开着出租车直接带赵珍珠去世奇珠宝店挑选戒指。虽然两人的穿着很普通，但店员仍礼貌地接待了他们，询问他们想买哪类珠宝。

"戒指。"胡珀的声音引起了一旁正在埋单的方蓝调的注意。

店员将包装好的珠宝递给方蓝调，道："方先生，相信您母亲一定会喜欢这款高贵典雅的兰花胸针的。"

方蓝调接过来，朝胡珀走去，看到他身边的女人居然是赵珍珠。他长期坐公交车上下班，公交车的车载电视上经常会反复播出对胡珀的中奖采访，所以他早就知道胡珀一夜暴富的消息了。

而此刻，赵珍珠竟然和胡珀在一起亲昵地挑选戒指。

难道她一直不让他接近，是因为心有所属吗？不是对前男友周青盟念念不忘，而是因为胡珀？可如果是这样，她又为什么不直说呢？

这时，赵珍珠正好抬头，也看见了方蓝调。她下意识地往胡珀身边靠拢，感觉安心不少。有胡珀在，方蓝调应该不敢轻举妄动吧？

"你看看喜欢哪个？"胡珀问。

她回过神，继续低头看戒指，指着一枚心形钻戒，说："我觉得这个不错。"

"你觉得不错就行了。"胡珀不明白和玻璃看起来差不多的钻石为什么价格这么昂贵，不过他从来就没有对邵曦晨吝啬过，只要他有一分钱，他都愿意全部献给她。

店员戴着白手套把他们看中的戒指从柜台里取出来，慢慢地移动，在每一个角度下，这颗钻石看上去都熠熠生辉："小姐，您的眼光真好。这颗一克拉的钻石采用了特别的切割法才能切成心形，象征着把整颗心都献给你。我们店里也仅剩这一枚心形戒指，不知道尺寸合不合适。"

"戴上试试吧。"胡珀牵着赵珍珠的手，替她戴上戒指，邵曦晨的手指尺寸和她的差不多。

白皙的手配着炫目的钻石，衬得指甲里透出的粉红特别可爱。

赵珍珠抬起手，伸直五指，左看右看，也十分喜欢。忽然，她轻叫一声，因为她的手已经被方蓝调抓住了，他抓着她的手，扫了一眼戒指，道："是很好看。"而后吩咐店员："埋单。"

店员只知道赵珍珠是和胡珀一起进来的，却不知道方蓝调也认识赵珍珠，以为方蓝调只是看上了这枚戒指。

"方先生……"店员一脸为难，戒指现在在其他顾客的手上，对方没说要还是不要，且全店仅剩一枚。作为国际品牌，世奇珠宝很珍惜自己的信誉，不愿意得罪任何一位顾客。但方蓝调又是世奇珠宝的老熟人，世奇珠宝的宣传也一向都是委托给奥岚广告，冬季新款的广告更是由他亲自操刀，抛出女人似不同的宝石的概念，高层对他的作品赞不绝口。

"这枚戒指是我们先试的，要卖当然卖给我们。"这枚戒指关系到胡珀和邵曦晨的未来，赵珍珠抢先表态，生怕店员把戒指卖给方蓝调。

店员垮着脸，她本来还抱有希望，说不定这一对看似穷酸的男女买不起。

"算了。"胡珀站在一旁，看着两人谁也不让谁，心生疲惫。本来他就怀疑自己已经没有机会了，此刻遇见方蓝调出来阻拦，原有的冲动就像积雪遇见热水，化得一干二净。

"不能算了。我们说好了的。"赵珍珠看着胡珀空荡荡的眼神有说不出的难受，这样的表情看在方蓝调的眼里就是伤心和失望，就好像自己破坏了她的好事一样。而且赵珍珠还走到他面前，卑微地恳求他："方先生，您能不能高抬贵手，不要争这枚戒指？"

她竟然为了这枚戒指在他面前低声下气，他的心里像是有一点火星投进干燥的稻田，迅速点燃熊熊怒火。

他反唇相讥："你就这么着急嫁给他？"

"我……"赵珍珠想解释，但马上又想到，这说不定是一次摆脱方蓝调的好机会。她犹豫的样子更让他以为自己的猜测是正确的，嘴越抿越紧。

赵珍珠看他真的误会了，于是一不做二不休，面不改色地撒谎："以前，胡珀只是一个出租车司机，怕给不了我幸福，所以一直没说出他的心意。可现在不一样了，他中了大奖。"

方蓝调说不清是觉得她说的话有问题，还是不愿意去相信眼前的事实，怀着最后一丝如风中烛火般摇曳的希望，威胁她："如果你骗我，我饶不了你。"

"我说的是真的。"她假装柔情无限地看了一眼胡珀，胡珀纵然不太理解她为什么要这么说，但仍配合地点了点头。

她还想继续说，但方蓝调厉声打断她："够了！"他把她手上的戒指摘下来，扔到柜台上，"很抱歉，看来你们要去别家选了！"

店员战战兢兢地看了胡珀一眼，发现胡珀目光呆滞地看着戒指，没有任何反应。赵珍珠倒是很想把戒指抢回来，可方蓝调挡在她面前，威胁道："你要是这么想要这枚戒指，我买来送你不就行了？"

一句话就吓得她不敢再去抢，拖着胡珀边走边说："我们再去别家看看吧。"

至于这枚戒指，当方蓝调回到公司，董秘书给他端来咖啡时，他直接把戒指盒子丢给她，吓得董秘书差点当场就跪了。看过的各种狗血剧情立马在脑海里欢快地上演，可方蓝调不是心有所属了吗？

"方总监，这是什么意思？"董秘书诚惶诚恐地捧着戒指问。

"这段时间辛苦你了，我作为上司，给辛苦工作的员工送点礼物不行吗？"方蓝调摊开报纸，董秘书看不见他脸上的表情，心里更加忐忑不安。她已经自行脑补报纸后面的那张脸该不会露出很淫邪的笑容吧？

"行行行……谢谢您对下属的关心。"董秘书赶紧赔笑脸，同时暗自腹诽他送什么不行送戒指？脑袋被驴踢了？她叹了口气，转而又道，"可是，我老公很爱吃醋，他要是看见我莫名其妙多了一枚戒指，肯定会怀疑我是不是有婚外恋。而且他脾气暴躁，又是散打教练，拳头很厉害的……"她故意把文弱的老公形容得十分勇猛。

"那算了。戒指留下，你出去吧。"方蓝调受不了她这么聒噪，打算放她走。

买戒指只是他一时冲动，说真的，他现在还真不知道该怎么处理它。

他盯着红色的戒指盒，想起世奇珠宝店里赵珍珠戴着戒指爱不释手的样子，又想起她说的话，最终把它放进左手边的抽屉里锁上。戒指可以锁上，可他却锁不上对赵珍珠的怒火，怒火中还夹杂着丝丝情意。

经此一事，赵珍珠终于不用再每天亲自给奥岚广告送糕点了。

第五章：不敢

有时候，你不敢爱一个太过美好的人，
因为他像清澈的湖水一样，如实地倒映你的美好与丑陋。
我们宁愿爱一个同样有瑕疵的人，获得心理上的平衡感。

01 若不能共苦，如何能同甘

越不想见到谁，就越是容易遇见谁。

方蓝调最不想遇见胡珀，可偏偏他在公司楼下打车时，停在他面前的正好是胡珀的出租车。两人都认出了彼此，愣了一会儿，最后方蓝调拉开车门主动上了车。

董秘书开车去年检了，他今天是去见客户的。

方蓝调报出地址，胡珀"嗯"了一声，两人便再无交谈。

方蓝调特别留意到胡珀的手上没有戒指或是戒痕，心情稍好。

霜林路段因为有IF百货等，十分繁华，常常堵车。胡珀的车在霜林路段上慢慢移动，方蓝调拿出平板电脑，打开PPT，整理一会儿见客户时的讲演思路，并把所有内容在脑海中仔细过了一遍，直到他觉得一切都完美了，才收好电脑，观察窗外。

相邻的人行道上正有一位美女经过，素白而宽大的料子穿在身上，风吹时更显出她纤瘦的身姿，让人看着像是吃了一块清新怡人的薄荷糖。

方蓝调见过各种试镜女孩，此刻眼眸里除了欣赏别无他意。而和他一样百无聊赖看看车海又看看窗外的胡珀却呆住了。他目送着她一路前行，脸上的表情之疯狂，就仿佛年年月月积累的朝思暮想终于决堤。

"瑶华！"他摇下车窗，奋力呐喊。他还是坚持叫她的原名，她因为邵瑶华听着像芍药花而改名为邵曦晨，可是他知道，她最纯真的一面都留给了邵瑶华这个名字，她父亲取的名字。

邵曦晨听到胡珀的声音，仿佛从天外传来，以为是自己幻听，苦笑一下又继续往前走。

"瑶华！"胡珀解开安全带，打开车门，跑上去追她。

方蓝调看到女人惊慌地奔跑，然后钻进路口的一辆宝马车里，任胡珀如何拍打车门也不肯开。

胡珀见红绿灯马上转绿，记住了车牌号，飞奔回自己的车上。车海缓缓向前移动，一辆绿色的出租车尖锐地鸣喇叭，一旦道路畅通，便踩足油门如同脱缰的野马一般。

方蓝调注意到行驶的路线根本不是去见客户的那条路，眼神幽幽地盯着满眼通红的胡珀，问他到底要去哪儿？

胡珀反问道："方先生，上次你买走的戒指有没有带在身上？"

方蓝调并没有急着回答胡珀，他飞快地把前前后后的事情梳理了一遍，心中浮起一种猜测："戒指不在我这里，若你需要，我可以给你做一个戒指。"

他的包里随时备有纸和笔，只见他拿出一张白纸折起来。他的手指之灵巧，简直就像是蝴蝶在飞舞。胡珀从后视镜里看到他在摇摇晃晃的车里已经做出一枚堪称艺术品的立体戒指，而现在，他正在用笔给戒指上色。

胡珀的车跟着宝马车停在山脚下的楚家小楼前。

邵曦晨一下车就拔足狂奔，希望能在胡珀拦住自己之前回到屋子里。到达门口，她摸出钥匙，抖抖索索却找不到自己需要的那一把。而她的身后，胡珀的脚步声就像击鼓一样声势浩大地逼近。

他已靠近她。

"你要干什么？这里是楚家，你不要在这里撒野！"她厉声呵斥他，更衬出内心的慌乱。然而所有的声音都在戒指亮出时销声匿迹。

邵曦晨捂住嘴巴，她不敢相信，她已经都这样了，抛弃他嫁给了楚峥嵘，他还愿意回头娶她。

虽然不是真正的戒指，但她还是泣不成声。

不远处，方蓝调也已下车，拦住了想要冲上去解围的宝马车司机。对于现在这种场面，他乐见其成。

胡珀的眼里闪动炽热的光芒，足以融化一切。上次在世奇珠宝店被方蓝调截走戒指后，他就劝自己放弃，可是所有疯狂的念头在见到邵曦晨的刹那又疯狂地涌现："我知道当初你离开我是情非得已，我也知道你现在度日如年。所以我再说一次，不要一个人勇敢了，来我怀里懦弱好吗？邵曦晨，你还愿意做回邵瑶华吗？"

胡珀举着戒指单膝跪下："我全部都准备好了，房子和钱。我不会让你受一点委屈的。"

"不要说了……"邵曦晨捂住耳朵，声嘶力竭地吼起来，"你知道这幢房子值多少钱吗？我首饰盒里的珠宝又值多少钱吗？就算你中了五百万，你也还是负担不起我的生活！你滚，马上在我眼前消失！"

她的拳头落在胡珀的身上和脸上，就像痛打落水狗一般毫不留情。然后，她找到钥匙，把自己关进如金子筑成的牢笼里。

她背靠着门，听着胡珀仍不放弃的声音："如果这就是你最后的决定，那你以后就算跪下来求我，我也绝对不会原谅你。我数一二三，你若不开门，我们便从此恩断义绝。"

每一声，胡珀都拖得很长。

"一……"邵曦晨跪下来，一直拿头撞墙，想用痛来赶走脑海里的妄念。

"二……"邵曦晨猛扇自己耳光，强迫自己清醒一点。

"三……"邵曦晨双眼无神地注视着天花板，了无生气，仿佛一具尸体。

门外的声音被无限放大，她清楚地听到胡珀离开的每一步脚步声。

当他走出很远很远，他的脚步声已经成为一种折磨她的幻觉。她在他最潦倒的时候离开了他，又怎么可能厚着脸皮在他最辉煌的时候回到他身边？若不能共苦，又如何能同甘？她宁可让他怀着最大的恨意忘记她。

鼻青脸肿的胡珀面如死灰地回到车上，他把戒指还给方蓝调，道："对不起，方先生，耽误你的时间了，我现在就送你去赴约。"

"我不急。"方蓝调的嘴角浮现出一丝很冷的笑意，他的手正把纸做的戒指捏成皱巴巴的一团，纸的边缘很锋利，他的手心被划出一道血痕。

他记得自己曾警告过赵珍珠："如果你骗我，我饶不了你。"

而现在，他又该怎么做呢？怎么让她乖乖地登门道歉？自从世奇珠宝店一别之后，她已经不再送货上门了。这件事得徐徐图之，毕竟她是只硬壳乌龟。

说真的，他从未这样生气过。

02 明玉轩的困境

这是什么文案啊？你要不要重修小学语文？

这是什么设计啊？你当自己是毕加索，但客户以为你是神经病啊！

这是什么推广方案啊？你是竞争对手派来的卧底要搞垮公司的客户的是不是……

一早的例会上，方蓝调就像一挺机关枪一样四处扫射，各个部门的员工一个接一个中弹，壮烈地倒下。

连客户也未能幸免。

奥岚的会客室里，一个娃娃脸男人向方蓝调恭敬地双手递上名片，他正是楚峥嵘。自从上次听玉商说起赌石行业的存在，他就很想一试，但是楚母根本不肯把财政大权交给他，他囊中羞涩，一直未能成行。楚母一直想请奥岚广告推广明玉轩的玉文化品牌，可惜都吃了闭门羹。楚峥嵘想着自己要是能把这件事做好了，让楚母刮目相看，她就一定会逐渐放权给他。所以，他才找上门来，妄想能够合作。

方蓝调看了一眼名片上的名字和头衔——明玉轩总经理楚峥嵘。这个人和这张脸有点熟悉，不过记性一向不错的他还是想不起他们在哪儿见过。

他也不愿多想，这场会面本来就毫无意义。他开门见山直接拒绝："楚经理，我想我们没什么可谈的。贵公司之前来过几次电话，谈及明玉轩陷入发展瓶颈，希望委托我们制订全新的整体营销方案。但我们已经很明确地拒绝了，因为我们已经和世奇珠宝达成合作关系，就断不可能为竞争对手明玉轩提供服务。"说完，他转身就走，还瞪了董秘书一眼，安排这样的会面简直就是浪费彼此的时间。可董秘书避开了他的眼神，她只担心他会不会什么时候又忽然发疯送她戒指。

尽管楚峥嵘碰了一鼻子灰，可平时高高在上的他也不以为意，像条尾巴一样跟着方蓝调："方总监，方总监留步啊！其实我们和世奇珠宝的目标客户并不重复，世奇珠宝并不涉足玉石市场，而我们明玉轩却只做玉石首饰。"

楚峥嵘当然不习惯这么求人，可是没办法，奥岚广告招牌大、口碑好，在品牌推广方面功力深厚，每一招营销手段都能收获奇效。经过市场调研，明玉轩最重要的问题就是品牌认知度不强，消费者不在意买的玉石是明玉轩的还是某某轩的，只看中价格和质量，所以玉石品牌一多，明玉轩的市场份额就急剧下降。

方蓝调虽然嫌楚峥嵘烦人，可到底不好说出真实原因。奥岚广告对客户是有讲究的，公司一向只和国际大品牌合作，是不可能和明玉轩这种小品牌合作的。楚家在陆城算得上是富贵之家，但是放眼全国根本就不算什么。

总会有不少企业慕名而来，可并不是每一个都够格成为奥岚的客户。

"董秘书，送客。"

楚峥嵘眼看方蓝调不是在故意抬价，而是真的打算把自己轰出去，连忙说：
"方总监，有话好好说，先别急着走。只要您肯出手，无论营销费用是多少，我们
明玉轩都愿意支付。您要是现在忙，那我等您晚上下班了再谈好不好？要不，今晚
去高塔会所坐坐？"

　　高塔会所？

　　方蓝调脚步一慢，他想起来了，上次这个男人捂着滴血的耳朵从2013房走出
来，赵珍珠则独自留在房里借酒浇愁。难怪他之前想不起来呢，是因为他那天也喝
了点酒。

　　"你认识赵珍珠？"

　　"认识啊！"楚峥嵘一愣，不明白他为什么会突然提到已经被自己辞退的赵珍
珠。

　　方蓝调态度一变："你让她来和我谈，但不要告诉她是我的意思。"

　　走出奥岚广告，楚峥嵘正在苦恼要如何请回被他扇了一巴掌的赵珍珠。

　　他让人事通知赵珍珠回来上班，可人事专员联系上赵珍珠，却被干脆地拒绝
了。赵珍珠认为楚峥嵘这种人一定没安好心，之前在高塔会所里发生的事还历历在
目，他对她的羞辱让她备受打击。况且，她现在的网店经营得不错，没必要为上这
个班而忍气吞声。

　　"给她加工资，一直加到她同意为止！告诉她，我对上次发生的误会十分抱
歉。"

　　一倍……两倍……三倍……

　　不得不说，楚峥嵘加工资的决定确实打动了赵珍珠。她梦想能早日拥有一家
自己的蛋糕店，但是门面租金都太贵，仅靠网店的收入不知道何年何月才能实现梦
想。何况，她还欠方蓝调一大笔买烤箱的钱。

　　如果自己肯吃苦，白天上班，晚上做蛋糕，翌日上班前发货，也许梦想就能早
点实现，钱也可以早点还清。

　　人事专员也是巧舌如簧，一直说楚峥嵘很诚恳地想邀请她回来工作，明玉轩有
一项工作非常需要她，请她再给楚经理和明玉轩一次机会。

　　"好吧。但如果让我发现这里面有问题，我随时走人。"赵珍珠改口答应，愿
意为梦想而低头。

　　她又重新回到明玉轩上班，上次领她在公司里转的人事部助理看到她时挺惊讶

的："你怎么又跳进这个火坑啦？"

赵珍珠报以苦笑。

她还不知道为什么楚峥嵘一定要请她回来，难道真的是因为上次酒醉才犯了糊涂，现在重新找到她想认错弥补？又或者是邵曦晨给楚峥嵘施加了压力？两种可能都不太像。她索性也就不猜了，反正楚峥嵘必定会给她一个答案。

经理办公室里，楚峥嵘客客气气地亲自给她倒茶，不过她不敢喝。倒是他主动和她保持一定的距离，让她放心不少。

"珍珠，上次是我酒醉出了洋相，还请你见谅啊。"

听到楚峥嵘言辞恳切的道歉，赵珍珠嘴角抽了抽，不知道为什么，她总觉得他是黄鼠狼给鸡拜年没安好心。

"说吧，有什么工作？"

听完楚峥嵘布置的工作，赵珍珠久久没有出声。她千算万算也没算到她的工作内容会是和奥岚广告衔接品牌营销事宜，的确是正经的工作。

"怎么？你不肯吗？"楚峥嵘看到她面有难色，略微有些不悦，"赵珍珠，不然你以为以你的学历和经历，凭什么可以拿到普通员工三倍的工资？"

她迟疑了一下，咬牙答应："我肯！"

她不断催眠自己，工作只是工作。何况方蓝调现在也不会再纠缠自己了。

03 主动找上门

"您好。我是明玉轩的赵珍珠，我想见方总监。"

"对不起，方总监出差了。"

这些天，赵珍珠已经听了无数个推托的理由，方总监出差了，方总监看牙医去了，方总监开会去了……总之，她根本就见不到方蓝调。

这些其实都是方蓝调安排的。他是有意让她也体验一下自己当初频频遭拒的遭遇，想让她后悔以前那样无理地对待他。

董秘书在旁边看得摇头叹气，以前他是变着法子想见赵珍珠，可现在却故意躲着她。难道他真的对赵珍珠没兴趣了？改成对自己有想法了？

她虽然已经是一对四岁双胞胎的妈妈，但因为保养得不错，算得上是辣妈一族。不过还君明珠双泪垂，恨不相逢未嫁时。如果再年轻几岁，她一定会跪下来感谢天感谢地，感谢它们赐给她方蓝调。可现在，还是算了吧！

方蓝调对董秘书这段时间的别扭看得清清楚楚，起先只以为她可能是每个月的那几天有些情绪化，忍忍也就算了，可现在看起来她还真是没休没止了，于是把她叫进来单独问话。

董秘书进来时，特意留了一条门缝。

"你最近是怎么了？更年期到了？还是准备跳槽？"

"啊？"

"我问你最近常常消失，让我找不到人办事是为什么？"

"我……我……"看到方蓝调对自己毫不留情的样子，董秘书觉得自己可能是闹笑话了，脸变得通红。

"说话！"方蓝调敲敲桌面。

董秘书声如蚊蚋："因为戒指……"

方蓝调嘴角一抽，道："今天如果赵珍珠再来，就让她进来吧。"

赵珍珠今天依旧登门，她已经被前台拦了许多次，这次别无他法，只好装成是送蛋糕的外卖员，故意戴着红色的鸭舌帽，遮住大半边脸。她执意要自己送进去，对前台说因为彩虹蛋糕的七种口味有变更，方先生又是重要客户，她希望能当面说明，免得方先生对蛋糕的品质产生误会。前台已经收到方蓝调的最新指令，于是点头放行。

赵珍珠一路闯关，总算找到总监办公室。方蓝调早已收到她进来了的消息，听到门口的脚步声，他伏案写字，头也没抬，道："董秘书，帮我按一下肩膀。"

赵珍珠正想出声说自己不是董秘书，就听到方蓝调不耐烦地催促一声："还不过来？"

从这句话听上去，他的心情似乎很不好，而且她好不容易才见他一面，之后还要谈生意，现在得罪他不是明智之举。于是赵珍珠只能走过去，双手搭上他的肩膀轻轻地揉捏。他的肩膀绷得很紧，她感觉手像是捏在岩石上，不难想象他平时的工作有多么辛苦。

即使在按摩时，他也没放下手中的稿纸。她从没见过一个人做事这么专注，就好像天塌下来也要先把工作完成似的。

"没吃饱吗？重点。"

赵珍珠闻言，只得加重力度。

方蓝调低着头，抿唇偷偷一笑。过了一会儿，估计她已经按得手酸了，他才开口道："好了。倒杯咖啡来吧。"

赵珍珠端了一杯咖啡回来，她不知道他喜欢什么口味，加不加炼乳和方糖，不过想到他喜欢吃甜食，于是就多加了一些。她怕打扰他的思路，只轻轻地把咖啡放在桌上，然后就站在一旁。

方蓝调端起咖啡喝了一口，皱着眉说："怎么加糖了？"

"对不起，我不知道你的口味。"赵珍珠有点疑惑，上次他工作专注时，连咸死人的饼干都没发现，怎么这次才喝一口就知道咖啡加糖了？

方蓝调闻声转过头，看见是她，表现得像是有点惊讶："是你？有何贵干？上门送请柬吗？"接着脸一沉，霸道地要求她记住自己的喜好，"咖啡是提神的，记住我不喜欢喝咖啡时加其他东西。"他看赵珍珠有认真在听，这才满意地继续问："说吧，你找我做什么？"

"我现在是明玉轩的员工。"赵珍珠现在有求于他，态度极好，极其恭敬，"我们明玉轩是真的很希望和贵公司合作。而且，工作是工作，我希望方先生不要因为私事影响到工作。"

她刚说完，就看到方蓝调站起身往外走。她以为他是打算摔门而去，就赶紧跟上，边跑还边不停地恳求："方先生，请你考虑一下，我们很有诚意的。"

"是吗？那让我看看你们的诚意吧。"方蓝调继续往前走，走在前面的他春风得意，嘴角飞扬，就好像一只偷吃到蜜糖的熊。

后面的赵珍珠看不到他这副得意的样子，只知道他允许她跟着，便大喜地跟上来。

他先是带她去到世奇珠宝，让店员拿出珠宝，一件一件在她身上试。她看每一件都标价不菲，于是趁店员兴冲冲地去拿另一批珠宝的时候把方蓝调拉近，在他耳边悄声问："你带我来这里干什么？"

方蓝调感受着她在耳边呵气如兰，说话时的热气吹到耳朵上痒痒的。他闻着她的发香，小声说："我在带你做市场调研啊！"

"哦。"赵珍珠似懂非懂地点点头，完全没注意到他眼里闪过一丝得逞的光芒。

方蓝调本想买一条珍珠项链，好配她的名字，不过赵珍珠死活不肯，把他拉到角落里说悄悄话："我们调研就调研嘛，为什么要买这么贵的项链呢？"这一点他倒的确不知道怎么糊弄过去，于是只能放下项链。

　　然后，他又带着她去了明玉轩的一家分店，在一家大型生活超市的一楼，店面不大，来往的行人人声嘈杂，与刚刚世奇珠宝的独享空间有着天壤之别。方蓝调照样让店员拿出许多件玉石首饰，让赵珍珠一件一件地试。等试到第五件的时候，店员就不耐烦了，没好气地说："你们看好再试行不行？"

　　不用方蓝调催促，赵珍珠自己就灰溜溜地走了出来。两个品牌的对比让她大受打击，但她仍没忘记自己此行的使命，他还未答应和明玉轩合作。

　　她试探地一问，方蓝调脸上的开心顿时消失得无影无踪，严肃地回答："今天比较了一天，你觉得，我们和世奇珠宝合作，还有可能成为明玉轩的合作伙伴吗？"

　　顿时，赵珍珠感觉受到了莫大的欺骗，数日来的怨气瞬间爆发，大声质问道："你从来没有想过和明玉轩合作，你直接说清楚不就行了吗？为什么今天要了我一整天，还说是市场调研！"

　　她讨厌这种被戏弄的感觉，想到自己这些天为了明玉轩能够得到奥岚的认可，熬夜熟悉资料、分析产品、撰写方案。有时候喝了咖啡也不顶用，她趴在桌上就睡着了，竟然忘了做蛋糕，第二天又要匆匆上班，蛋糕只能延期发，所以网店收到了许多差评。

　　可现在所做的一切都只是竹篮打水一场空。

　　也许是风大，吹起沙子进了眼睛，她眼眶微红。

　　方蓝调有些不忍，可想起胡珀，又逼自己硬下心肠，句句如刺："知道难过了？我才要你这么一次，你就如此委屈。那我之前被你要得团团转，你怎么从来就没有心软过？"

　　"你什么意思？"

　　"我什么意思？你和胡珀是真的在一起吗？我可是目睹了他向一个女孩求婚的！"

　　"邵邵！"赵珍珠失态地抓住方蓝调的袖子，她完全不知道胡珀找过邵曦晨求婚，这几日胡珀少言寡语，脸色也不好，她只以为是他开车太累了。

　　"原来你什么都知道，我还以为是胡珀骗了你！没想到你是真的骗了我！"怒极的方蓝调顺势握住她的手。就是这双手，像猫爪子一样，挠着他的心。

　　"对不起，方先生，我现在没空和你解释，我必须先回去看看胡珀。"赵珍珠焦急不已，此刻只想脱身，他却偏偏不放过她。

"叫我蓝调！"

"蓝调。"

"向我道歉！"

"对不起，蓝调，我以后不会再骗你了。"他现在说什么就是什么，只要他能够快点放开她，让她回去找胡珀。

"记住了吗？重复一遍！"

"记住了，蓝调，我以后不会再骗你了。"

闻言，他笑了。

她第一次在他面前如此温顺和乖巧，这份心动的感觉，足以让他珍藏终生。

04 有时候，你不敢爱一个太过美好的人

赵珍珠回到家，胡珀还没回来，还在外面跑车。赵珍珠照常做饭、煲汤，把四菜一汤摆上桌，等胡珀回来了就为他添饭。

胡珀说："添少点。"他最近胃口都很差。

赵珍珠强忍着悲伤，添了满满一碗饭递给他："即使没有爱情，我们也还是要继续生活的。"

胡珀闻言一愣，沉默地接过碗筷。

这一顿，他们吃得很撑，一点菜也没剩下。吃完了，胡珀就抢着洗碗。他洗着洗着就说："珍珠，碗都旧了。我们买新的吧。"

赵珍珠点点头。然后胡珀就开始摔碗，清脆的破碎声，像一首残酷的交响乐。

直到整个橱柜都空了。胡珀蹲下身来捡碎片，满手是血。捡完后，他天真地笑着，问："珍珠，明天我们去买法兰瓷餐具好不好？用来盛菜会很漂亮的。"

于是，橱柜里放上了一套崭新的法兰瓷餐具，胡珀也焕然一新。当你一次次承受来自另一人对你的伤害，你愈合的时间将会越来越短，因为你已经对那个人产生了抗性。那个人不再是你的天敌，却能帮助你变得更加强大无情。

胡珀的变化让赵珍珠觉得欣慰又心酸。她明白，他和邵曦晨之间发生的一切终于彻彻底底成为了一段往事。在这之前，阳台上的芍药花一直由他浇水照料，而现在，阳台上摆满了多肉植物，那些鲜艳的芍药花则在垃圾箱里逐渐衰败。

其实，赵珍珠明白邵曦晨为什么会拒绝胡珀。有时候，你不敢爱一个太过美好的人，因为他就像清澈的湖水一样，如实地倒映你的美好与丑陋。我们宁愿爱一个同样有瑕疵的人，以获得心理上的平衡感。

这句话，同样适用于她和方蓝调。她有沉重的过去，是布满瑕疵的残次品；他有光明的未来，是完美无瑕的收藏品。

想起方蓝调，赵珍珠就头疼，她更头疼的是怎么向楚峥嵘汇报工作。明玉轩不可能请得动奥岚广告。

之前因为她常常吃闭门羹，楚峥嵘已经催过很多次，还严重怀疑她的办事能力。今天，晨会上，各个部门依次汇报上周工作完成情况和本周工作计划，轮到赵珍珠时，她只好把奥岚选择客户的条件清楚地列出来，看到楚峥嵘的脸色阴晴不定。

散会后，她正在收拾桌面的文件，楚峥嵘走到她面前，此刻会议室只剩下他们两个人。

他眯着眼打量她，眼神赤裸裸的，音量提高："你是真傻还是假傻？姓方的不是喜欢你吗？你就不会利用这点优势哄他同意吗？"

赵珍珠脸色铁青地听着他把自己骂得不堪入耳，可是她却不能任性地耍脾气走人，因为网店的生意大不如前了，若再失去这样一份工作，她又将一无所有，所以她只能掐着自己的胳膊忍下去。等楚峥嵘说得口干舌燥，她才出声："楚经理，你说完了？说完了我就出去了。"

她转身，却又被他叫住。

"听着！公司不会花高薪养废物，今晚我会安排一个饭局，你要好好表现。"

训斥完赵珍珠，楚峥嵘亲自给方蓝调打电话，邀请他晚上赴宴。方蓝调婉言谢绝，告诉他自己正在邻城出差，而且已经和赵珍珠说得很清楚了，奥岚有自己选择客户的标准。

楚峥嵘气得把手机砸到地上，过了一会儿，他又弯腰去捡起。如果方蓝调不行，那其他人呢？

他想到最近一次遇见在厨心电器工作的老朋友。厨心电器是全国知名的厨房家电厂商，产品热销国内外，和奥岚长期保持着合作关系。

楚峥嵘打电话给厨心的老朋友，拐弯抹角地问对方在奥岚有没有熟人。对方很热情地给他介绍了奥岚广告的刘副总监。刘副总监从事广告业已有数年，也有不少堪称教科书的营销案例，只可惜他斩获的顶级广告赛事的奖项等于零。顶级广告赛事不仅注重商业性，同样注重人文性。刘副总监的作品里少了后者，显得有些媚俗，而方蓝调的作品则能做到两者平衡。

楚峥嵘连忙约两人晚上一起聚会。

刘副总监马脸鹰钩鼻，今年已经三十五岁，比二十八岁的方蓝调年长七岁，却只能屈居副手，一直觉得很憋屈。席上，刘副总监明显关注厨心电器的人要胜过楚峥嵘，不过他处世圆滑，酒过三巡便开始与楚峥嵘称兄道弟，楚峥嵘倒也没觉得自己被怠慢了。

而且，巧的是刘副总监也对赵珍珠有点兴趣，他很喜欢她那种不胜酒力却故作坚强的模样，那种可怜而倔强的风情，让他找到一点青春的涩味。

楚峥嵘仿佛看到一点希望，于是不断怂恿赵珍珠为刘副总监布菜，陪他聊天，向他敬酒。

赵珍珠不愿意做这些事，她重返明玉轩的时候，楚峥嵘曾向她保证过，如果她感觉不被尊重，可以随时翻脸走人。

商务活动中，吃饭喝酒的应酬是少不了的。如果控制在合理的范围内，赵珍珠可以大大方方地出席。可酒过三巡，她感觉自己有点头晕，便告诉楚峥嵘自己要先离席。

刘副总监看见赵珍珠喝得面红耳赤，又心疼又开心，站在门口，抓住她开门的手，说："赵小姐，别急着走呀。不愧是明玉轩的人，真像一块和田玉一样，皮肤又白又嫩。"

那楚峥嵘不但不帮赵珍珠解围，反而跟着一起起哄："是啊。刘总监，我们明玉轩的人和玉石那可都是顶呱呱的。您看，您能不能帮我们想个主意推广？"

"呵呵。下班了就不要聊公事嘛。"刘副总监摆摆手，精得跟狐狸一样。方蓝调在帮世奇珠宝做推广，如果他帮明玉轩做推广，两个牌子的影响力天差地别，不就更显出他的能力不如方蓝调吗？

楚峥嵘暗骂一句，看来把希望押在这只老狐狸身上一点都不靠谱。

赵珍珠的手机这时响起来。她刚忘在了桌子上了，楚峥嵘眼尖，看到来电人的名字是方蓝调，立马谄媚地双手捧着手机递给赵珍珠，让她快接。

刘副总监不再吭声。厨心的人本来今晚就一直在旁边看戏。楚峥嵘则是充满期待地看着赵珍珠，希望能够从她嘴里传出一点好消息来。整个房间因为方蓝调的来电而变得异常安静。

方蓝调刚刚结束今天的广告拍摄，产品的代言明星是最近因饰演刁蛮格格一炮走红的女明星，特别爱耍大牌，他必须亲自坐镇。今天整个摄影棚都被女明星霸道无理的要求弄得人仰马翻，他忽然觉得赵珍珠那点小脾气其实还挺可爱的。刚刚，女明星的经纪人做贼一样来找他，说希望晚上能一起吃顿便饭，聊聊产品。他断然拒绝了，这女明星今天没少给他抛媚眼。

"你在哪里？"方蓝调柔声问，只是突然很想她。

"在吃饭。"她微醺的时候，声音有点懒懒的，一下子就被他听出有些不对劲。

"楚峥嵘安排的饭局？"

"嗯。"

"他让你陪人喝酒应酬了？"

"嗯。"

"你告诉楚峥嵘，我马上来！"

今天的行程很赶，方蓝调本打算明天再回去的，挂断电话后，他立马找董秘书要了车，在夜里疾速飞驰。

05 在我身边，你很安全

楚峥嵘听赵珍珠说方蓝调马上会来，立刻心花怒放："既然方总监要来，那你就再坐会儿。来来来，不喝酒了。"

他把赵珍珠像老佛爷一样迎回座位上，再斜眼看看刘副总监，笑着问："刘副总监，你还没喝尽兴的话，我陪你喝！"

刘副总监看楚峥嵘变脸比翻书还快，觉得方蓝调要来，自己也就不必再待在这里了，于是起身告辞。厨心的人和刘副总监关系很好，也就一道走了。

房间里只剩下赵珍珠和楚峥嵘，不过现在借他一千个胆子，他也不敢动赵珍珠了，反而是鞍前马后地伺候着。赵珍珠此时正闭目养神，他阴恻恻地盯着她，似乎在打什么主意。过了一会儿，他走出去找服务员要了一杯热水，喂赵珍珠喝下，表面上装出一副很关心的样子："珍珠，喝点热水，胃会舒服一点。"

赵珍珠正口渴呢，一杯水很快见了底。

她的上下眼皮直打架，总觉得时间过得好慢，方蓝调怎么还不来啊，她什么时候才能下班？

高速公路上，方蓝调其实已经在以最快的速度疾驰。等他到时，赵珍珠可能是因为酒的后劲上来了，整个人晕乎乎的。

听到他的脚步声，她努力睁大眼神涣散的眼睛，嘟囔着："方先生，不，蓝调，你来了。"

见她醉着困着还记得要叫自己蓝调，方蓝调满意得不得了，风尘仆仆的他觉得如此披星戴月劳苦奔波就为见她一面也值了。

不过，他对楚峥嵘就没什么好脸色了："她不会喝酒，你还让她喝这么多？"

"对不起对不起，方总监，以后我会注意保护珍珠的。"楚峥嵘边道歉，边找服务员拿菜单，准备加菜。

方蓝调招呼服务员拿瓶酸奶来，撕开封口，插进吸管，放到赵珍珠手里。

她握着酸奶瓶，傻乎乎地冲他笑笑，然后又闭上眼睛，似乎是真的困了，头一点一点的，就像小鸡啄米一样。

他心疼她困成这样还不能下班，便扶好她，不然她很可能会顺势睡到地上去："不用了，我先送她回去。"

"也好，也好。方总监，我今晚喝了酒，不能开车，就麻烦你照顾珍珠了。"楚峥嵘站起来，把一张卡放到方蓝调面前的桌子上，低声说，"方总监，你看珍珠都已经这么困了，不如就近找个房间让她休息一下吧。"

"你什么意思？"方蓝调每个字都咬得很重。

适时，赵珍珠呻吟了一声："热！"

她的脸红红的，就像艳阳一般。

楚峥嵘得意地朝方蓝调挤眉弄眼，接着，他的娃娃脸就挨了方蓝调重重的一拳。

方蓝调本来还想继续揍他的，但赵珍珠在一旁很不安分，他顾不上楚峥嵘，抱起她，把她丢进车里，就给宁叔打电话。

他时不时会看一眼后座上不断扭动的她，眸子里窜着旺盛的火苗。他气她明明上次在高塔会所醉得大哭，现在又跑来应酬；他气她明明知道奥岚不可能和明玉轩合作，还这么努力地尝试；他气她在别人面前毫无防备，在他面前却总是机警得有些过分。

陆城中心医院，德高望重的宁医生半夜三更被方蓝调喊到医院里，一看病床上的姑娘又是赵珍珠，观察了一下病情，问："你干的？"

方蓝调差点吐血："如果是我，我会找你？"

"洗胃。"宁医生简洁明了地丢下两个字。

送进洗胃室前，赵珍珠的脸红红的，从洗胃室出来后，她的脸色一片惨白。

赵珍珠稍微恢复了一点神志，她不记得发生了什么事，她怎么被方蓝调送进医院来洗胃了？但她看他的眼睛，里面如一片平静而浩瀚的海洋，没有风雨。

她直觉自己似乎逃过一劫，有一点劫后余生的紧张和庆幸。她抓紧了被角，悄声问："怎么了？"

他不想把楚峥嵘做的事告诉她，他也不想让她知道人心这么险恶，于是摸了摸她的额头。她一直都有乖乖涂他送的药膏，此时疤痕已经看不见了。他轻声说："什么都不用想。在我身边，你很安全。"

赵珍珠疲惫至极地睡去，一夜无梦。

第六章：等待

我愿意给你时间，不过你不准让我等太久。

01 生来贵重，或生来轻贱

　　翌日早上，赵珍珠醒来，第一眼就看到方蓝调睡在病床边。睡着的他没有白天清醒时那么威严，反而像邻家英俊的大哥哥。

　　赵珍珠轻手轻脚地下床，她看看表，发现自己已经快迟到了。

　　方蓝调睡得不熟，她一动他就醒了，睁开眼睛看到她正在整理衣服，挎上包包就准备溜走，他叫住她："你干什么去？"

　　"上班。"她在他面前老老实实的，不敢造次。醒来的他眼神如剑芒，像是能刺透人心，让她再次产生一种距离感。

　　"你还去上班？"他雷霆震怒，但看她被吓得往后退了一步，又想想她其实什么都不知道，昨天被送来洗胃，估计她还以为自己是因为酗酒过度才被送来就医的，于是好言好语地劝她，"那种班就别上了！反正奥岚不会和明玉轩合作，你迟早要被炒鱿鱼的。"

　　"可是，我的网店生意不太好，很需要这份工作。"

　　她开始接受这份工作时，满心以为自己能够处理好正职和兼职的关系，却没想到是自己自不量力，上班忙起来，根本就顾不全网店的生意。一来二去，网店的生意也就渐渐萧条了。现在，她确实很需要这份工作。

　　"不用了！我已经帮你辞职了。"方蓝调索性断了她的念头，昨天他把楚峥嵘揍了一顿，要是她今天再送上门去，还指不定怎么被欺负呢。

　　"你！"昨夜累积的感激瞬间化为乌有，赵珍珠冷眼看着方蓝调一副满不在乎的样子，对于他这种一呼百应、高高在上的大总监来说，她的工作当然不值一提，

　　"你知不知道我有多需要这份工作！像你这种呼风唤雨的大总监，肯定不能理解我

这种蝼蚁一般的存在吧？"

　　念及她昨夜才被送来洗胃，方蓝调强忍她的无理挑衅，只是提醒她："注意你的语气，好好和我说话。"

　　"你从小就习惯发号施令对不对？像你这种一帆风顺的人根本不知道普通人奋斗起来是多么辛苦吧？"

　　她见惯了胡珀熬夜开出租车，忍受酒醉乘客的无理谩骂；她见惯了因为蛋糕晚到半小时就打电话来骂她一小时的顾客。而方蓝调已经习惯坐在宽大舒适、冬暖夏凉的办公室里，俯视城市的悲喜。

　　"你觉得我不知道？"方蓝调提高音量，他并不愿意回顾自己悲惨的童年，每个人都喜欢自己生来就贵重，而不是轻贱。

　　可她是赵珍珠，他愿意告诉她。

　　赵珍珠愣愣地听着方蓝调说他从小在贫民区长大，生日时连蛋糕都吃不起，父亲有家庭暴力，常常对母亲和自己拳脚相加。他好几次差点病死和饿死，都是靠自己心中一股不灭的志气咬牙支撑过来。

　　他要改变人生！

　　最后，他成了如今风度翩翩且无往不胜的方蓝调。

　　一个活生生的例子摆在眼前，赵珍珠既觉得难以置信，又觉得斗志昂扬："你……你没有任何背景，就靠自己一步一步走到今天？"

　　方蓝调的眼神变得苍凉："当然，也多亏了我的朋友，他是个富家子，他毫不吝啬地把他的资源共享给我。他，就是喜欢凉美的那个人。"

　　对于这个朋友，方蓝调不欲多说，转而继续谈起赵珍珠的工作："我的秘书一职还空着，不如你来奥岚上班？"

　　"不用了。"这件事他在邱珊珊家也提过，此刻她还是选择拒绝。

　　"那你先回去继续经营网店，我会帮你留意生意机会的。相信我，你的厨艺很不错，一定有出彩的机会。"

　　方蓝调也不勉强，既然她喜欢下厨，那就让她做自己喜欢的事吧。

　　在方蓝调的鼓励下，赵珍珠又重新用心经营网店，流失的人气也慢慢找了回来。当觉得累时，她就用他的事迹鼓励自己，瞬间感觉满血复活。

　　马上就是圣诞节了，赵珍珠期待这次能打一场漂亮的翻身仗。圣诞节周，她特意提高每日产量，推出佛罗伦萨瓦片酥和手绘蕾丝饼干。

平安夜晚上十点，胡珀看着赵珍珠还在厨房里高速运转，有心想帮忙，又担心自己笨手笨脚的好心干坏事，只得无奈地道了句："晚安。"

对赵珍珠来说，最悦耳的声音就是烤箱时间到的"叮"的一声。

这是今晚出炉的第四批饼干了。"叮！"与此同时，响起的还有方蓝调的来电。

今晚，他本来约了她共进晚餐，可是到饭点时，他又打来电话说公司有急事不能一起吃饭了，她也刚好有一堆订单还没完成，于是互相简单道一声"平安夜快乐"，就各自忙各自的事情了。这种和平共处的状态让方蓝调很满意，但他不会感谢楚峥嵘。

赵珍珠接起方蓝调的电话，他直接说："马上送一些新鲜出炉的糕点到奥岚来，我在公司楼下接你。"然后就匆匆挂断。

等赵珍珠把糕点打包装好，胡珀此时已经睡下，她不便吵醒他，于是直接在街上拦了一辆出租车。

方蓝调在大厦楼下等她。赵珍珠远远就看见了他，他的头发有些凌乱，对比夜空下繁华的车水马龙，他黑色的背影看上去无比孤独。

事实上，接人这种事他完全可以让董秘书来办，可是他借口要吹吹冷风清醒一下头脑，离开了会议室，站在街头望眼欲穿。

当出租车停下，他一眼就看到穿着一件旧旧的小鹿图案的带帽衫的赵珍珠，嘴角微扬，接着唇一抿，自责道："是我疏忽了，只顾着让你带作品来，却忘了嘱咐你见客户要注意着装。"

他打电话给董秘书让她再安抚一下客户，他需要半个小时左右的时间，然后又接过她的饼干盒，放到保安处。之后，他抓着她的手，开始在黑夜里狂奔起来。

他带她去的方向是铁塔附近的白色公寓，也是赵珍珠曾以许愿的身份住进的地方。看他是要带她去这里，她不由得反抗起来，试图挣脱他的手。因为她对这里没有任何美好的回忆。

"怎么了？我认识的一个时尚买手住在这里，我打算带你去换身装扮。你这副不修边幅的样子去会议室，还没走进去估计就会被轰出来。"他久未感觉到赵珍珠的抵抗，此刻见她好像又犯了老毛病。

"对不起！"赵珍珠知道是自己反应过度了，可是越接近白色公寓，她的眼神就越慌，仿佛到了一个寸草不生的地方。她只能任由他拉着走。

赵珍珠以前住在许南望安排的顶层公寓里，方蓝调的朋友则住在十三楼。

他的朋友正在开派对，看到方蓝调来了感觉有些意外，端着鸡尾酒杯娇笑着贴上来，尾音妩媚地扬起："蓝调，你不是说不来的吗？"

赵珍珠打了个寒战，不敢相信这么酥的声音是一个穿得很鲜艳很妩媚的男人发出来的。

"好了，丹尼。快给她找身衣服化个妆，我要带她去见客户。"方蓝调把她推给丹尼，自己则走到房间的角落里坐下，对眼前的纵情欢乐冷眼旁观。

丹尼把她带到衣帽间，拉开帘子的时候故意神神秘秘地先念了句咒语，再对她说："欢迎走进丹尼的魔法世界！"

帘子一打开，露出足有三十平方米的衣帽间，衣服鞋包甚至堆到天花板的高度。这里大部分的收藏都是丹尼从世界各地搜罗来的时尚名品，复古、端庄、前卫等各种风格都有。

丹尼搭配的速度比音速还快，不多时就给她配出一套香奈儿千鸟格通勤外套内搭简约小黑裙，以及一双黑色流苏单鞋。他给她化的妆妆容清淡，若有若无，唇色是甜美的想你色，看上去很优雅。

赵珍珠摇身一变走出来，丹尼扬扬得意地炫耀道："看吧，我对丑小鸭变白天鹅很有一手吧？"

方蓝调斜看他一眼，毫不留情地反驳："她是璞玉无华，你只是雕琢有方。"他毫不掩饰对她的赞美。

他低头看看腕表上的时间，抓住她的手再次狂奔。

赵珍珠已经许久没有这样疯狂了，在深夜着盛装像逃出城堡的公主一样夜奔。对于人生的方向，她迷惘了太久。

而方蓝调就像忽然闯入的引路者，带领她有目的地朝着一个长满鲜花的地方狂奔。

他带着她一路不停歇地跑到奥岚广告公司门口，然后停下来看到她散乱的头发，很自然地用手帮她梳理整齐，拈走一根贴在她嘴唇上的头发，挽到耳后。

他的手顺势向下按着她的肩膀，他看着她，眼神很认真，问："你听说过厨心吗？"

赵珍珠不敢说她还在楚峥嵘的安排下和厨心的人一起喝过酒，只吞吞吐吐地回答："知道啊。厨房家电品牌嘛。我买了很多他们家的产品。"

"那好。会议室里是厨心的客户代表，厨心品牌正准备推出一款世界风情家用烤箱，附赠菜谱和教学光盘，因此需要物色菜谱和教学主持人。我推荐了你。"

她闻到他身上淡淡的海洋香，顿时心神安宁。上次在医院里，他就说会帮她留意生意机会，没想到这么快就找到了。她也知道他只能引荐，拿不拿得下这份工作却得靠自己，于是坚定地点点头。

方蓝调率先迈进会议室里，里面一共有五个人，董秘书、奥岚的客户执行和三个客户代表。

厨心的代表要求临时追加适合世界风情家用烤箱的菜谱和教学光盘，并在整体营销活动当成线下的重要互动内容。

他们届时会在全国大型电器行选点进行现场推销，请教学光盘的主持人示范菜谱上的内容。

所谓世界风情烤箱，即是用烤箱可以做出世界各地的美味。菜谱设计要独特，最好囊括许多国家不同风味的代表食品。如中国的脆皮烤鸭、美国的汉堡包、意大利的比萨、法国的烤蜗牛、墨西哥的烤肉等等，还有各类甜美的烘焙点心。

因为烤箱是家用，所以针对的主要是家庭主妇和热爱下厨的单身女人，厨心希望找到一位亲和力强、距离感近、能够获得目标群体认同的主持人。

在赵珍珠来之前，厨心代表已经否定了主妇厨艺选拔这样的造势活动，认为费时又费力，也否定了几家卫视美食节目的美女主厨，认为要兼顾草根性。

于是，方蓝调就推荐了在网上小有名气的赵珍珠。虽然她的网店目前只主营糕点，但那是因为糕点方便配送，她的菜谱微博上还有许多世界风情料理，比如惠灵顿牛排就是其中一份人气颇高的菜谱。

董秘书将赵珍珠带来的糕点一一分发，现在已近午夜十二点，一群加班的男人正感觉腹中饥饿，尝到她的糕点都赞不绝口。

为首的厨心代表仔细端详赵珍珠的手绘蕾丝饼干。手绘蕾丝是用打好的糖霜在饼干上作画，费时又费力，所以赵珍珠也只来得及烤好饼干，画好一盒而已。

另外两个厨心代表拿出DV，从头到脚拍摄赵珍珠，称赞道："赵小姐不仅糕点精致，人也很上镜啊！虽然真人很瘦，但是上电视16:9宽屏刚好合适。"

这个过程中，方蓝调一直噙着微笑，不知道是为她骄傲，还是骄傲自己的眼光。

不过，赵珍珠带来的只有糕点。

厨心代表摇头表示遗憾："方总监，虽然你推荐的人不错，可她只展示了做糕点的能力，我们的世界风情烤箱要求展示世界各地的美味佳肴，菜谱也要主持人独立撰写。所以……"

方蓝调亦点头认同，提出新的方案："各位代表，因为我是临时通知她的，所以她没有准备周全。不如周三我让董秘书租一间餐厅，让她亲自下厨，我们既试吃也试拍，看看她的厨艺，也看看她在镜头前的口才如何？"

此事就这么拍板定下来，忙碌了一天的人先后散去。赵珍珠问自己这身衣服怎么还，方蓝调摆手说："就当试镜费吧。"然后就让董秘书回家前开车把赵珍珠送回家。

赵珍珠回头看了一眼方蓝调还亮着灯的办公室，奥岚的其他员工都已离开，只剩下他一个人了。他办公室的玻璃是透明的，百叶窗拉上去，他还在伏案笔耕不辍，时不时拿一块刚刚剩下的糕点充饥。

赵珍珠问神色疲惫的董秘书："他还不下班吗？"

"他习惯了。不然你以为他怎么能在短时间内就坐稳总监这把椅子？别人不知道他看过了多少次午夜的星光和日出的朝阳。"

广告人李奥贝纳说过："我从未见过，在任何真正伟大广告诞生的过程中，没有一点疑惑，没有堆满的字纸篓，没有殚精竭虑，没有对自我的恼怒和诅咒。"

董秘书开车载她回去，虽是深夜，但城中心依然交通拥堵。因为是平安夜，所以街上有很多彻夜狂欢的人。

可赵珍珠却没有精力狂欢了，坐在副驾驶座上小睡。忽然，她的电话响起来。

她迷糊地看了一眼时间，正是晚上十二点，方蓝调打来的。

刚刚才见过面，现在又打电话来干什么？

她才接起来，就听见他说："珍珠，你看，烟花！"

每年的平安夜，高塔都会在零点放烟火。奥岚广告所在的双子大厦正好毗邻高塔，而赵珍珠又因为堵车还没走远。

她听着他的声音，应声抬头，就看到漫天的烟火。

与此同时，方蓝调站在办公室的落地窗前看着同一场烟火。

其实，今夜，他很想留住她。

周三上午，赵珍珠主动出现在试镜的田园餐厅。

方蓝调再次邀请了丹尼为赵珍珠梳妆。一个包间被临时改成化妆间，丹尼挑了一条绿格子连衣裙，明丽大方，让她有在家中下厨的温馨感。

方蓝调安排好拍摄现场的布置，就钻进化妆间，丹尼则自动出去了。方蓝调说自己是来和她对流程的。

"董秘书不是已经对过了吗？难道客户代表不是三位了？"

方蓝调没有回话，他不想承认自己其实只是想来和她说说话。

赵珍珠又重复了一遍今天的菜色安排："我为每人都准备了一道主菜和一道点心。A是惠灵顿牛排和柠檬香草慕斯蛋糕，B是新奥尔良鸡腿汉堡包套餐配香糯红豆派，C是意大利千层面配迷迭香餐包。"

他凝视着她翕动的红唇，一言不发，气氛忽然变得有些古怪。

"我想我应该出去，提前适应一下场地。"她站起来就往外走。

"珍珠，平安夜，其实我很想和你一起看烟火，看一整个晚上。"他说着，一把拉住她的手，她便像醉鬼一样踉跄着倒进他怀里。她穿着高跟鞋，这样的陡然转变令她不慎崴到脚，眼睛里霎时雾气蒙蒙，脑海里循环播放令她面红耳赤的"一整个晚上"。

"好了，待会儿还要面对镜头呢。"他蹲下来，脱下她的鞋子，慢慢地揉着她的脚踝，"我愿意给你时间，不过你不准让我等太久。"

虽然不明白为什么，可是他能够察觉到她对爱情的恐惧，似乎有非常不好的回忆。之前，虽然他使出许多霸道的手段，让她不准逃避他，可是最关键的一步，他不想逼她。

"方总监，好了吗？客户已经到了。"董秘书在外面敲门道。

赵珍珠如释重负，顾不得脚疼，马上跳起来去开门。

董秘书看她的脚好像崴到了，想问她进来时都好好的，怎么会在房间里崴到？不过看赵珍珠一副不想回答的样子也就没继续问了。反正站着做菜，只露出上半身就行。

赵珍珠在镜头前的表现比所有人想象的都要好，既亲切又大方，还时不时妙语连珠地抛出一些下厨与生活相结合的箴言。比如她在做惠灵顿牛排的时候，步骤繁多，先要煎牛排，还要单独翻炒加了红酒的蘑菇酱，然后把蘑菇酱和火腿片铺在牛排上，稍微冷藏定形，再用酥皮包起来，刷上蛋黄液放进烤箱。等待的时间有些长，她只用一段话就排遣了大家的无聊："其实，爱情就像牛排一样，有些人喜欢三分熟，内部粉红并带有一定的热度，他们喜欢新鲜；有些人喜欢七分熟，内部棕褐色夹杂着粉红色，他们渴望不一样的风景却更倾向于稳定的生活；有些人喜欢十分熟，内部为褐色，他们不爱冒险，安然于世。无论是几分熟的牛排都有人喜欢，做菜的人关键是要了解吃的人的口味，你喜欢几成熟的爱情，就把火力加到几成，不要喜欢七分熟，却把火烧过了头。"

她的出色表现反而让三位厨心代表面面相觑。方蓝调敏锐地注意到这一点，生出不良的预感。

果然，当服务生一一把主菜和点心分送给三位代表时，他们只吃了几口便苛刻地进行点评："赵小姐啊，虽然你说的比唱的好听，不过在厨艺上你的经验还是浅了点。到时候我们做活动是要现场试吃的。你的厨艺难登大雅之堂啊！第一次见你的时候是深夜，我们开太久的会肚子都饿了，所以才会以为你的厨艺不错。可今天的东西实在是味同嚼蜡啊。"

这与那一晚的态度大相径庭。方蓝调越听脸色越僵，他相信赵珍珠就算有失误，却也绝对不至于得到如此恶劣的评价。他低声吩咐董秘书："董秘书，把他们盘里的东西都分给我一份。"

"啊？"董秘书吓了一跳，她知道方蓝调有轻微的洁癖，因此每次她打扫他的办公室时，都恨不得用放大镜看一遍有没有灰尘没打扫干净。怎么现在他竟然愿意吃别人吃过的食物？

不过，董秘书还是硬着头皮照做了。方蓝调接过一盘食物，一一细细品尝。

美食的味道在舌尖翩翩起舞。

他黑着脸丢下餐盘，餐盘掉到桌子上，发出清脆的"哐当"声。他如同君王一般，用凌厉的眼神一一扫过厨心代表，质问道："三位代表，我不知道你们是上火了还是感冒了或者味觉出了问题。如果你们评价失误，本着对客户负责的原则，我不介意邀请我认识的非常公正的报社美食专栏作家马上赶来这里。"

"方总监，这话过了……"董秘书听到这番话一个头比两个大。平日里，方蓝调应酬客户就算称不上热情周到，但至少也是彬彬有礼。可此时这番话却明显含沙射影。

要知道广告只是产品的附庸，任何一个商人如果打算节约产品成本，最先砍掉的绝对是营销费用。因此导致大多数广告从业人员在客户面前都无形中低人一等。

"董秘书，难道你从业这么久，没有听说过李奥贝纳先生关于这一行的一句话：'我所享有的任何成就，完全归因于对客户与工作的高度责任感，不惜付出自我而成就完美的热情，以及绝不容忍马虎的想法、草率粗心的工作与差强人意的作品。'？"

方蓝调话音刚落，餐厅里鸦雀无声。

"我们走！"他对赵珍珠说。

赵珍珠很犹豫，她也担心方蓝调得罪了客户会不会有什么不好的后果。

方蓝调见她愣着，抓住她的手，拖着她离开。

04 我希望她能骗我一辈子

停车场里，方蓝调事先找董秘书拿了车钥匙，为赵珍珠打开副驾驶座的车门后自己才坐到驾驶座上。

"去你家还是我家？"

"什么意思？"若不是系着安全带，赵珍珠肯定会马上跳起来，她又想到化妆间那暧昧的一幕。

看她一副想多了的样子，而且马上把双手抱在胸前，方蓝调笑够了才慢慢解释："你想多了。你不是说了吗？你喜欢几成熟的爱情，就把火力加到几成。我可不敢火力全开，一下子把你给烧煳了。你说你喜欢几成熟？"

"我喜欢十分熟。"赵珍珠下意识地答道，她不再爱冒险，只愿安然于世，与人过着简简单单的日子。她说完，又觉得自己掉进了圈套。

方蓝调点点头表示记住了，说："看来，我不需要怕火力过猛，而是需要再加把油啊，反正你也喜欢熟透的。"

看到赵珍珠已经开始解安全带准备跳车，方蓝调立刻恢复正经，不再逗她，说明自己真正的意图："那三个代表不是真正能做主的人。我并不打算放弃这个项目，不然我们的团队之前不是白加班了？我是打算绕过他们去找决策高层。至于他们不认可你的厨艺，我打算让你去你家或者我家重新把今天的菜做一遍，邀请报社的美食专栏作家来试吃并给出中肯的评价。说吧，去你家还是我家？"

赵珍珠了然，想想胡珀的家很小，当初他没钱，只能给邵曦晨买个小户型，屋子里的小吧台只够两个人坐着用餐。她偏头问："不能去刚刚那家餐厅吗？"

　　"董秘书只定了半天。现在时间也没剩多少了，如果重新预定还不知道要到什么时候。"

　　"那你家大吗？"

　　"你想知道我家大不大，欢迎随时光临。"方蓝调还是忍不住逗逗她，果然收到一记眼刀。

　　"去你家吧。我记起你家在水沐庄园，那里不可能有小房子。"她不打算跟他斤斤计较了。

　　汽车平稳地驶向水沐庄园，途中，他们下车逛了一趟超市，购买所需要的食材。赵珍珠问清他家基本上什么都没有，只有面包、鸡蛋、泡面和各类补充维生素的饮料，就随口责怪他一句："你会不会过日子啊？"他甘之如饴地听着，也不辩解。这么多年，他寄情于工作，改变自己出生贫困的命运，一直疏忽了个人问题，本来就缺一个贤惠的女主人。如果咕噜不是机械狗，也许早就饿死了吧？哪能像现在这样活蹦乱跳的。

　　超市里，赵珍珠在前面选，方蓝调推着推车跟在她身后，这一幕很像两夫妇买东西。

　　她时不时征询他的意见，比如喜欢哪个牌子的番茄酱，比如A牌偏甜，B牌偏酸。他明明什么也不懂，却也要和她讨论半天。

　　"要不买偏甜的吧？"他说。

　　当她把偏甜的牌子放进篮子里，他又踌躇道："好像酸的比较开胃。"

　　当她把偏酸的牌子放进篮子里，他又后悔了："还是甜的好了，甜的口味大家都比较容易接受。"

　　他没有选择困难症，只是喜欢这种和她一起逛超市的感觉。

　　"方！蓝！调！"赵珍珠眉毛倒竖，目光似刀，恨不得把他大卸八块。

　　看着气呼呼的她，他却厚着脸皮洋洋自得，暗地里享受着这些鸡毛蒜皮的快乐，完全不像公司里那个让人闻风丧胆的方总监。

　　赵珍珠的音量很快吸引了周围货架的人的注意力。这里是离水沐庄园最近的一家大型超市，所以很多顾客都是从水沐庄园驱车过来的。邱珊珊、李多乐、周青盟、凉美都在逛超市，他们两家人约好了明天去郊游，所以一起来选购野餐食品。

邱珊珊看到赵珍珠和方蓝调一副其乐融融的样子，顿生红娘的自豪感。她多有眼光啊，一下子就为赵珍珠相中了方蓝调。她率先走过去打了个招呼："珍珠，你和蓝调一起逛超市啊？怎么买了这么多东西？一会儿要一起做饭吗？好有爱呀！哎，看到你们俩这个样子我也就感到欣慰了，上次你们在我家好像对彼此有很大的意见，我还一直担心自己做错事了呢。"

李多乐只是冷眼旁观。

凉美也迎了上来，看到赵珍珠似与方蓝调有着不寻常的关系，多多少少松了一口气，解除了心里的危机："赵小姐，看到你这样我也为你感到高兴。"

周青盟与李多乐并肩站在一起，他的心里似有暗潮汹涌，但竭力掩盖着。他不明白，为什么赵珍珠曾骗了他，害了他，可此刻他见到她和别的男人在一起，心里竟然隐隐感到有些不舒服。

他不自觉地上前一步。李多乐心中一惊，试探着问："青盟，你怎么了？"

"我没什么。"周青盟强忍不适，走到方蓝调和赵珍珠面前。赵珍珠同他一样心底如翻江倒海，但表面却不动声色，殊不知这样的面无表情对面前的他造成了更为强烈的刺激。

他竟口不择言道："这位先生，我只想提醒你一句，不要被她骗了！"

周青盟的一句话抽空了她所有赖以生存的氧气，她无法呼吸，好像随时会背过气去。赵珍珠别过头，肩膀微微颤抖着，但她还记得要伸手拉住方蓝调的衣角，阻止他和周青盟动手。

方蓝调确实想动手，第一次见面时，她就因为周青盟磕破了头，整张脸都是血。可是他刚想出手，赵珍珠就攥住他的衣角，他硬起的心便一下子软了。

他冷哼一声，无所谓别人怎么说她，直截了当地表明自己始终如一维护她到底的态度："就算她骗了我，我也心甘情愿被她骗，我希望她能骗我一辈子。"

说完，他把赵珍珠扳向自己，看见她眼里涣散的目光他便觉得心疼。她亦看见他的眼神像火一样纯粹，任何杂质都无法抵抗这样的高温。

当着周青盟的面，方蓝调侧头吻着赵珍珠，其实仍有一指的距离，不过因为周青盟站的角度问题，根本无法看清他究竟有没有吻上。

方蓝调发现，在众人的围观下，赵珍珠完全吓傻了，或者说被他说的"我希望她能骗我一辈子"夺去了注意力，若不是他主动停下，只吻在他自己的手指上，也许他真能够毫无障碍地吻到她。

不过，他不愿意乘虚而入，因为他在化妆间便说了："我愿意给你时间。"

他愿意等她像他期待吻她那样心甘情愿被吻。

赵珍珠的眼泪流到他的指尖上，浸湿了他的指纹。

他抬起头，一手揽着她的肩膀，一手推着推车，带她到其他货架上挑选商品。

周青盟脸色一变转头就走，凉美赶紧去追他，李多乐也拉着邱珊珊一起走了。

直到看不见周青盟一行人，赵珍珠心生退意，说："要不还是算了吧，也许我根本就达不到厨心的要求。"

"达不达得到，我心里有数。我不准你这样不战而退。你没有勇气，我给你！"方蓝调把货架上的百里香调味罐递给她。

他会带着她前进，抵达希望的彼岸，逆水、逆风又怎样，她只需要跟着他，其他的事都交给他来处理好了。

05 七级权限

车缓缓驶进水沐庄园，穿过了人工瀑布和密林，来到了7号别墅前。

方蓝调的屋子是指纹锁，他把右手的大拇指按到面板上，门便马上自动打开，咕噜正坐在门口摇尾巴。看到他身边有陌生女人，眼睛里冒出问号。

"乖！"方蓝调道。

"乖"是对咕噜的一个语言指令，意思是来人可以信任，将其存入白名单，以后就算她是独自前来，咕噜也不会表现出狂躁。

果然，咕噜的电子眼闪了一下，拍摄了一张赵珍珠的照片。

上次方蓝调送了一只机械狗给邱珊珊，不过邱珊珊并没有当场拆开来看，所以赵珍珠这还是第一次见到咕噜，郁郁寡欢的她多少被吸引了注意力，一直盯着咕噜。

"方先生，欢迎回来。"Echo照旧已经被激活，连忙欢迎道。这一次，方蓝调没有像往常单独回家一样说"Echo，我回来了"。他不想被赵珍珠误会成自己是一个寂寞得只能自言自语的男人，那就太掉价了不是吗？

赵珍珠没想到屋子里还有个女人，尽管这个年轻女人的声音很生硬，她于是打量四周，问："你家有人？"

方蓝调哈哈一笑，拼命逗她："你吃醋了？"

"怎么可能！"

他带着她走进客厅，指着客厅的灯具问："你觉得我会饥不择食地找个声音这么像自动存取款机提示音的女人吗？Echo是智能家居中央控制计算机，有比较简单的人工智能，能够分辨和执行一些语音命令。这东西现在还不是很流行，只是小范围适用。"

"这样啊？"赵珍珠想想自己看过的科幻片童心大起，生怕声音小了Echo听不到，于是仰头大声说："Echo，我想喝茶。"

"对不起，身份识别不成功。请重复以验证权限或者获得授权。"

赵珍珠把手拢起来做成一个小喇叭："我想喝茶！"

"对不起，身份识别不成功。请重复以验证权限或者获得授权。"

赵珍珠喃喃一声："和机器说话真费力气啊！"但还是不放弃，几乎是用的咆哮："我想喝茶！"

"对不起，身份识别不成功。请重复以验证权限或者获得授权。"Echo似乎就只会这么一句。

赵珍珠嫌弃地看了一眼灯具，抱怨道："看来智能家居还很不成熟嘛，说来说去就会这么几句。你是不是被骗了啊？"

方蓝调哭笑不得，如果她知道光是智能家居这一套系统就花了他近百万，那她会不会觉得他是智障啊？

"你没听懂Echo说的是身份识别不成功，需要验证权限或者获得授权吗？因为你是第一次来，所以Echo的身份识别库里没有存储你的声音，也就无法判断你的身份是客人还是坏人。毕竟它最基础的系统是安保系统，不能随便允许别人使用它。我马上给你授权！"

当初董秘书第一次到他家来也没闹过这种笑话。

看到赵珍珠恨不得钻进地缝里，他清清嗓子命令道："Echo，增加新用户。"其实，他不必新增用户，Echo还有一个迎宾模式，即设置一个通行账号，只是在设定时间内有效，设定时间内，任何声音的主人都可以获得一级权限，能够命令它做打开电视机这一类的基本服务。

"好的，方先生，请新增用户以我是谁，年龄，与您的关系是什么为标准格式发出本人的声音以作声音识别判断记录。例如，我是董芸，三十二岁，是方先生的秘书。"Echo默认播放的是上一次董秘书的录音。

方蓝调推推赵珍珠，示意她按提示说话。

赵珍珠红着脸，窘迫地说道："我是赵珍珠，二十二岁，是方先生的……朋友。"

"声音录入完毕。请问，方先生，为赵小姐设置几级权限？"

"七级。"方蓝调想都没想就脱口而出。七级权限是最高权限，意味着赵珍珠拥有方蓝调的全部权限，她可以按照操作手册命令房子里的所有智能家居。如果方蓝调在浴室洗澡，她可以命令Echo打开一百摄氏度的热水烫伤他。当然，对于不合常理的操作，Echo会发出警示音并再三确认命令，方蓝调也可以及时终止命令。

这个七级权限实际上相当于女主人的权限。不过赵珍珠并不知道权限的高低分布，还以为七级只是一般的权限。

方蓝调从客厅的抽屉里拿出一块银色面板，调出Echo刚录入的赵珍珠的资料页面，指着绿色的指纹区域说："把指纹录进去吧！"

"怎么这么麻烦？高科技不是该让生活变得更简单吗？"

方蓝调不想让她知道录入指纹是确认开启全部的七级权限，最重要的是以后她可以不经他同意和陪同，就能够打开指纹锁进入房间。如果他明明白白告诉她，她肯定会拒绝。所以，方蓝调随便编了一个理由："你待会儿要进厨房拿刀，危险的刀具都需要确认身份的。"

"好吧。"赵珍珠不疑有他，获得权限的她跃跃欲试，再次说："Echo，我想喝茶。"

"茶。"Echo略作停顿，和上次方蓝调说想吃彩虹蛋糕一样，Echo不是机器人，根本不可能亲自倒茶，只是马上搜索出附近的茶楼，再一一报出地址。

赵珍珠和这台机器说得口都渴了，却没想到它指的最近的茶楼都在三百米开外。她仿佛终于找回了一点面子，恨恨地道："说什么智能，其实也不是很聪明嘛！"

方蓝调看她那副小气的样子差点都要笑喷了，她以为这是二十二世纪吗？科技高度发达？无奈，主人要有主人的样子，他走进厨房烧好开水，给她泡了一杯红茶，再恭恭敬敬地端到桌子上。

在他进厨房的这段时间，咕噜并没有跟进去，根据Echo同步的信息，咕噜已经把赵珍珠默认为另一个主人，使出自己所有的招数在讨她的欢心。

第七章：决定

我不会在意任何人的看法，在任何时刻我都不会放开你。

你若是一颗行星，我便是守卫你的卫星。

01 月亮是地球的卫星啊

咕噜很听赵珍珠的话，她说站起来，它就站起来，她说坐下，它就坐下，她说打滚，它就打滚。赵珍珠乐不可支地说："你家的狗真的很有意思啊！机械狗就是听话，不像真的狗那样爱耍脾气！"

方蓝调在心里暗暗吐槽一句："你也不看看你是几级权限？上次董秘书以三级权限命令咕噜做恭喜发财，咕噜直接放出个屁以示轻视。"

同时，他也如此贪恋她这副快乐没有忧愁的样子。

他庆幸，自己还是有带给她快乐的能力的。如果他只能让她哭，他便不会去追求她。

不过，做正事要紧，他正色道："我刚刚已经打电话邀请了三家报社的美食专栏作家，你快点准备吧。他们晚上七点就过来，你可要好好表现，他们说不定比今天上午的客户还要毒舌。"

"我知道，我马上准备。"赵珍珠闻言，不再贪玩，马上站起来，看看自己身上还穿着从丹尼那儿借的衣服，便问，"你这儿有没有围裙？我怕把衣服弄脏了。我上午换下的衣服忘在餐厅里了。"

方蓝调摇头："弄脏就弄脏了吧。我找丹尼买下来就行了。"

"不行！我已经接受了你一套衣服，无功不受禄。"

方蓝调本来很反感她还和他把账算得这么清楚，但转转眼珠子，心里又冒出一个主意。他上楼从衣柜里拿出一件深蓝色的牛仔衬衫，实际上很新，是他颇喜欢的一件，不过设计师故意把这件衬衫做成做旧的风格。

他扔给赵珍珠："这是我不要的旧衣服，你穿上做菜吧！即使溅上油也没什么。"

赵珍珠发现她真的没有其他选择，于是只能穿上他的牛仔衬衫。他个子很高，肩膀很宽，他的衬衫大得几乎可以当她的短款连衣裙穿。

方蓝调摇着一杯橙汁，站在厨房门口看她在厨房里忙碌。

她穿着他的衬衫在做饭，真的很像夫妻生活的场景啊。他真想像丈夫一样走进去，从背后抱住妻子耳鬓厮磨。

"你还是出去好了……"赵珍珠发现他在这儿，她就总是会犯一些低级错误，连做菜的顺序也记不太清楚了。主要是因为他就像是个自信的猎人。

"好吧。"他也怕自己继续待下去会不守承诺。

他回到客厅，让Echo随机播放OASIS乐队的专辑，从未觉得即使闲下来时间也过得如此之快。他一向只有工作时才会觉得时间过得快，埋头时还是清晨，抬头时已见星光。

厨房里传出阵阵香气，引得他食指大动。

他看了一下时钟，六点半了，那三个美食专栏作家也差不多快到了。于是他提前把Echo设置成三小时的迎宾模式。对于一般性往来的朋友，他也就懒得让Echo记录并授权了。

三个专栏作家就像是约好了一样，来时带了不同的酒，红酒、香槟和冰酒。他们知道方蓝调甚少邀请人到家中做客，所以都感觉特别意外。

电话里，方蓝调并没有说清楚为什么要邀请他们共进晚餐，当赵珍珠穿着明显的男士衬衫把菜一一端上桌时，三个人你看我，我看你，彼此眼神交汇传递出同一个信息：这是方蓝调介绍女朋友的节奏？

方蓝调不解释，赵珍珠看出三个人有误会，也不好欲盖弥彰地否认两人的关系，只能在桌子下不停地踢他的脚，示意他把话说清楚。

方蓝调被踢了几脚，却仍然稳如泰山。

虽然餐桌很大，但三人还是能够感受到脚底下的动静，不禁在心里感叹，果真是女朋友啊！这么一会儿还在桌子底下打情骂俏的！

三个人真的好想快点吃完这顿饭，然后狂奔出去发微博、发微信和打电话，迅速告诉所有认为方蓝调是不可能被征服的男人的朋友，方蓝调有女朋友了！而且做饭好好吃！然后再看众多名媛美女失恋情伤的模样。

"你们觉得怎么样？"方蓝调看着三个人毫无形象风卷残云般的模样，问。

中间的人抢先说："这道意大利千层面让我想起上次在佛罗伦萨的百年小店里尝到的第三代厨师的地道手艺。每一层吃起来都美味无比，回味无穷，丝毫没有甜腻感。"

左边的人接着说："惠灵顿牛排最难的地方在于对温度的掌控，既要烤熟酥皮，又不能让里面的牛排过于熟，失去了鲜嫩多汁的口感。这道菜让我感觉很满意。"

右边的人最后说："好了，你们几个人不要看在方总监的面子上就说场面话了，平心而论，她的厨艺当然比不上我们在米其林餐厅里尝到的。不过，作为家庭菜，这却是我吃过的最好的。美食即生活，方总监，你找的不是完美的厨师，而是完美的女主人。"

赵珍珠听完三人的评论，心里的大石落下。她当然不是专业的大厨，她只是把自己关在家里，无聊而认真地研习了一年多时间。第三个人的评价很到位，她是普通人当中拔尖的，专业人当中垫底的。

而世界风情烤箱所属的厨心品牌也是希望选择草根性的主持人，而不是高高在上的绝对权威的米其林餐厅主厨。

"麻烦你们如实写一篇美食评论，今晚发给我。"方蓝调也对三人的评论十分满意，发出邀请。

"啊？她不是……"

方蓝调意味深长地回复："现在不是。"

三人因为还要写美食评论，于是便早早告退了。赵珍珠换下衬衫，也准备告辞。

"还是我送你吧。这么晚没车了。"

方蓝调开车把赵珍珠送到西月街，她推开车门准备下车，不经意抬头看到天空高挂的月亮，这才意识到自己竟和他度过了一整天。

"你在看什么？"方蓝调也跟着她的动作抬头看，"月亮吗？"

她轻轻地"嗯"了一声。

"月亮是地球的卫星啊。"他把目光从月亮移到她单薄的身子上，回忆着她今日的哭泣和笑脸。想到她哭时，心便会一滞；想到她笑时，心跳便加速。

"赵珍珠。"他极其郑重地呼唤她的全名。

她应声回头，迷惘地等待着听他说些什么，这时就听见他信誓旦旦的声音，以及发现自己已身处他温暖的怀中："我不会在意任何人的看法，在任何时刻我都不会放开你。你若是一颗行星，我便是守卫你的卫星。"

他知道，今日周青盟的话对她造成了极大的伤害，可她一直装成若无其事，还奉上了一顿精美的晚餐。即使她不说，他也能够懂她的喜怒哀乐，只是可恨她还是在他面前掩饰自己的情绪。

她还是不够信任他。

到底要等到什么时候，她才会把整颗心都完整地交给他？为了这一刻快点降临，他愿意付出任何代价。

02 刘副总监出手

奥岚广告。

天已渐寒，方蓝调站在办公室的落地窗前，手持一杯冰水，望着窗外的楼体广告，几乎他所能见到的大楼的楼体广告都是奥岚的作品。他像是一个国王巡视着自己的王城，带着无上的威严。

董秘书走进他的办公室时打了个寒战，方蓝调的办公室没有暖风口，而他上身只穿着一件白衬衫和灰蓝色的针织衫，他习惯保持轻微的寒冷以促进头脑的清醒。当然，他不畏严寒也与他长年坚持运动有关。

"方总监，您找我？"

"董秘书，你的车钥匙。"方蓝调示意她拿走桌上的钥匙，又补充了一句，"我已经把美食评论发到你的邮箱了，你帮我约一下世界风情烤箱的总推广负责人。我直接和他面谈。"

"呃……"董秘书露出为难之色，"方总监，我昨晚听说公司有人看见刘副总监和世界风情烤箱的总推广负责人在一起打高尔夫球，而且感觉很熟络的样子。我觉得，昨天厂商代表态度的忽然转变肯定也与刘副总监有关。"

"哦？我以前一直不在意他小打小闹，没想到这次他终于有本事搞出点大风大浪来了？"方蓝调低头思考了一会儿，挥手让董秘书先出去，不过他吩咐的事情还是要照做的。

董秘书回到自己的座位上，准备联系对方的秘书。

刘副总监此时正端着一杯羽巢咖啡，在办公室各个部门转来转去，谈笑风生，不一会儿就转到董秘书的座位边上来，先是夸赞道："董美女，今天你的气色看起来不错啊，比办公室那些年轻小妹妹要漂亮多了。我看上次自然果实的化妆品应该找你去当代言人啊！"

董秘书不冷不热地回应道："不敢当。我看刘副总监才是红光满面呢，是不是人逢喜事精神爽啊？"

"那我就承你吉言，希望好事快点临门咯。"刘副总监有意无意地看了一眼方蓝调所在的总监办公室，大笑着走了。

董秘书冷哼一声，拨通了世界风情烤箱总推广负责人秘书的办公室电话。

"请问是兰小姐吗？您好，我是奥岚广告的董芸，上次我们还在奥岚的年会上见过面呢。是这样的，昨天在美食主持的试拍现场发生了一点误会，方总监想亲自向贵公司负责人解释清楚，您看他什么时候有时间？"

兰秘书很快就回答说不行："真不凑巧啊，李总上星期就出差去见各区域分销商了。"

董秘书仍保持着轻快的语气："是吗？可我昨天都还看见李总和我们公司的刘副总监在打高尔夫呢。"

兰秘书顿时语塞。

董秘书乘胜追击："如果李总时间上没空，那麻烦您把他的手机号码给我，我亲自打电话向他汇报情况。"

"这……"

"兰秘书，其实我也知道你挺为难。上次啊，有家创业公司的老总明明亲眼看见我们的方总监走进办公室，可是方总监不想浪费时间见他，毕竟是刚创业的小公司，不努力做好产品却希望借营销来扩大市场，方总监说对方是本末倒置了，没必要好高骛远请奥岚，也根本负担不起我们的广告费用。所以呢，就算那位老总如何情真意切地请求见方总监一面，我也只能一条路走到底，坚持称方总监到英国参加颁奖仪式去了。"

"董姐，既然你也知道这是我上司的意思，那我也就不和你绕圈子了。其实问题主要出在你们公司内部。奥岚的刘副总监绕过我们的代表，直接和李总联系上了。刘副总监推荐了一个法国蓝带厨艺学校毕业的帅哥。李总对他的想法很感兴趣，女人之间都有攀比心理，而男女之间却是吸引关系。一个女主持不如一个男主持，女人更容易受英俊又贴心的男人吸引。李总已经做了决定，当然不会再接受方总监推荐的人选,而且他听了我们派出的代表对试拍状况的汇报,很生气,说以后全面停止和奥岚的合作,除非是刘副总监接手。董姐,我言尽于此,希望你能保密消息来源。"

兰秘书挂断电话后,董秘书努力消化着刚刚所听到的一切,然后马上暗中调动自己所有的眼线,挖出刘副总监最近的行动。

原来,刘副总监和厨心的李总是高中同学。李总是厨心品牌最近才升上来的新任总推广负责人,刘副总监一得知这个消息就马上去恭喜他高升。估计也是从这个时候起,刘副总监就开始想方设法从厨心品牌入手打击方蓝调。毕竟,厨心品牌与奥岚不是一次性合作,一直以来,他们的整个品牌推广计划和每次推出的新品都交给奥岚,厨心堪称奥岚广告陆城分部的三大重要客户之一。如果刘副总监能够争取到厨心的支持,也就有了和方蓝调对抗的实力。

而且,方蓝调怒斥厨心代表的消息已经传遍公司,还越传越荒谬,居然说他是为了捧自己的女朋友上位才得罪了客户。这给方蓝调的声誉造成极其严重的影响,使得公司同事和客户都对他产生了误解。

但是,刘副总监到底打算什么时候真正出手呢?

董秘书转着笔,想得头疼,干脆径直走进方蓝调的办公室禀明情况。

这也许是继上次伦敦总部总监职位竞争失败后,方蓝调职业生涯中面对的第二次沉重打击。

毕竟,他来的时间还不足一年,还没有在分部站稳脚跟。许多老员工虽然佩服方蓝调的能力,可心却仍向着刘副总监。在收买人心方面,刘副总监简直就是个天才。

"他在等年会。"方蓝调听完董秘书的汇报,不假思索地说出答案,"年会时,总部会派一个考核组来这里,名义上是一同庆祝新年,实际上也是考察我在分部的工作成绩。厨心这件事,发生的时间太巧了。"

董秘书一想到那些办事一板一眼的英国佬,急忙问:"方总监,这事难道要让刘副总监笑到最后吗?"

"他不会。在我看来,他还是太嫩了。"这句话由他说出来实在有些奇怪,毕竟刘副总监可是这里的"老员工"了,现在却被方蓝调评价为"太嫩了"。

董秘书真想吐槽一句:你有多老,不过二十八吧。不过看方蓝调一副胸有成竹的样子,她对他也充满了信心。

因为年会的到来，奥岚陷入了一年中最忙的时间。方蓝调几乎把办公室当成家，已经几天没回去过了。

其间，赵珍珠一直未打电话给他询问世界风情烤箱的人选情况。在他慎重地说明守卫她的心意之后，她又开始躲着他了。

这样也好，方蓝调暂时还不知道该怎么向她解释他现在的处境十分被动，厨心的总推广负责人李总一再威胁解除和奥岚的长久合作关系，认为方蓝调主导的奥岚广告过于傲慢，除非方蓝调不再总负责厨心品牌的全面宣传工作，并且在新的年度缩减百分之二十的营销预算并达到百分之百的营销目标。实际上，厨心也在借此事希望达到削减营销成本的目的，慢条斯理地和奥岚斡旋。

不过，方蓝调决定，等这件事尘埃落定，他会马上把赵珍珠抓回来当面说个清楚，甚至很想像大人对待调皮的小孩那样痛揍她的屁股，让她听话，不要再逃。

每人都有各自不同的计划。

刘副总监正通过他的人手暗中扩大流言的影响力，如果损失了厨心这个大客户，奥岚广告在新的一年也许会要裁掉部分人员。他打好了如意算盘，若最后是他竭尽全力挽回厨心，公司的人心和总监的位置就将属于他。

董秘书正负责和伦敦总部联系年会的事宜，为总部派出的人安排行程。她还不清楚总部来的人具体是哪几位，若提早知道，方蓝调在总部工作过，至少可以早作准备。但是总部对于人选始终守口如瓶，这让董秘书头疼不已。

在她忙得焦头烂额的时候，行政部的美女小年抱着一株绿萝走了过来，说："董姐，上次你不是说你的办公环境太单调了吗？我给你这里放盆绿萝吧。"

董秘书有心事，点点头便罢。

小年却没急着走，靠拢来低声问："董姐，公司里传的那件事是不是真的？"

"哪件事？"董秘书眼神一冷，她最讨厌办公室捕风捉影的流言蜚语了，所以相当不齿刘副总监的手段。

"就是……茶水间里人人都在讨论，方总监得罪了大客户厨心，厨心打算终止合作关系。现在是因为刘副总监在从中斡旋，厨心才没有彻底下定决心。"

"你还知道些什么？"董秘书一眼看出小年还有所保留。

小年也没矜持，马上把自己知道的消息吐了个一干二净。她的确在刻意讨好董秘书，毕竟董秘书已被擢升为人事部副经理，只是兼职方蓝调的秘书："执行部有人追我，他告诉我要多讨好刘副总监，说不定他马上就会由副转正了。他还说，刘副总监手里有对付方蓝调的致命证据。我问他是什么，他说……"

小年左右望了望，见隔墙无耳，才小心地继续说："之前，你们不是拍了厨心的美食主持的试拍带吗？母带当时交给执行部了，追我的人就把母带拷贝了一份放在电脑里。后来他听说厨心在试拍现场和我们闹翻的事，就去找母带，却发现母带已经被人拿走了。他看自己电脑里的存档，发现里面还录了方总监对客户发脾气的内容，我当然警告他马上删掉了。不过，董姐，丢了的母带哪儿去了呢？你说，要是有人把母带寄给伦敦总部的人，会不会影响到方总监的前途？我记得方总监以前也是因为在伦敦总部竞争总监岗位失败才来我们分部的。"

听到这个消息，董秘书自责不已，是她疏忽了，只注意找专业的摄像人员，却忘了做详细的背景调查。看来试拍现场的摄像师很有问题，可能是刘副总监授意他这么干的，否则他怎么会不清楚什么该拍什么不该拍。刘副总监善于攻心，他知道厨心代表会在李总的授意下拒绝方蓝调的推荐人选，而方蓝调也无法接受他推荐的人遭受无辜的打击，很可能会有过激反应。

送走小年，董秘书直接向方蓝调请罪，甚至打算风波过后就引咎辞职。

方蓝调此时正在用德语打电话，见到董秘书时刚好挂断电话，听完她的汇报，他竟毫不责怪她，还出声安慰："这事不怪你。你就专心准备年会吧，不要多想了。对了，我还要交代给你两件事。"

董秘书听完他的安排，疑惑道："方总监，前一件事没问题，后一件事可行吗？"

"可行！我很想看看刘副总监要怎么收场。"结局还未上演，方蓝调已经自信满满地预见了这件事的结果。刘副总监还不配成为他的对手。

03 你欠我一支舞

奥岚的年会，同时也是客户答谢会。参加的不止奥岚的员工，还有与奥岚保持良好合作关系的客户代表。

董秘书提早在机场接到来自伦敦的一行五人，为首的正是总部现任总监的特别助理Jessica。董秘书如同大难临头，她最担心的就是现任总监的直属人马来分部，因为上次总部争夺总监失败，方蓝调才来的分部，不知道这一次现任总监会不会斩草除根，索性把方蓝调赶出奥岚。

董秘书小心谨慎地套Jessica的口风，不过金发碧眼的美女相当圆滑，任她磨破嘴皮，对方也没透露一丝有用的消息，仿佛真的只是纯粹来旅游和参加年会的。

奥岚广告陆城分部的目前三大客户是羽巢咖啡、世奇珠宝和厨心电器。世奇珠宝和厨心电器都是以前就有合作的稳定客户，羽巢咖啡是方蓝调调任到陆城分部后立刻大显身手签订的大客户。

这三大客户，羽巢咖啡坚定不移地支持方蓝调，世奇珠宝中立，厨心电器则已经站在刘副总监一方。

年会上，厨心电器的负责人李总从头到尾都没和方蓝调交谈过，刘副总监一直像影子一样跟着他介绍这介绍那。

与处处讨好他人的刘副总监相比，穿着蓝纹西装的方蓝调显得从容不迫。他在水晶灯下的人群中自由穿梭，谈吐不俗，博得了许多人的好感。

"方总监，我看你们的舞会设计得很有意思啊。天花板上垂下来很多星星，踮脚伸手即可摘下，场景如梦似幻。这是什么寓意啊！"

"因为我们就是一群摘星的人啊。"方蓝调比大多数人要高，伸手便摘下一颗星星，拿到一个序号，是三。他解释道："做这一行，我的偶像是李奥贝纳先生，他是一位非常优秀的广告人，他的一言一行都深深地影响了我。他把广告比喻为一项摘星的事业，说过很多有关摘星的话，比如'伸手摘星可能听起来有些天真，但却是我的一个热情的信念，也许这个世界真该多一点这样的浪漫。''我想正是伸手摘星的精神，让我们很多人长时间地工作奋战。不论到哪儿，让作品充分表现这个精神，并且驱使我们放弃佳作，只求杰作。'所以，我希望在奥岚，大家能够坚持这种精神。"

他的声音不大，但所说出来的话、所传递出来的信念却深深折服了现场的每一个人。

所有人都凝神静气听着，没有人注意到人群的边缘，一个瘦瘦的身影因为听到他这番话而动心，踮着脚摘下一颗星星，紧紧握在手中，翻开一看，亦是数字三。

听完方蓝调的讲解，会场又重新热闹起来，起初与方蓝调聊天的人又问："那么，你星星上的数字又作何解释呢？"

"我们广告人长期寄情于工作，单身的很多。眼下又是新的一年了，若仍是一个人该多么孤独。年会的规则是抽到同样号码的人，共舞一支。"

"哦，这样啊。不得不说，方总监，今晚的年会别出心裁。而且，点心也很好吃呢。"

"请您多尝尝，今晚的点心是我私人特别推荐的。"

后面这段对话淹没在嘈杂的人声中，赵珍珠没有听到他的数字。

这正是方蓝调嘱咐董秘书安排的两件事，一件是布置年会上的星星，提醒公司的人永远记得初心；另一件就是年会上的点心，由赵珍珠负责提供。

董秘书向他报告，晚会前，赵珍珠只是请人把点心准时送过来，本人并未到场。

方蓝调在人群中巡视了一圈，的确没见到赵珍珠，果然她还是避着他。这是她的老毛病，得治。等他有空了，再慢慢找她算账。

年会的第一个议程便是摘星，然后再根据对应的号码牌找到自己的舞伴。

"方先生，您是几号？"一听到这个议程，许多单身女子都难以继续保持优雅淡定，围拢到方蓝调身边，询问他是几号，看是否和自己的匹配，期待奇妙的缘分降临到自己身上。

"我是三号。"看着眼前的狂蜂浪蝶，方蓝调有点后悔自己干吗要参与摘星。

"三啊？谁是三！你是吗？可以跟我换吗？我可以让我爸爸给你一张我们百货公司的铂金会员卡。什么，是十三？！"女人们都在焦急地寻找着三号星星。

此时，房间角落里听说第一项议程是根据星星配对跳舞的赵珍珠吓得马上把手里的星星给扔掉。

她还是忍不住来了，毕竟世界风情烤箱这么久没消息，她也想来这里探探情况。

早知道就不该手贱了。她心虚地看向人群的中心，只是方蓝调已经不在那里了。

"你把星星丢了？"她正疑惑被那么多女人围着的他能去哪儿，背后忽然响起一个声音。

原来方蓝调刚刚也被热情的女人们逼得躲到这边的角落里，正好看到她鬼鬼祟祟地徘徊在人群边缘，而且扔掉了烫手的星星。

"方总监，您找到舞伴没有啊！"台上的主持人没想到这个环节会这么混乱，抹着脑门上的汗，扬声问了一句。

"找到了！"方蓝调把赵珍珠的手举起来。赵珍珠察觉自己马上成了在场许多女士的众矢之的，急忙缩回自己的手。

主持人又赶紧提示其他人也尽快根据星星配好对。

晚会恢复了秩序，音乐声响起，大家都一对一对地滑入舞池，只有方蓝调和赵珍珠还在场边对峙。

"我不会跳舞。"

"我带着你就好了。"

"你看看我穿的是什么，厚毛衣加牛仔裤，像头熊，哪里像跳舞的样子。"

"我不介意。"

"可我介意！我要走了！"她转身朝门口走去。

"你不想看一场好戏吗？关于世界风情烤箱的。"果然，只有这句话才能令她回头。

赵珍珠这才看清方蓝调的盛装下是掩饰不住的疲惫，他为这件事熬了太多夜，没人知道有一天他昏倒在办公室里，等冷醒来后又爬起来继续工作。

此时音乐已停。

"你欠我一支舞。"

方蓝调说完，接收到董秘书递来的眼色，走过去陪Jessica。刘副总监正与Jessica高谈阔论，逗她笑得花枝乱颤。

04 奥岚面向的是更广阔的世界

一个小时后，答谢客户的环节落幕，客户大多一一告别，现场只剩下奥岚的员工、滞留的赵珍珠和等着看好戏的厨心电器的总推广负责人李总。

方蓝调眼神一变，锐意十足，一副迎战的姿态。他知道短暂的和平已经结束了，刘副总监将在内部员工面前大肆攻击他在厨心电器问题上所犯下的失误。

Jessica先代表总部对分部今年的工作予以肯定，赢得了热烈的掌声。

然后是方蓝调代表分部上台答谢，感谢大家今年一年对他工作的支持。这时，舞台上的屏幕忽然播放起方蓝调怒斥厨心代表的视频来。刘副总监站在一旁像急得大汗淋漓一般，不住地喊："怎么会这样？谁在现场故意捣乱！快暂停播放！"

厨心的负责人李总也在此时出声："Jessica，我们厨心电器对于以方总监为首的奥岚广告非常失望。三年的合作关系，竟然被方总监这样无视和批评。陆城并不是只有奥岚一家广告公司，所以我想我们很难合作下去了！"

Jessica笑而不语，睁大了美丽的绿眼睛，看着方蓝调，并不打算为他解围。

方蓝调却在低头把玩手机，像是不想理会现场的混乱局面。董秘书本来对方蓝调非常有信心，以为他早已想出什么方法来应对了，结果这么关键的时刻，他竟然在玩手机！

情急之下，董秘书只能自己走上台来澄清传闻："各位，这当中其实有些误会。今晚，很多客户提到年会的点心非常美味，而点心的提供者正是我们推荐给厨心电器世界风情烤箱项目的赵珍珠小姐。从视频中，我们可以看到，赵小姐在镜头前的表现非常优秀，但是当日三位代表却出言中伤赵小姐的厨艺，所以方总监才会与他们发生冲突。"

说归说，董秘书觉得自己的话并不起作用，毕竟真相敌不过生意，对于公司来说，重点还是要挽留客户。

她低着头往台下走，心想，自己明天应该就要和方蓝调一起卷铺盖走人了吧？

台下的赵珍珠亦是揪紧了心，这些日子虽然还没得到厨心电器的任何答复，但她已经在着手完善菜谱，几次易稿，经常是拿着笔趴在桌子上睡着，醒来后又继续写。

但此刻，她关心的不是自己到底能不能获得这份工作，而是更担心明显是为了她得罪了客户的方蓝调，怎样才能在总部的人马前全身而退？

"我不会在意任何人的看法，在任何时刻我都不会放开你。你若是一颗行星，我便是守卫你的卫星。"她想到这句话，却没想到这么快，他就以行动去实践诺言，在客户、周青盟、美食专栏作家、同事面前屡次维护她。

她以为自己已经没有心了，他却把她的心找了回来，还缝缝补补，融化了封印住心的坚冰。

"叮。"在全场一片死寂的情况下，方蓝调的手机还传出了一声微博刷新的提示音。董秘书差点一步踩错，从台上滚下去。

她失望不已地回头瞪了一眼方蓝调，却看着他收起手机，拿起台上与投影屏幕相连的笔记本，打开一个新闻网页，是全球家电巨头睿思宣布涉足中国厨房电器市场，倾力打造智能厨房的消息。

台下，Jessica面上的笑意更浓，眼睛眨呀眨的，好像在不停地给方蓝调放电。

方蓝调看向Jessica，问："Jessica，睿思总部在德国，我记得睿思总公司和奥岚慕尼黑分部合作已久，此次睿思涉足中国厨房电器市场，是不是首选奥岚合作？如果我们仍然保持和厨心的合作关系，一家广告公司又怎么能同时为两个竞争对手提供服务？不过，如果我们和厨心停止合作的话，我和慕尼黑分部的关系还不错，他们也有意引荐。"

Jessica听他讲得头头是道，不住地点头："是呢。你说得很有道理。所以，厨心电器要求我们削减百分之二十营销预算并达到百分之百的营销目标，并且说要不撤换我们的负责人，要不停止合作的几个要求，似乎都很难答应呢。"

闻言，刘副总监和厨心的负责人李总都像霜打的茄子一样，没想到砧板上的方蓝调居然咸鱼翻身，留着这一后招。没了厨心，他还有睿思！

而且，虽然厨心口口声声要停止合作，但若不和奥岚合作，又能和谁合作呢？三年的合作，双方早已培养出默契，并且都很满意收到的成效。况且，奥岚确实是首屈一指的广告公司。世界风情烤箱推出在即，他们又能找谁去推广？

方蓝调徐徐走下舞台，为厨心的负责人李总端了一杯香槟，自己也端了一杯，很干脆地碰杯："所以，李总，陆城的确不是只有奥岚一家广告公司，但是陆城也不是只有你才愿意和奥岚合作。奥岚面向的是更广阔的世界。在此，我谨祝贵公司在新的一年生意兴隆，财源广进！"

年会以峰回路转的结局收场。翌日，刘副总监就借口自己要休年假，夹着尾巴去巴厘岛度假了。

Jessica一行人也赶着去参加新加坡分部的年会，方蓝调与董秘书送他们去乘机。

Jessica登机前回头问："Bruce（方蓝调），这样真的好吗？这一次不趁机赶走他吗？要知道，你和厨心吵架的画面，总部的高层几乎每人都收到一份。Natalie带头看也没看就扔到了垃圾桶里，她说：'Bruce为人处世也许不完美，但对广告却追求完美，绝不会故意损害客户的利益。'"

"以前不会，现在也不会。我是广告人，只为了产品而竞争，而不会为了上位而竞争。"

Jessica一脸遗憾："所以你会这样成功，也会这样失败。Natalie总说，她的总部总监之位是拜你成全，她欠你很多。"

董秘书这才知道，方蓝调与Natalie竞争总部总监之位失败可能并不那么简单。不过，方蓝调从来也没有解释过他为什么会失败。他让所有人以为，他是个失败者，所以才被赶到分部来。

05 为什么你没有早点遇见我

最后，厨心决定停止和奥岚合作，这全归功于此次项目推广负责人李总。他之前向公司董事会斩钉截铁地承诺新的一年会削减百分之二十的营销预算并达到百分之百的营销目标，而现在，奥岚绝不可能答应这样的条件，他便只能另寻其他广告公司了。

事到如今，他后悔莫及。毕竟，其他的广告公司若是削减百分之二十的营销预算，不知道能不能达到百分之百的营销目标。他之前敢这样拍胸脯保证，是因为他以为胜券在握，以为奥岚的方总监和刘副总监不答应也得答应。

一种可能是方蓝调同意条件，挽留大客户；另一种可能是方蓝调损失大客户被撤换，刘副总监上位，照样会同意条件。可他千算万算都没想到睿思会出现，睿思一出现，市场份额又要起变化，百分之百的营销目标看来更是难上加难！

方蓝调得到确切的停止合作的消息，想到一直在等待答案的赵珍珠，决定亲自上门告诉她。对不起，这一次他让她失望了，他保证这是最后一次。

方蓝调坐公交车到西月街，到赵珍珠楼下的时候，正看见一个快递员在整理车上的包裹，赵珍珠站在一旁，紧张地说："慢点慢点！别把蛋糕碰倒了。"每个包裹上都有"珍珠定制美味"的标志。

现在刚好是正午十二点，是她每天的发货时间。

他看见她的时候，她也正好看见他："方先生！"她先出声，不再叫他蓝调，这声称呼好像奠定了这次谈话的基调，像"方先生"三个字一样疏离和礼貌。

方蓝调久违的火气被点燃，眼下只是强压着，又听到她说"我们上去谈吧"，便想听听她还有什么好说的。凡是逃避感情的话，他一概不听。

赵珍珠上午忙着做蛋糕，刚刚又忙着发快递，中午还没来得及吃午饭。既然方蓝调也来了，她正好简单地做了两碗茄汁肉酱通心粉。

他坐在沙发这头，她就坐在沙发那头，有点井水不犯河水的味道。

方蓝调留意到茶几上有她手写的菜谱，涂涂改改，一再易稿，最后的消息还未确定，她仍在坚持努力。他对自己的来意有点难以启齿，直接告诉她别白费工夫了吗？厨心和奥岚结束合作关系了？可他不能让她一直空等下去，只能据实以告，但保证他会再留意类似的工作介绍给她。

她的回答很客气："不用了。你是大忙人，就不劳你操心了。"她在年会上见到他接触的都是五百强客户，哪里有她这么一家小小的网店店主的位置呢？劳他帮她筹谋工作，她还怕付不起策划费呢。

这个结局也不错，她觉得轻松了不少。若是厨心重新选择了她，她也就免不了要和方蓝调频繁接触。

那天，周青盟在超市里说的话很对。她曾是个骗子，骗得周青盟精神分裂。而方蓝调对此一无所知，还处处用心维护她，更说出让她感动不已并且惴惴不安的守卫宣言，她不能耽误他。这一次，若不是他聪明，很可能就会为了她栽在刘副总监手里了。

她就是个灾难，砸中谁谁倒霉。

通过这几日，她已经想明白了，她不想再重蹈覆辙，对自己的过去遮遮掩掩，那样只会让真相在后来暴露时更加伤人。比如她在当许愿的时候，瞒着周青盟自己与许南望的金钱交易，她在化身为赵珍珠的时候，又瞒着周青盟她是许愿的过去，到头来，所有的谎言都被拆穿了。谎言一定会暴露，而时间只会让它更锋利。

如果方蓝调非要钻牛角尖，那她就只能亲手捏碎他眼中她的光环了。

亲手撕开自己伤口的感觉很奇妙。就像小时候，伤口已经结痂了，你知道撕开来会流血会痛，却还是忍不住要去撕，人对痛苦有一种出自本能的迷恋。快乐会让人怀疑人生虚幻，痛苦才能让人确定人生确实存在。不然，为什么每次你不敢相信自己是在梦中还是在现实里，都是狠狠地捏痛自己？

"方先生，你知道我有文身吗？我曾扮成两个人。"她撩开自己盖住左耳的长发，露出海星文身，"周青盟说得对，我就是个骗子。"

赵珍珠如同一个冷静的局外人在叙述自己的过去，她不会用自己是为了给母亲筹集治疗费这个伟大的理由来撇清自己曾犯下的错。十八岁到二十二岁，一个女孩最好的四年，本应在大学里肆意青春，她却反复地经历报复、背叛、堕落和伤害，仿佛被囚禁在一个密不透风、照不进一点阳光的庞大迷宫里。

"方先生，你以为我贤惠、安静、成熟、懂事，却不知我为什么会变成这个样子。因为过去四年磨去了我所有的棱角。"看到方蓝调眼里的震惊，她却笑了，笑自己，笑时间，笑人生，"方先生，若我孤独终老，是我咎由自取。"

她看见方蓝调站起身，理所当然地想他是要走了吧，正如她预想的知难而退的结局。她别过脸，微微眯着眼，有一丝难过，她努力安慰自己这才是对的。她本就是个麻烦，不应该去造成别人的困扰。

沉浸在难过里的她没有注意到方蓝调没有往外走，而是向她走过来。

今天的阳光很好，从阳台上照进来，照亮了厅堂，照着方蓝调伸长手臂抱住赵珍珠的一幕。

"本来想等到你心甘情愿接受我的吻，但现在看来不行啊，你太害怕了，也背负了太重的担子，而且对自己太没有自信了。与其让你一个人胡思乱想，不知道什么时候才能走出迷宫，还不如让我破墙而入好了。"

他低头，以一个霸道的吻开始攻城略地。

他就是要让自己的气息占领她的世界，炸开一个窟窿，让新鲜的空气和温暖的阳光都涌进来。

他的手探入她的发梢，扶住她的头。

这个吻持续了很久。

当赵珍珠推拒，他就吻得比暴雨更激烈。

当赵珍珠服软，他就吻得比清风更轻柔。

"方……方先生……"她好不容易取得一个空隙，恳求他。

"不对。"他追过去，继续堵住她的嘴。

"蓝……蓝调……"她从未觉得空气这样可贵，她被他吻得几乎快缺氧昏迷了。

"对，继续这样喊我的名字。"方蓝调偷笑，看着她红红的脸，忍不住加深这个吻。

最后看她真的快昏过去了，他才停下来，不过仍抱着她，只不过换了个姿势，把她抱进自己怀里，就像搂着一只不安分的猫咪，必须把她具有攻击性的拳脚都施力压着一样。

赵珍珠渐渐转醒，刚刚那副欲哭无泪的迷离模样已经消失不见了。

"看得出来你很想踢我一脚或者扇我一巴掌？"方蓝调抱着她，感受到那握紧的拳头。

从她的眼角掉落泪水，看上去就像受了莫大的委屈一样："你是不是以为我曾经答应许南望的条件，就以为今天也可以用钱让我答应你？"

方蓝调额上的青筋乍现。难道刚刚他一直在对牛弹琴？还是她的审美观与众不同，以为堂堂如他方蓝调也需要用钱买女人？

然而他再生气，此刻在她面前也只能使尽平生所有温柔哄劝着。

"你怎么能这么想呢？"其实更想哼哼，你脑袋进水了？

"我是想，为什么你没有早点遇见我，那样我就不会让你吃这么多苦了。"其实更想哼哼，就因为我来得晚，所以我落后就要挨打吗？

"我很欣慰你这么诚实地告诉我一切。我不在乎你的过去，你对妈妈的爱让我想到了我妈妈，我小的时候经常处在家暴中心里，因为爸爸有严重的暴力倾向，而妈妈总是把我护在身下。我十岁时，她就只能坐在轮椅上度此余生了。我很高兴我们有如此重要的一个共同之处。"

　　他感觉她的拳头松了，于是就放心地松开自己的手，捧着她的脸，抹掉她脸上的泪珠，没想到越抹泪就越多："珍珠，你过去有多少苦，我就会在未来给你多少甜，甚至更多更多。"

　　他为了哄她笑，还给她讲了个自己小时候听过的睡前故事。有个国王有两个女儿，她们流下的眼泪会变成珍珠。国王把两个女儿嫁给了两个青年。一年后，女儿和女婿都回到王宫庆祝新年。大女儿和大女婿穿金戴银，生活富裕。小女儿和小女婿却粗布麻衣，十分困窘。国王很奇怪，问小女婿："我女儿的眼泪明明可以让你们享受锦衣玉食啊？"可小女婿却拉着小女儿的手说："可是我怎么舍得让她流泪呢。"

　　"所以，别再哭了。嗯？"他索性低头亲吻她流泪的眼睛，直到她不再哭了。

第八章：欢愁

世间的欢愁也遵守能量守恒定律吗？

我若欢，你便愁。

01 你是出现在对的时间的对的人

"方先生请说，我已开启语音日记本程序。今日晴转多云。"

夜里，方蓝调回到家，一进门便命令Echo打开语音日记本程序。

他瘫倒在沙发上，嘴角无法控制地上扬。

"Echo，你有女主人了！今天，我吻了她。她很淘气，但最后变得很温顺。虽然她哭了，但最后还是笑了。还有，她嘴唇的滋味很不错。"

Echo只是如实记录，它并不能像真人那样进行即时讨论，除非它分辨到方蓝调提出问题，才会自动上网搜索答案。如果它有智慧，绝对会滴汗，平常不怒自威的方蓝调谈起恋爱来竟然如此纯情。

这时，Echo提示道："方先生，您的手机上有一通赵小姐的来电。"

方蓝调的手机上有下载Echo的控制程序，只要手机一进入方家的范围，手机就会自动和Echo连通，在家里Echo会接收到手机上的所有动态。

"快点接通！"方蓝调一下子从沙发上弹起来。今天下午，他吻过赵珍珠后，她答应他会重新考虑他的追求。

现在她是来告诉他最后的答案了吗？如果她敢以莫须有的理由拒绝他，那他真的不介意像大学里的毛头小子一样到她家楼下弹吉他唱情歌、点蜡烛大声表白。

"方……"

"嗯？"看来今天他教训得还不够啊！

"呃。蓝调……蓝调……"光听赵珍珠扭扭捏捏的声音就能够想象她快要爆炸的大红脸。

方蓝调顿时眉飞色舞，改为满意地"嗯"了一声。

"你是……真的喜欢我吗？"她怯生生地问，"下午你走后，我在家想了好久好久，仔细地想了想我们的每一次遇见，我不知道我有什么地方吸引你。"

　　"珍珠，我很高兴你来问我，以后你要记住，每当你对我有什么疑问，一定要马上像这样来问我。不要一个人胡思乱想，也不要一个人憋在心里。"方蓝调循循善诱，他很满意她现在的做法，她必须养成征询他的意见的习惯，而不是自作主张地缩回乌龟壳里。

　　"我无法告诉你我是哪一次与你相遇时对你动了心，我唯一能够告诉你的是，你是一点一点浸透我的心里的。

　　"我今年二十八岁，没有谈过一次恋爱，你是我的初恋你相信吗？喂！老实点，不准笑！大概是十六岁左右吧，我就开始收到女孩的告白，但因为我从小生活在家暴的阴影里，年轻气盛的我害怕自己无法控制自己，而爱情又是最易使人发狂的，所以我拒绝了她们。二十岁的时候，我终于感觉自己度过了躁狂的青春期，能够控制自己的情绪了，但是这一年，我获得了我人生中最重要的奖项——伦敦国际广告奖，我开始醉心于工作，更无暇解决自己的个人问题。直到今年，我一心竞争的奥岚广告伦敦总部的总监职位落入别人手中，我来到陆城，遇见了你。如果你在我十六岁或者二十岁的时候出现，我都不会这样坚定地爱你，但是你在我二十八岁的时候出现，在我认识到工作不是一切，童年阴影也不是一辈子的心理包袱的时候出现，我就知道你是出现在对的时间的对的人。

　　"你很会做饭，这让我感受到家庭的温暖；你脆弱而神秘，勾起了我的保护欲和好奇心；你对母亲很孝顺，我说过这是我们俩最大的共同点；你不隐瞒你的过去，我喜欢诚实的女人。

　　"珍珠，你的迷宫很大，但没有关系，让我带你走出来。答应我，把手交给我。

　　"我是方蓝调，是你最后的归宿。"

　　赵珍珠听到这席话，半途就已经开始轻轻地抽泣。

　　周青盟遇见凉美，她是不是就遇见了方蓝调？这个叫方蓝调的男人愿意像和风细雨一样与她讲话，逐一解开她的心结，给她一个坚定的承诺。

　　她曾经不相信，所有的伤口有被治愈的那一天，荒凉的心会有被填满的那一天，颠沛的人生会有被收藏的那一天。她现在才知道，她的绝望，只是因为还没有遇见方蓝调。

　　"我知道了……谢谢你，蓝调。我觉得自己很幸福，好久都没有这么幸福了。"

这一夜，赵珍珠打来无数次电话，方蓝调耐心地接起她的每一个来电。他会对她凶，只有在她不听话想要逃的时候。除此之外，他愿意把自己所有的温柔留给她。

有时，赵珍珠本来已经下定决心就像方蓝调所说的那样做，但是过了一会儿，她又开始摇摆不定，于是又打电话给方蓝调，从他的话语中获得坚持下去的力量。有时，她什么也不说，只听听他的呼吸声，便觉得安心。

翌日，Echo七点的闹钟刚响，昨夜数次被电话吵醒的方蓝调却没有恋床，而是马上起床。

他先是坐公交车去了西月街，摁响赵珍珠家的门铃，看到开门的是胡珀，过于澎湃的心情才略微平复了些，但仍微微笑着，仿佛和胡珀是多年的好哥们儿："早啊！我找珍珠。"

"她在厨房。"

他如在自己家一般随意地换上拖鞋，走进厨房，看到她正专注地拿着自动打蛋器在高速搅动奶油。他从后面抱住她，吓了她一跳，手一晃，打蛋器一偏，溅起的奶油顿时飞到两人的脸上。

"我帮你！"他低头吻走她脸上的奶油，"你要不要帮我？"

"方蓝调！"她似乎生气了。

他搂着她："每天上班之前，都想看你一眼。下班的时候，我也会来找你。"

胡珀正在客厅看早间新闻，但因为房子小，他能够很清楚地听到厨房里的动静，此刻咳嗽了几声，向两位提醒自己的存在。

说真的，这是他这几年遇到过的最好的事，胜过中彩票那一次。作为朋友，他是所有人当中最清楚赵珍珠经历过的所有事情的人，他知道赵珍珠能够再找到幸福的可能性几乎是万分之一，但是她抓住了万分之一的机会，他很羡慕，也很欣慰。

赵珍珠把方蓝调从厨房赶了出来。

方蓝调一走出来，就接收到胡珀的目光检阅。以男人看男人的目光，胡珀对方蓝调像扫描仪一样扫描得很彻底，最细枝末节的表情变化也看得清清楚楚。看罢，他对方蓝调还算满意，眼神里没有躲闪，仅书写着他对拥有赵珍珠的庆幸。

"你确定是她？她不是你抱着试探的态度交往看看合不合适的女生。"

这是个严肃的问题，方蓝调便也严肃地回答："我知道。我是她最后的归宿。"

"但愿你能做到。"胡珀深深看了他一眼。

一月时，陆城下了一场难得的雪，撒盐般的雪花还没来得及落到地上便消融了。方蓝调穿着宽大的棕色牛角扣呢子大衣，把赵珍珠搂在怀里，数落她今天穿得太单薄了。

"我错啦！"她挖挖耳朵，今天被他念叨太多次了。她的手很冷，于是干脆伸进他的衣领里，摸着他的后脖子取暖。他明明冷得打寒战，却还是坚持忍受。

"好吧。那你快跟我说说，我今天要见的是哪些人？"对于这种接受姐妹军团检阅的事，他可是第一次。

"邱珊珊和李多乐夫妇，上次你在超市遇见过，邱珊珊就是在她家里介绍我们相亲的那个贪吃鬼，还有一个大美女邵曦晨。珊珊和邵邵都是我在陆鸣大学时最好的朋友，我曾向她们隐瞒许愿的事，她们都没有责怪我。"

他想了想，又问："胡珀不去吗？"

"不去啊。反正你每次来我家都会撞见他，他都已经看腻你了。不过主要是因为他和邵邵有一段往事，并不是好聚好散。你不是看过他向她求婚被拒吗？"想起邵曦晨，她便觉得自己像现在这样快乐颇有负罪感。

因为公交车堵车，他们算是晚到的。

方蓝调拉起她走得飞快。他不喜欢迟到，而且这也是他第一次接受姐妹团的检阅，不想因此被扣分。

"不用跑啦！都是朋友。他们不会怪我们的。"赵珍珠穿着高跟鞋跑得气喘吁吁。

"不行！"他十分坚定地否决，见赵珍珠跑得慢，他干脆把她打横抱起，长期运动的优势立刻凸显出来，他抱着她，仍然跑得像只健跑的兔子。

到了邱珊珊家门口，赵珍珠看他还没有把自己放下来的意思，似乎打算一路抱进去，于是挣扎着："求求你，放我下来！"

"亲一下就放你下来！"他扬眉，感受到一个轻盈的吻，得意地把她放下来。

赵珍珠红着脸把衣服和头发整理了一番，才摁响门铃。

"我去开吧。"屋内的凉美看秋姨在厨房忙着烧菜，邱珊珊又大着个肚子，于是主动站起来去开门。

赵珍珠和朋友们见面，本来是想约在外面的餐厅的，可是邱珊珊最近胃口不好，只吃得下秋姨烧的菜，就干脆把地点定在了她家，约在晚上七点。

早在六点四十五分左右，凉美和周青盟就带着她乡下亲戚送来的一篮子土鸡蛋到了邱珊珊家。邱珊珊其实并不想周青盟再遇见赵珍珠，因为她对超市那一幕还心有余悸，可是她也不方便主动送客，于是就一直心不在焉地闲聊，反而让凉美误会她精神不好，使出当护士的看家本领为她轻轻按摩，并告诉她一些孕期的注意事项，一说就说到七点一十五。

"凉美？"赵珍珠见开门的人是凉美，十分意外，那是不是说明周青盟此刻也在屋子里？

凉美看见方蓝调左手提着礼物，右手牵着赵珍珠，瞬间明白了一切："原来珊珊家晚上有客人啊，倒是我在这儿添麻烦了。"她于是扬声喊："青盟，我们回家吧。"

周青盟应声走出来，自然而然地牵住凉美的手。

赵珍珠从未想过，他们都能如此平静而幸福地与另一个人十指交扣并且狭路相逢。但是四个人的心理活动完全不一样。

凉美是惊喜。

赵珍珠是释然。

周青盟是示威。

方蓝调亦有示威的情绪，不过他比任何人都要多了一种情绪，因为他在看着周青盟和凉美紧紧牵着手的时候，仍心有不满。

他常在小区遇见凉美，每一次，他都能看见凉美脸上知足的幸福；每一次，他都很想冲上去问一问："凉美小姐，你还记得一个人吗？"但是，每一次他都忍住了，尽管他为朋友鸣不平，却始终谨记朋友说的"我愿意把所有的快乐还给她"。

四人里只有凉美敏感地察觉到方蓝调的不满，似乎还是针对她的。

她迷茫地看着方蓝调，不记得自己什么时候有得罪过他。按理说，他不是应该高兴周青盟和赵珍珠分得越来越清楚了吗？

四人对峙时，李多乐走出来打圆场："都是认识的人，大家就一起吃吧。不过还要等一等，邵曦晨迟到了。"既然他们都已经遇见了，他又怎么好让周青盟和凉美打道回府呢？

转眼就八点了，邵曦晨已迟到了一个小时。可邱珊珊还坚持要等她，说打电话问过了，她一定会来。李多乐看着她隆起的肚子怕她饿了，哄得嘴皮子都快起泡了，邱珊珊才肯先喝一碗鸡汤。

李多乐便当着众人的面一口一口喂她。

因为话最多的邱珊珊此刻忙着喝汤，所以屋子里也就安静下来，其他人都不知道该说什么好。方蓝调四处看没看到机械狗，随意问起："机械狗忘记充电了吗？"

邱珊珊像做错事一样盯着自己的肚皮，回答："刚开始挺好玩的，不过后来我觉得拿肉干啊、火腿肠啊逗它它都没反应，我就很少玩了，现在把它放在书房里当摆设。"敢情吃货主人还是比较喜欢找一个吃货当宠物。

大家笑出声来，气氛轻松了一点。

周青盟故意问："方先生，您在哪儿高就啊？"就算他忘了赵珍珠，潜意识里也还是有一种比较的心理。大嘴巴邱珊珊此时刚好喝完汤，立刻接过话头把方蓝调吹得天花乱坠，最后总结道："方蓝调真是我见过最优秀的男人。"

"我不是吗？"李多乐脸一黑。

邱珊珊诚实得有些欠揍："你也算优秀的男人之一啦。不过你想想，你虽然是和青盟一起创业，但其中的成功离不开你们李家的支持。可方蓝调却是靠自己孤身一人获得今天的成就的。"

周青盟自从失忆后就接受了李多乐捏造的半真半假的赵珍珠的故事，因此十分讨厌赵珍珠。他本想出言讽刺对方找女人的眼光，但想起上次方蓝调在超市里说"就算她骗了我，我也心甘情愿被她骗，我希望她能骗我一辈子"，也只能作罢。

凉美察觉到周青盟情绪的起伏，一直紧紧握着他的手，握得汗津津的。两人在旁人眼中看似非常恩爱。

方蓝调倒是主动否认起自己的优秀来："其实我并不优秀，事实上，我有一个非常出色的朋友，在他面前，我总觉得自己输给了他。"

讲这些话时，方蓝调独独看着凉美，看得她心惊肉跳，猜不透为什么他要故意说这些话给自己听。"他出生在大家族，但很小的时候就被关系不好的爸妈丢到英国学习独立了。每年只有假期时才被允许回国。那时，我是贫民区的小孩，不懂事，以为他好欺负，就跟着别人一起勒索他。他明明不在乎那几个钱，却也不肯请保镖，每次都要被我们打趴下才肯松开钱包。一年后，我们几个比他大的小孩竟然打不过他了。因为他刻苦练习跆拳道，就等着这一天。那一天，他没有教训我们，反而问我们愿不愿意跟着他？其他人都不愿意，但是我点头了，因为我很佩服这个瘦弱却勇敢的男孩。他没有把我当成他的跟班，而是把我当成朋友。也许是他太孤独了吧。我们一起玩，一起学习。他有很好的家教老师，也不吝分享给我。他很喜欢运动，带着我一起划船、登山、打高尔夫……他还邀我一起去参加门萨俱乐部的入会测试。你们听说过门萨俱乐部吗？是世界顶级智商俱乐部，我到现在也没考过，可他第一次就轻轻松松考过了。如果没有他，我根本不可能接触到那样精致的生活，认识到那样广阔的世界，成为今天的方蓝调。"

"我能够理解这种友谊。"邱珊珊坐到赵珍珠身边，紧紧握住她的手，另一只手空着，等着邵曦晨来。

她们三个人相识至今，不离不弃。

赵珍珠亦是第一次听方蓝调如此详细地说起他朋友的故事。她知道方蓝调会给周青盟的婚礼添乱，是因为周青盟娶了他朋友深爱的女人。

"那你朋友现在在哪儿？单身吗？我能介绍给我表妹认识吗？"邱珊珊简直是当红娘当上瘾了，看到好男人就想先下手为强。

"凉美小姐，你的茶杯空了。"方蓝调不疾不徐地拿起茶盅，替凉美斟满茶水，这才看着她的眼睛徐徐道，"他回国后爱上了一个女孩，为她甘心入狱赎罪。然而那个女孩并不知道他爱她，甚至，她或许已经忘了他吧。"

03 能让别人都感动的爱情，该有多惊人

众人都已觉察到方蓝调对凉美的态度非常奇怪，不是因为周青盟是赵珍珠的前男友，而是单纯地针对凉美。

众人不便细问，正好邵曦晨这时候到了，却没想到楚峥嵘会不请自来。

邱珊珊对谁都和颜悦色，只是见到楚峥嵘就很难笑出来。她本就不擅长掩饰情绪，微微噘着嘴，谁都知道她不待见楚峥嵘。

毕竟，她从邵曦晨那儿知道了太多楚峥嵘的混账事和混账话。她时常心直口快地劝邵曦晨离婚，但邵曦晨总是说，她已经有了凡安，她当初费尽心思才嫁入富裕的楚家，她已经伤害了胡珀，她已经付出了这么多，不能白费。

她已经在一条错误的路上走了这么远，不能回头。

邵曦晨穿着雪狐毛领白色大衣，直发及腰，看着羸弱动人。眼睛微微红肿，似是哭过，再用浓妆弥补。她不习惯在众人面前示弱，因而扬着明媚的笑脸走进客厅，作势挽着楚峥嵘的手，营造贤伉俪的形象。楚峥嵘瞥到她这副做作的姿态，冷笑一声，却也愿意陪她演戏，但看她的目光却十分轻慢。

方蓝调给每人都准备了初次见面的薄礼，其余人的礼物刚才已送出，见到邵曦晨，他送上一个小巧的礼盒并自我介绍："我是珍珠的男朋友方蓝调。"

楚峥嵘一直记恨方蓝调不肯帮明玉轩做广告，而且还揍了自己一拳，反正都已经撕破了脸，他也就不用再讨好方蓝调了。只见他抓住邵曦晨去接礼物的手，阴阳怪气地说："当着我的面接受陌生男人的礼物，你有经过我的批准吗？"

他有自知之明，在李多乐、周青盟、方蓝调这三个真正的青年才俊面前，他这样的纨绔就像一个跳梁小丑，但他可以通过控制邵曦晨找回一点面子。

邵曦晨不想和楚峥嵘在外面吵起来，立刻道歉："对不起，方先生，恐怕我不能收了。但我十分感谢你的好意，祝福你和珍珠天长地久。"

说完，她就被楚峥嵘拉开，去和李多乐与邱珊珊攀谈。四人小声地商量着什么事，李多乐面色犹疑不定，邱珊珊在一旁怂恿他赶紧答应下来，邵曦晨则面有哀求之色。后来李多乐终于点了头，但楚峥嵘似乎不满意，还在继续商讨。

"明玉轩的生意出了问题。"方蓝调对商场的动态很敏锐，只向那边扫了一眼便断定道，"楚峥嵘似乎想大笔出清货物获得现金流，但玉石首饰的市场表现一直不温不火，他现在应该是在找李多乐借钱周转。毕竟，李多乐不只有游戏公司，背后还有李氏集团。"

"难怪楚峥嵘会和邵邵一起来呢，他平常绝对不会陪邵邵应酬的。"赵珍珠了然。

过了一会儿，秋姨请大家到餐厅用晚餐。因为周青盟、凉美、楚峥嵘的不期而至，所以这顿饭的气氛有一点怪。

晚宴很快便草草结束了。

周青盟和凉美率先告辞。凉美走出邱珊珊家，闻到外面清新冰凉的空气，顿觉放松。她在方蓝调面前一点也不自在，总觉得他不断在暗示自己什么，而她根本就不觉得自己曾认识或者曾被他口中那样优秀的男人爱上过。

门在身后关上，周青盟忽然把她抱起来："凉美，我抱你回家好不好？"

凉美嘤咛一声，什么也不想想了，她有周青盟就好。于是笑道："怎么忽然想抱我回家呢？"

"因为刚刚在屋子里忽然感受到很强烈的危机感，你一直拼命对我强调遇见我有多么幸运，其实我才是那个幸运的人。难道你真的不记得方蓝调口中的那个男人了吗？能让别人都感动的爱情，该有多惊人？"

"没有，我真不觉得我认识这样的人。我觉得他很可能认错人了。"

"也许是你没注意到那个人罢了，毕竟方蓝调一副很肯定的样子。我很庆幸，我们现在在一起。"

他抱着她，回到他们的家。

此刻，邱珊珊家。男人们去书房里谈事，邱珊珊和赵珍珠则拉着邵曦晨在零食小超市里聊天。

这里此时只剩下最亲密的三个人，邵曦晨这才卸下神采飞扬的面具，道歉道："对不起，珊珊。楚峥嵘今天跟着我就是想来向多乐借钱的。前段日子，他妈妈身体抱恙，看他最近表现不错，就把公司全权交给他管理。可没想到大权一到手，他就听供货玉商的话去赌石。他看到一块已经开出绿的大石头，绿颜色很好，若是绿深一点，面积大一点，肯定价值惊人。可结果那块石头只有边缘那么一点点薄薄的玉，他输红了眼，又继续买，继续输，最后还是他妈妈亲自去缅甸把他给押回来的。"

"没关系。我会劝多乐的，虽然我信不过楚峥嵘，但是我信你家老太太还是有本事把钱赚回来的。"邱珊珊拉住她的手。就算她曾对自己恶语相向，自己也毫不介意。

谁知邵曦晨竟哭出声来："因为楚峥嵘是拿着今年购玉石原料的全部货款去赌的，而且输得一分不剩，他妈妈气得脑血栓病发，现在病情很严重，连话都说不清楚了。现在是由他爸爸接手公司，可他爸爸从没做过这行，也不知道行不行。而且，如果不尽快筹集货款，明玉轩很快就会面临无货可卖的困境。楚峥嵘把主意打到我身上，逼我来向你和多乐借钱，不然就不让他姐姐在春节期间带凡安回来。"

凡安是她的一切，可现在竟被楚峥嵘当成是威胁她的工具。

她对自己当初的选择更加绝望，对楚家也不剩一分情。

闻言，大家都很难过。邱珊珊闷闷地出声："我们三个人，好像就没有同时快乐过。"

当赵珍珠和周青盟在一起快乐时，邱珊珊喜欢胡珀，胡珀喜欢邵曦晨，而邵曦晨希望嫁入豪门。

当邱珊珊和李多乐在一起快乐时，赵珍珠和周青盟决裂，邵曦晨和胡珀决裂。

而现在邱珊珊和赵珍珠都很开心，邵曦晨嫁给楚峥嵘却不开心。

世间的真理之一是能量守恒定律：能量既不会凭空产生，也不会凭空消灭，它只能从一种形式转化为其他形式，或者从一个物体转移到另一个物体，在转化或转移的过程中，能量的总量不变。那么，世间的欢愁也遵守能量守恒定律吗？所有的欢乐和痛苦都有恒定的总量，当一个人在快乐，必然有另一个人在痛苦。

04　我也想带你见我的朋友

在奥岚广告时常可以看见赵珍珠的身影，可以说奥岚的员工最喜欢赵珍珠来看他们了。因为她每次都会带着自制的美味点心来，而且她一来，方蓝调就会变得非常随和。

如果文案组前天晚上抓破脑袋都没有想出满意的文案，但方蓝调又宣布今天是最后的截稿日，文案组就会选择在这个时候去交文案，吃着彩虹蛋糕的方蓝调只会皱皱眉安排重写就算了。若是以前赵珍珠不在的时候，方蓝调会当面用火烧纸，或者把纸折成飞机，朝文案组的组员丢过来，总之花样百出，让人叫苦不迭。

董秘书看到只要赵珍珠一来，各个部门的人就排着队去汇报工作，气得直发笑："喂，你们几个，人家珍珠专门来探班的，你们反而霸占他们见面的时间。"

"珍珠，你就多来看看方总监嘛，你一来，我们的日子就好过了。"各个部门的部门经理都装出一副可怜兮兮的样子看着她。

赵珍珠笑着拒绝，她才不想动不动就被拉进方蓝调的办公室锁上门，拉下百叶窗，半天出不来呢。其实两人也没干什么，她也没有占用方蓝调工作的时间，他就只是把她抱在怀里继续工作，什么事也没耽误，效率依旧惊人。

最近，她的网店生意很火，已经开始看实体店门面，也准备搬出胡珀家了。

方蓝调平日里许多应酬都需要带女伴，以前多是带董秘书，或者他一人出席，现在他一般都是带着赵珍珠，直接通知丹尼时间地点，丹尼就拖着一个大箱子风风火火地来到赵珍珠家，提前把她打扮得光芒四射，方蓝调到时直接过来接人就行。

其中有一次，在某品牌女鞋的开幕舞会上，赵珍珠遇见了以前的客人。之前，她刚从许愿转回赵珍珠的身份时，为了重新接近周青盟，打听到他因为谈生意经常出入夜总会，她也就混进去工作了一段时间。

这位客人不知道她是方蓝调的女朋友，还以为她仍是陪客人开心的夜总会服务员，不过是方蓝调看着新鲜喜欢，才带出来玩的。他对她说的话有些轻佻，方蓝调一声不吭直接把酒泼到他脸上，也不在意对方是陆城赫赫有名的房地产老总。

"方总监，不过就是玩玩而已，何必动怒呢？"

方蓝调揽住她的肩膀，高声回道："她是我的女朋友。"

对方轻蔑地笑起来，看方蓝调像在看个十足的大傻瓜："方总监，大家都说你是大才子聪明人，怎么也被这么个货色给骗了？她以前在夜总会工作过，难道你以为她是名门闺秀？"

这话令赵珍珠十分难堪，已有不少人朝她看过来。那时，她只是把这当成一份工作，也是为了揪出躲在周青盟身边的商业间谍。

"抱歉。与其担心我，不如担心你停摆已久的烂尾楼工程好了。我听说不少业主每天都在贵公司门口静坐讨公道呢。"方蓝调对周围的议论纷纷充耳不闻，一句话就噎得对方脸红脖子粗。

他牵着赵珍珠的手滑入舞池，一个笑容就抚平了她所有的不安。

他单手搂紧她，让她的眼里只有自己。这个世界对她的恶意，全都交给他来净化："你还欠我一支舞，记得吗？"

她还他一支舞，还他后半生。

这支舞后，方蓝调不愿她再停留在众人猜测的目光里。他可以不偏不倚地看待她，别人却不能。

走出舞会现场，他把自己的西装外套脱下来，罩在她的红裙上。

这真的不是梦吗？她狠狠地掐了自己一下。

"傻瓜。"方蓝调看着她把自己掐红的地方，拉起她的手，低头一吻，"春节的时候，我要回英国陪我妈妈过年。你一个人在这里，不许胡思乱想。不！你容易犯老毛病，我看干脆把你打包一起带过去好了！不然，我要是回来了，找不到你可怎么办？说起来，论逃跑的功夫，你认第二，可没人敢认第一啊。"

这个提议越想越不错，他开始兴致勃勃地计划以后："等我们见完家长，就在威斯敏斯特教堂结婚。婚后，我们要生一堆的孩子，男孩像我一样用音乐命名，方摇滚、方爵士、方民谣……女孩像你一样用宝石命名，方玛瑙、方水晶、方翡翠……"

见他越说越遥远，她的心柔软得就像一块戚风蛋糕，不过却也不得不打断他："我才不去呢，哪有这么快见家长的？你放心，我不会逃啦。"

说完，她就有些反悔，拔腿跑起来。嫌穿着高跟鞋跑起来麻烦，她于是干脆脱了鞋赤脚跑。方蓝调在后面追，还要负责捡起她遗落的高跟鞋。

他腿长，也比她跑得快，不多时就把她追上，抵靠在落地灯箱上。

灯箱发出的白光罩着她的脸，染上一层淡淡的梦幻的色彩。

她见他又要吻下来，双手支起，抵住他的胸膛，微笑着抱怨道："方先生，您能不能控制一下您的荷尔蒙？"

他看着她绽放的笑容，陆城冬天的夜晚变得像英国布莱顿海滩一样阳光明媚。他说："珍珠，你带我见过你的朋友了，我也想带你见我的朋友。下次探视日，我们一起去看他吧。"

05 乞力马扎罗山的雪

陆城的监狱很远，从西月街坐公交车过去大约要两个小时。

在车上，方蓝调一直在讲他朋友的事情，他好像永远都说不厌他们的故事，因为值得回忆的事情太多太多了。他们在英国认识，方蓝调的英文名是Bruce，而他叫Del，键盘上的删除键。方蓝调常常被人说英俊，但他说："当你见到Del的时候，你才会明白什么是真正的俊美，就像文艺复兴时期的画作，忧郁、凝重而令人动容的美。"

除了方蓝调，Del没有其他朋友，因为他周身笼罩着一种荒芜的气质，令人心底发凉，那是因为家庭的缘故，他的孤独感与生俱来。

"珍珠，我永远忘不了乞力马扎罗山的雪，沉寂、壮美而危机四伏。"

Del十八岁时，邀请方蓝调一起去登乞力马扎罗山。因为他想要一个不一样的成人礼，既然他的爸妈不为他庆贺，他便自己狂欢。

那时，他们一起登过大大小小的山峰，谁也没意识到这一趟会笼罩着死亡的阴影。

登乞力马扎罗山有不同的线路，有的是安全的游客路线，有的则是危险的专业登山者路线。Del执意选择后者，他说："越是危险，就越是能拷问本心。"

Del的心里有仇恨，他恨拆散他父亲和母亲的第三者，母亲离婚后愤怒地开车撞向那个女人，因此入狱。而父亲多年来还是对那个女人念念不忘，甚至为她被车祸造成的残疾而深深自责。

他们选的路线沿途遍布悬崖峭壁，然而他们并未在意，年少轻狂、年轻气盛，肾上腺激素的飙升反而让他们更加痴迷于冒险。Del戴着照相机，拍风景，也拍斑羚、非洲象、犀牛等各种动物。

第五天，他们经过了四个植被带，已接近巅峰的雪。

气候变换和长途跋涉令他们的头脑已经不如前几日那么清醒，登山杖拿在手中也感觉越来越沉重。Del的体质微弱于方蓝调，他走得越来越慢，方蓝调便用登山绳把两人拴在一起，几乎是拖着他前进。

在攀登一段坡度近七十度且很难找到支撑点的岩壁时，Del不慎手滑，方蓝调紧紧地抓着一块凸出的石头，憋着气拉着他不放，强行承受着他所有的重量。

Del看着方蓝调惨白的脸，唯有嘴唇殷红，咬出鲜血。他让方蓝调剪断绳子，两个人不能一起掉下去。可方蓝调不肯，然后他就眼睁睁地看着Del自己拿出一把瑞士军刀，割断了绳子。

Del不愿连累他。坠落时，他的笑容如同峰顶的雪一样美。

"Bruce，你和我不一样。你还有母亲的爱，但我什么都没有，妈妈恨爸爸，就把恨转嫁到了我的身上。爸爸不爱妈妈，连同我也不爱。比起我，你活在世界上更有意义。"

如果Del就此辞世，恐怕方蓝调一生都无法原谅自己。好在他掉下去只是受了重伤，在医院躺了半年，只有一个人来看过他，他爸爸的秘书，象征性地慰问了几句。

十八岁后，Del便开始忙碌起来，参与到他爸爸的生意当中。具体是什么生意，他并未告诉方蓝调。他拥有越来越多的秘密，也让两人的距离越来越远。后来，Del回到陆城，两人联系得也就越来越少。

"去年，我因为在伦敦总部竞争总监职位失败，决心到分部发展。想到Del在陆城，我就选择了陆城分部。但到了陆城以后我才发现，Del入狱了。他一直渴望得到他父亲的认同，就算他父亲做的是非法生意。"

回国后，方蓝调再见到Del是在监狱里。Del不愿对方蓝调提起这些年究竟发生了什么事，每次方蓝调来看望他，他都显得沉默寡言。

直到有一日，Del主动请方蓝调代自己参加一个婚礼，送去红包祝福。在方蓝调的执意追问下，Del才说新娘是自己爱过的一个女孩，他伤她很深，甚至到了无法弥补的地步。但是对两人的故事，Del讳莫如深，不愿再提起。

"你已经在监狱里赎罪了。你可以出狱后自己去找她啊！"

"Bruce，就算我戴罪立功，至少也要服刑十三年。我难道要让她等我十三年吗？请你帮我送去祝福就行了。"

方蓝调绝对是个护短的人，就算Del愿意放手，他也不愿让Del的爱情就此被掩埋、风化、消逝。

所以，他一时愤怒找到"陆城在线"的记者，让他们去大闹婚礼。

住进水沐庄园，他也是为了接近凉美，打算伺机提醒她记起Del。

公交车到达终点站时，方蓝调刚好讲完。

他牵着赵珍珠下车，边走边问："珍珠，你会不会觉得我太过分了？可是，作为Del的朋友，我真心希望凉美能够原谅Del，接受他的爱。"问完，他才发现赵珍珠的脸色非常不好，就像是重病患者，"怎么了？"

她只是产生了幻觉，仿佛听到一个恶魔久违的声音："你求饶的样子，特别让我着迷。"

她急切地问："你说的Del，你知道他的中文名叫什么吗？"

她有种不祥的预感，整个故事为何如此熟悉？她不由得想到许南望的儿子许渊，也是在英国留学，也是入狱，也是对她爱恨交加。

"我想想。我们在英国时都是用英文交流的。"方蓝调苦苦思索，总算想起来，"我记得，好像是叫许渊？"

不不不！赵珍珠就像岸上脱水的鱼一样那般无声地在心里呐喊着，一定是同名同姓，方蓝调的朋友许渊绝对不是她认识的那个撒旦许渊！

然而，当狱警带着一个身穿囚衣的青年男子走出来时，赵珍珠只看了一眼，就觉得自己仿佛是一支陷落在卷笔刀里的铅笔，一下一下，血肉模糊。

第九章：选择

如果你要离开我，我没有怨言。

01　原是旧相识

两人对望间，往事纷飞。

年少时，许渊背着父亲许南望，常常到陆城来偷看父亲念念不忘的女人林丹袭的孩子赵珍珠。他嫉妒她好看和讨人喜欢，怕许南望见到她也忍不住疼爱，于是故意给她制造麻烦，用甜甜圈收买了男生去欺负她，怂恿他们把稀泥糊在她脸上，把墨水泼到她身上，用剪刀剪乱她的头发。可到最后，他总忍不住和那些男生扭打在一起。"我只是让你们教训她一下，没让你们把她欺负得那么惨。"

被欺负了的她总爱去河边，洗干净自己脏了的衣服，放在大太阳下晾干，等待的时候就钻进河里。

他假装不经意地路过，问："你好像常常下河啊。"

"我妈妈说她是海的女儿，那我就是海的女儿的女儿，当然喜欢水了。你要是闲着没事，我可以教你游泳啊。"

她大概不记得了，他游泳的好技术还是她教会的，他和她在水里就像亲密无间的双鱼座。

有一次，上游的水电站拉响了放水的警报。她催他赶快回岸上去，他明明已经游得很好了，可是一害怕竟然就往下沉。上游的水冲下来，他在旋涡里打转，拼命喊救命。她又游回来，抓着他的手往岸上拉。他惊慌地压着她的头，借力朝上呼吸。

最后，他挣扎着上了岸，失去力气的她却像花瓣一般随着流水冲去下游。

他穿好衣服后没有找人求救，而是沉着地上了回城的车。连着几夜都梦见她扑打着浪花，冲过来救她的这副场景。一张本来漂亮的脸因泡肿了而令人骇然。

他去英国读书前最后一次去陆城，准备了一束雏菊，打算去她墓前看一眼。

可是听她的同学说，她在下游被一个叫苏海星的男孩给救起来了，现在正在医院。他溜去看了她一眼，她瘦了一圈，笑眯眯地挥动挂着点滴的手。

"坏蛋。我住院这么久也不来看我，罚你去给我买个香蕉冰激凌。"

他跑出去问了许多家雪糕店，总算买到纸盒子包装的快要绝迹的香蕉冰激凌。回来时，她已经睡着了。听旁边病床的人说她落水后生了一场很严重的病，几乎快要死掉，那人还常在半夜间听到她呻吟。

泪水争先恐后地涌出来，他哽咽着发誓："只要你不再出现在我面前，我就不再恨你。"

只要她不出现。

可她还是出现了。

成年以后，他推门而入，看到许南望怀里的女孩，一眼就认出是她。她为什么要再出现？为了救治母亲林丹袭，答应失去理智的父亲当林丹袭的影子。为什么她不能只留在他的回忆里，当一个耍赖要吃冰激凌的小女孩呢？

愤怒燃烧了他的理智，只要是能够伤害到她的事，他都愿意尽全力去做。

他见她和周青盟那么幸福，就一定要亲手毁灭这段感情。

他用数不尽的谎言和赤裸裸的威胁，以及卑劣的手段让周青盟不断地误会她。

她只能如他所愿，穿最美丽的衣服和最漂亮的鞋，戴最昂贵的首饰，像一只出尽风头的孔雀，盛气凌人地与周青盟分手，说自己爱上了许渊。

在周青盟面前，她与许渊牵手离开。

"你的愿望已经达成，我们再没有任何关系，你不要牵我这么紧。"只到拐角，她就迫不及待推开他，很是费了一番力气，可他似乎竭力想留住虚伪的亲密。

"没有关系？"许渊周身都是怒气，"你拿我家的钱，住我家的房子，这叫没有关系吗？"

"以后不会了……"她取下身上的首饰，甚至拿高跟鞋朝他砸过去，捂着嘴崩溃地喊叫，"我再也不会和许家有任何关系了。以前的钱我会一点一点慢慢还，我再也不会拿你们一分钱！请你放我自由！"

可是他不肯放她自由，他不想这么早就结束这个有趣的猫鼠游戏。他是个骄傲的人，不会承认自己爱她，总是用恨来掩饰，用恨来挽留。他的关心，永远披着毒药的外衣。

如果不是胡珀让张妈介绍自己进许家做事，默默收集许家的犯罪证据告知警方，赵珍珠也许还将在这个噩梦里浮沉。

　　许南望和许渊之后双双入狱，面对这种结局时，她反而原谅了他。

　　在公安局里，他竟忍不住笑了，第一次，没有心机的笑容："别傻了。我们就像两个被诅咒的人，再惺惺相惜，也永远不可能成为朋友。你忘了我以前是怎么对你的吗？我打你、骂你、逼你，还拆散了你和周青盟……我犯下许多滔天大错，但最错的就是伤害了你……"

　　他在她耳边轻声说："你自由了。做回干净的赵珍珠吧。"

　　他终于放下了一切。

　　刹那的温柔，美得不真实。

　　时间回到此时此刻，赵珍珠没有想过，此生还会再见到许渊。

　　她差点认不出他来，因为他的变化太大了。

　　他曾凌厉得像把剑，带着无可匹敌的伤人的锋芒，让人心存畏惧。可如今，他却温和得像个玉镯子，眉眼安宁。心中没有恨，让他整个人显得很平静。

　　在他也看到她的一瞬间，他的脚步忽然一滞，眼里迸发出明亮的光芒，可待看清四周的环境时，那一丝丝光亮瞬间暗下去。

　　今时今日，不同那年那月。

　　他不再是年少有成的翩翩公子，她也不再是一无所有的窘迫少女。他们的地位，仿佛朝夕间对调了。他在她面前，不再有骄傲的资本。

　　他低着头，众人看不见他的心酸苦笑。

　　"Del。"方蓝调兴奋地喊他。对于他来说，将赵珍珠介绍给Del，重要性不亚于把她介绍给自己的母亲。

　　他这一喊，许渊掉头就走。

　　"Del，怎么了？"方蓝调追着喊了几声，疑惑不已，"你是不喜欢见生人吗？她不是陌生人，她是我……"

　　还没等方蓝调说完，许渊便痛苦地闭上眼睛打断他的话："好了，Bruce，我知道你担心我，你想找到我爱的女孩帮我解释清楚。可是……"许渊睁开眼睛，恋恋不舍地看着面色苍白的赵珍珠，也就是许愿，眼睛一红，"可是她已经结婚了……你实在不应该把她带到这种地方来。我之所以从来不告诉你我和她的故事，就是希望你不要为了我去打扰她。"

"不是……她是我……"方蓝调看看许渊，又看看赵珍珠，两人纠缠的眼神令他感到一阵从未有过的心慌。

许渊却不再听他说的话，也收回凝视她的目光，决然离开。这一次见面，已够他怀念很久，若再多看一眼，他将寸步难移。

过了很久很久，方蓝调仍伫立在原地，手脚冰凉。

他似乎弄错了什么关键的东西？

赵珍珠和许渊怎么可能相识呢？

他不敢想，却又必须去想。

"你认识他？"他怀着最后一丝渺茫的希望开口，多么渴望从她嘴里听到一个"不"字。

她在他身旁已经等待了许久，他刚一开口，她便流着泪承认了。

她在看见许渊的那一刻，就已经知道方蓝调一直都错把凉美当成她了。

许渊一定以为，嫁给周青盟的女孩必然是她吧？因此，当他听说周青盟举行婚礼，便以为新娘是她，于是让方蓝调送上自己的祝福，也让方蓝调误会许渊深爱着新娘凉美。

方蓝调闻言，目不转睛地盯着她，面上如暴风雨前的宁静，黑压压的天空，风雨欲来，万籁俱寂。然后，他又强装轻松，说："你们都在陆城生活，认识也很正常。"

"不仅是普通朋友。他就是导致我和周青盟分手的人。"她用巨大的代价学会做一个诚实的人，即使明知这样的回答会引来无法抵挡的痛苦，可她还是没有隐瞒他。

方蓝调的世界忽然电闪雷鸣，狂风大作。

他回忆起她曾拒绝自己的话——方先生，你以为我贤惠、安静、成熟、懂事，却不知道我为什么会变成这个样子。因为过去四年磨去了我所有的棱角。若我孤独终老，是我咎由自取。

许渊，就是她迷宫里的一个主角。

02 我知道

接下来数日，方蓝调杳无音信。

赵珍珠记得那日离开监狱后，他在整个回程的路上都显得焦灼不安却又异常安静，他强忍着丢下她让自己一个人静一静的想法，送她回家。在她进屋时，他终于开了口，声音嘶哑难听，包含众多难以言喻的复杂情绪："珍珠，给我一段时间。"她点点头，又听见他说，"你知道吗? 珍珠，我爱你。"

方蓝调说这句话时，强忍着泪水，而他的泪水却在她回答"我知道"的那一瞬间夺眶而出。

这是成年以后，他第一次流泪。他不屑于流眼泪，总认为这是弱者才有的东西，他要做强者，要改变自己的命运。当他成功了，满心以为自己可以掌控自己的命运，却在今天被命运狠狠地摆了一道。

在许渊面前，他永远不会忘记那个来自贫民区的自己。若不是许渊，他也许还混迹于伦敦街头，继续以暴力来掩饰内心的自卑和对未来的彷徨。若早知道许渊喜欢的是赵珍珠，他会对她像现在一样好，却绝对无关爱情，仅是出于对许渊的感激。

可如今，为时已晚。他的爱充满了负罪感。他怕这是他最后一次有勇气说出"我爱你"，这种久违的恐惧折磨得他寝食难安。

没有人从赵珍珠的脸上看出不对劲的地方。她和往常一样准时做蛋糕，准时发货。只是这段时间客户留言都抱怨蛋糕的味道变甜了不少。

赵珍珠在等方蓝调再次出现，给一个答案，能不能继续下去的答案。

"我爱你"这三个字后面往往可以跟着奇妙的转折，却丝毫不显得突兀。

比如说，我爱你，但是我更恨你。

比如说，我爱你，但是我们不能在一起。

当然，这三个字后面也可以什么都不加，只是这三个字，简单而有分量。

赵珍珠不知道他属于哪一种，所以她在等，也已经等得有点不安。

胡珀很奇怪方蓝调平时不是有事没事就会来看珍珠吗? 明明是成熟的男人，却只在她面前露出孩子气的一面，看着时钟，嘴馋地等最新出炉的蛋糕。可这段时间怎么不见人影了?

董秘书很抓狂，刘副总监前不久逼宫失败，灰溜溜地跑去休年假，直到现在还没回来。方蓝调居然也在这个时候申请休年假。

方蓝调其实一直躲在家里。

上次他把美食专栏作家请到家里试吃赵珍珠亲手做的饭菜，他们登门带了不少好酒，还剩下不少，如今被他通通喝光了。

咕噜的眼睛每天都变成红色的大叉叉。

他足不出户，整个人浑浑噩噩的，哪还有昔日的风采？

即使再强大的人，也有致命的死穴。对于方蓝调来说，许渊就是他最介意的弱点。

方蓝调已经查清楚许渊为什么会误会和周青盟结婚的是许愿了。以前跟在许南望身边的李秘书见许渊入狱后仍对赵珍珠念念不忘，甚至希望把狱外的财产都补偿给她，十分生气。因为李秘书认为造成许家父子悲惨结局的罪魁祸首就是赵珍珠。当李秘书得知周青盟即将举行婚礼，故意含糊地告诉许渊周青盟要结婚了。许渊就以为周青盟肯定是和赵珍珠结婚，李秘书也没有解释。恰逢方蓝调回国看望许渊，许渊便请他在婚礼上替自己送上红包祝福，却不愿再多说什么。一无所知的方蓝调于是以为凉美就是许渊深爱的人。

他从未介意过赵珍珠沉重的过去，却未曾料到，这个过去里有他此生最好的兄弟。

他答应过是她最后的归宿。但此刻看来，这个承诺就像是个笑话。

这几日，他都在反复思量，他是该离开，还是该留下。

方蓝调了解许渊，他向来矜持冷静，像是没有情绪的人，看不见浓烈的喜或悲。这样的人太难爱上一个人，越是能让他疯狂的人，就越是他在意的人，而他这一生，只为赵珍珠一人疯狂过。

在英国的时候，年少多金的许渊引起过许多女孩的兴趣。可他向来都干脆地拒绝了。他说自己心里有恨，容不下爱。那时他没有料到，他心里对一个人的恨，会逐渐转化成爱。

方蓝调又灌了一口冰酒，甜美的冰酒其实并不醉人，可他却照样喝得醉醺醺的，也许只是因为他想醉罢了，太累了，偏偏又合不上眼。

他整夜整夜睡不着，好不容易睡着了，又总是会梦见乞力马扎罗山的雪，便马上被惊醒。

许渊用自己的命换了他的命。

又过了几日，董秘书终于等不下去了。奥岚广告有几个重点项目策划都等着方蓝调拍板决定，而她发去的邮件却毫无回音。

她万般无奈只能找到赵珍珠，赵珍珠端出一份芒果班戟招待她。董秘书也确实饿了，不客气地吃了一口，立马甜得脸都僵了。

"还是太甜了吗？"赵珍珠黯然。她知道自己装出一副若无其事的样子，却并不是真正的心如止水，她会拿着手机整夜等待，期待他的一个信息或电话。

"没事。"董秘书大口咽下，拿出一沓文件，"麻烦你把这些文件送去给方总监签一下，我联系不上他，但我知道他肯定在家，小区保安说他每隔很久就会叫一大堆外卖。"

赵珍珠有些犹豫，她不知道该不该在他还没想好之前就贸然出现。

"你们之间出现了什么问题吗？"董秘书察觉到赵珍珠的不自在，赶忙帮方蓝调说好话。她不愧是广告公司的人，说得天花乱坠的。

"好了好了。"赵珍珠抚额，接过文件，"我会送给他的。"

出门的时候，她顺便带上一份芒果班戟。他心里发苦，吃这样甜的东西应该正合适。

方家门口，正好有一个送外卖的年轻人，似乎在门外等了很久都没有人来开门，于是烦躁地不停撳门铃。

赵珍珠看他的制服，认出是一家以辣著称的川菜馆。这家菜馆的菜辣得有些变态，却引来更多求虐的吃货。

方蓝调不喜欢吃辣，却故意点这样的外卖，而且一次点了很多，看来是有意在很多细节上惩罚自己。

外卖员等烦了，愤愤地踢了门一脚，骑上车准备走。

"我认识屋主，给我吧。"赵珍珠开口道，付钱接过沉重的外卖。

她接替外卖员，继续在寒风里等着方蓝调来开门，可里边仍悄无声息，不知道他是不是睡得太沉了。

她出来时心事重重，所以忘了穿外套，此刻被冷风吹久了，接连打了好几个喷嚏。

"方蓝调！"久久没有等到人开门，她不禁胡思乱想，万一他是在里面昏倒了可怎么办，于是急切地拍门。

她的拇指无意间触到银色的面板，门悄然打开。

她一愣，然后听见Echo熟悉的声音："欢迎回来，赵小姐。"她便一下子明白了。

方蓝调给她设置了七级权限。以前她不知道权限的高低分布，还以为七级只是一般的权限。现在看来，她能够轻松地打开他家的大门，七级分明就是最高的权限。

他曾把她当成这里的女主人，她一阵心动，却又马上心如死灰。

也许，她很快就会失去他。

Echo的声音很大，却没有吵醒沙发上的方蓝调。茶几上有一个棕色的药瓶，赵珍珠看清药瓶上的贴纸是一种胃药的名称。

他十分困倦，被思念和胃痛折磨得数日未眠。今晨，终于幸福地昏睡过去。

赵珍珠看着乱糟糟的屋子，卷起袖子开始打扫。咕噜就像个跟屁虫一样跟着她，红色的叉叉眼终于恢复正常，还不停委屈地叫着，似乎在控诉男主人这些天的表现。

方蓝调是被厨房传来的粥香诱醒的。这些天他都没好好吃过饭，一醒来就觉得饥肠辘辘。他如在睡梦中，走进厨房便看见了她。

"粥很快就好，你先看看客厅茶几上的文件吧，董秘书等你签字呢。"她见他开口又闭口，似乎不知道该对她说些什么，于是主动说，"你什么都不用说，如果你要离开我，我没有丝毫怨言。"

听到这句话，方蓝调多想不顾一切地抱住她，感谢她的懂事明理，明明错的人是自己，她却没有咄咄逼人。可他头一次意识到自己是个懦弱的男人，在决心未定之前不敢拥抱她，只能隔着一段距离说："谢谢你。"

谢谢她理解许渊对自己的意义。没有许渊，就没有今日的方蓝调。也正因为如此，他才在得知真相后，不敢对这段感情轻举妄动。

"除此之外，我还想说，蓝调，我爱你。我不是想左右你的选择，我只怕以后，我再也没有机会对你说出这句话。"

赵珍珠说完便转身，装成专心熬粥，泪水掉进粥里。

"我也知道。"方蓝调的嘴唇颤抖。

咫尺间不可相拥。

等粥熬好，她什么也没说，就安静地离开了。他看着她离开的背影，亦没有出声挽留她。

他们有一个共同的默契，在最后的选择前，给对方时间和空间。

03 可能是吧

春节前夕，方蓝调独自前往监狱，再见了许渊一面。

他的样子看起来竟然比狱中的许渊还要憔悴。许渊的精神不错，监狱里举办迎春会，他天天都在排练一号楼的歌舞节目。他在里面生活得很有规律，表现也很积极，口才又好，凡是有人来狱内参加警示教育，狱方都会安排他上台演讲。李秘书说，这样才有早日出来的希望。

方蓝调在等许渊会面的时候，狱警介绍道："他最近变化特别大，你应该多把那个女孩带来。我看那个女孩，就是他床头贴着的那张照片上的人。"

方蓝调闻言不语，沉默地盯着一尘不染的桌面。

对面坐下一个男人，正是许渊。他穿着洗得发白的蓝色囚衣，却像穿着意大利高级定制的西装一样，气质是由内而外散发的。

虽然嘴上说方蓝调不应该把许愿带到这里来，可是今天他看到只有方蓝调一个人来，心里不禁有一点失落。

他必须承认，他想她。

狱方在每个人的床头都安装了一块相片板，可以贴一张照片和写一句话。室友常常羡慕地看着他床头的照片，称赞："你女朋友真好看。"不过，一个外号叫小胖的室友却抱着自己大胖女友的照片喜滋滋地说："啥啊，哪有我媳妇好看。"

这是他以前偷拍的她生病了睡着的样子。若她醒着，肯定是对他怒目相瞪。他写的一句话是：希望你梦中有我，不是噩梦。

为了不再是她的噩梦，他在狱中积极改造，却听说了周青盟结婚的消息，新娘不是她又还能是谁？

小胖也有同样的遭遇，一次等待良久的亲属会面里，他视为全部精神支柱的大胖女友带来她再也等不下去、已经相好亲准备和别人结婚的消息。那天以后，喝水就长肉的小胖逐渐变成一个阴郁的瘦皮猴，每天总是舔着唇阴森森地提醒许渊："你看你女朋友从没来看过你，肯定是有别人了。"

得知周青盟结婚的消息的那一天，瘦皮猴又来说，许渊忍不住和他动了手，两人都打得头破血流，被关足七天禁闭。

那七天，他就像在黑暗的电影院里，观看脑海里一部漫长的电影，是他和她的故事。他一个人或哭或笑，显得有些疯癫。七天后，他终于接受了现实。

她结婚，他虽然难以接受，但归根究底是开心的。

周青盟是良人，爱过她两次。

此时此刻，方蓝调缓缓抬起头，扬起一抹奇怪的笑容。看着是笑，却让人感觉到刺骨的悲伤："其实，她没有结婚，周青盟是和另一个叫凉美的女生结婚了。不要用那种怀疑的眼神看我，我可曾在你面前说过假话？"

"真的吗？"许渊捏紧拳头，狂喜地捶了一下桌子，整个人向前倾。

巨大的响声立刻引起了狱警的注意。一名狱警警惕地向他靠近。

可许渊却无法掩饰自己的激动。他愤怒，他高兴，他难过。他没有想到她仍然只身一人，全世界她最爱的那个男人却娶了别的女人。

"你觉得……"

"会面时间结束。"狱警斩钉截铁地打断许渊的话，押他起身。

许渊一直挣扎着，不断地回头，望着方蓝调，语气急切："为什么她没有嫁给周青盟？她会不会是在等我？"

大悲大喜之后，他突然萌生这样一个连自己都觉得不切实际却又忍不住憧憬万分的念头。

当初，在许南望揽下一切罪责被捕后，他怀着巨大的内疚之情变得极度暴躁。那时候，唯有他一直伤害的赵珍珠衣不解带地照顾他。因为许南望最终没要她，放开了她，她便心怀感激，在许家落难时没有落井下石，反而努力试图弥补因为她和她的母亲而一直生活在痛苦里的许渊。

当他忍不住失声痛哭的时候，她也陪着他一起哭；当他像个疯子一样把手边所有的东西砸向她时，她也默默地承受。他甚至还失手把她推到马路中央，看她在车海里惊慌失措，差点被车撞上。

"Bruce，你说话！"眼看就要被押出这道门，还不知道下一次见面会是什么时候，许渊紧紧抓住栏杆，拼命地嘶吼。

方蓝调一直在犹豫，但看到如此失态的许渊，终于下定了决心，声音就像断了线的风筝，很高很远："我想是的……"

得到肯定的回答，许渊心怀满足地被押出会面室。留方蓝调一人在原地闭上眼睛，仿佛在迎接着乞力马扎罗山纷纷扬扬的雪花。

离开监狱后，方蓝调径直去了机场。他告诉过赵珍珠，他春节时会回英国看望母亲。那时，他是想带她一起回去的，可是她害羞，不肯这么早见家长。

他在车上一直看着陆城的风景，努力想要把这里的一切记到脑海里。他有种预感，也许他不会再回来了。

他曾在陆城的月光下拥抱她，他曾牵着她在陆城午夜的街头狂奔，他曾搂着她在陆城的中心跳舞……这些通通都不会再重现了。

他拨通董秘书的电话："麻烦你转告珍珠，我回英国了。"

请原谅他是个懦夫，不敢亲口说告别。

因为他怕在她面前，会舍不得走。

04 康河上的思念

飞机下午三点降落在伦敦希思罗机场，机场大厅溢满咖啡店铺传来的香气。

一个妆容精致、着宝蓝色套装的金发美女推着一个轮椅，轮椅上坐着一位朴素的华裔老太太，在看到方蓝调时优雅地挥了挥手。

"Natalie，你怎么也会来？"方蓝调第一眼看到她时，不由自主地皱了皱眉。她敏锐地捕捉到这个细节，却并不在意。

方母责怪他一句："蓝调，你不在时，Natalie经常来看我。"言下之意对Natalie颇为满意。

Natalie的确很讨人喜欢，虽然身居高位，但并不是一副女强人唯我独尊的样子。她很漂亮，却并不是那种攻击性的妖娆美艳，而是邻家女孩一般的温柔大方，尤其是一张朱莉亚·罗伯茨的大嘴，笑起来时让人感觉特别真诚快乐。

方蓝调看着她阳光灿烂的笑容便在心里冷笑，这副无害的面具再也不能让他上当了。

Natalie开车送方家母子回家。方蓝调走后，方母就搬到了伦敦郊区，风光秀美，人少而清静。

方蓝调回到从小长大的伦敦，看着熟悉的景色，竟不觉得亲切，反而有些怀念陆城。

"Bruce，明天诺丁山有集市，阿姨提起过想买点银餐具，我陪你们一起去怎么样？还有，说好了今晚我请客哦。我在泰晤士河畔的餐厅定了位子，位置不错，刚好能看到伦敦塔桥。对了，春节到了，你们会不会更想去唐人街吃中餐？那里离特拉法加广场挺近的，我们……"

"你很吵。"方蓝调实在忍受不了Natalie一上车便喋喋不休。他没有精力应付她。

Natalie闻声，紧抿红唇。方母不满地瞪了他一眼，道："蓝调，你这样一点也不绅士。"

车里的气氛变得有些尴尬，Natalie倒是很快调整过来，爽朗地一笑："阿姨，你不能怪他。如果Bruce都不绅士，那英国恐怕就没有绅士了。他刚下飞机，还没倒过时差，肯定很想休息，是我吵到他了。我保证，这一路上都会很安静。"Natalie做了一个给嘴拉上拉链的俏皮动作。

送他们到家后，Natalie没有再提晚餐的事，而是跟方母打了声招呼就离开了。方蓝调更是连看也没看她一眼，直接走进卧室，关上门倒头便睡。

方母有心要说他几句，但见他神色疲惫，也不忍再打扰他，轻手轻脚地退到厨房去做晚餐。

方蓝调虽然闭着眼睛，但完全无法入睡。失眠仿佛已是一种惯性，令他备受折磨。

翌日，他起床时眼睛里布满了红血丝。Natalie正坐在院子里的餐桌旁和方母谈笑风生，见到他这个样子吓了一跳。

他昨晚没有起来吃晚餐，今早确实有些饿了，从餐桌上拿起一块吐司面包，抹了点黄油塞进嘴里。

Natalie主动解释是方母邀请自己一起去诺丁山集市的，意思是自己不是不请自来。

"你要和我们一起去吗？"方母问他。

"不了。我想一个人逛逛。"

方母还想劝他一起去，Natalie颇懂察言观色，抢先说："让他去吧。他离开这么久，肯定有很多怀念的地方。"

方蓝调独自驾车去了剑桥镇，因为这里是他和许渊待得最多的地方。许渊曾在剑桥读书。

方蓝调在康河上租了一艘皮划艇，香蕉一样两端尖尖的流线型皮划艇看上去很容易，但却很难把握平衡，稍有不慎，划艇者便会带着船一百八十度翻进水里。

他换上紧身的户外T恤，戴上头盔和防水镜。无论以前许渊教过他多少次，他却还是不太擅长这项运动。他刚一上船，便翻进水里。不过他早就从许渊那里学会不呛水的方法，即便这时节的水冰冷刺骨，他也只是一个翻身，就又坐回原位，再次挥桨前进。

这是剑桥最流行的体育运动。以前每个周末，方蓝调从威斯敏斯特大学出发，来剑桥大学找许渊，许渊总是在康河上独自练习皮划艇。他看着许渊翻进水里，再翻回水面上，沉默地一次又一次练习。

他以为许渊是为了剑桥和牛津从一八二九年开始便年年在泰晤士河上举行的划艇大赛做准备。因为许渊是个争强好胜的人，只要有比赛，他就希望拿第一，希望自己足够出色，让自己的父亲另眼相待。

可许渊却说不是。以前有个女孩说自己是海的女儿的女儿，教会他游泳，还在他落水时几乎付出生命去救他。所以，他就像海的女儿的女儿一样喜欢水，喜欢在水里游泳，喜欢在水上划船。

他现在想想，那个女孩一定是赵珍珠吧？

失去平衡，方蓝调再一次翻进水里，在水下，他的头脑无比清醒，他在水中对自己发誓："Del，你不是删除键，键盘上往上一格，就是Home（家）键。我愿意付出我的全部帮助你往上一格。"

十年前，他就欠许渊一个承诺。

在方蓝调十八岁时，他被威斯敏斯特大学录取，但是贫困的家境让他根本无法负担高额的学费。就在他苦恼烦闷的时候，许渊主动递过来一张支票。

"Del，你这样让我拿什么来回报你？而且，就算我想回报，也没有你看得上的东西，你什么都不缺。"

许渊随口一说："那就记着吧。Bruce，以后如果你有可以回报我的东西再给我吧。"

这十年，方蓝调越欠越多，甚至还多了乞力马扎罗山上的半条命。

他不能对许渊横刀夺爱。

他能回报的，只有退出。

05 他的心已经遗落在东方

除夕将至，Natalie看到唐人街上正在排练的舞龙舞狮队兴奋得不得了。这是她第一次看到这样的表演。

方母乐呵呵地说："正月初一就会有巡游，到时候我们再来看。你这么喜欢春节，那以后每年都跟我们一起过吧。"这些天，她总是有意无意地撮合方蓝调和Natalie。对方母来说，Natalie是方蓝调在总部的上司，绝对能够帮助自己的儿子，而且她亲和力强，嘴甜心善，无论方蓝调怎么不客气地对待她，她都依然温柔有加，这样的女人上哪里去找？

Natalie怀着期望看了一眼方蓝调，却发现他只是抬头望着大红色的灯笼发呆。

她觉得方蓝调变了，对她冷漠了，无情了，疏远了。

她很怀念两个人当初进奥岚总部时一起熬夜加班，天亮时，醒来的她会发现他就睡在不远处的桌子边，地上丢满了揉成一团的白色稿纸。

他们曾经是最佳拍档，珠联璧合搞定许多客户，斩获无数奖项，缔造无数经典广告案例，一起从菜鸟成长为奥岚的重要支柱。终于有一天，总部总监决定卸下重担去环游世界，只有一个人可以坐上这把交椅。

董事会考虑在他们两人之中择一提拔。听到这个消息，他笑着对她说："这场比赛不论输赢，我们都永远是好搭档。"可她却没有勇气告诉他，她是董事会里一位重要成员的女儿。原总监一走，她的父亲当夜就在家里开香槟祝贺她上任指日可待。

这一开始就不是一次公平的竞争。她从出生开始，就轻松拥有了他奋斗了小半生的所得。

即使已有答案，董事会还是借一个保险公司准备进入某国市场之际抛出测试。他和她各带一个团队准备提案。他对她没有丝毫防备，从未向她隐瞒自己的创作概念。而她则深陷瓶颈之中，进度十分迟缓。他安慰她，不要紧张，这场比赛，他希望两人都能拿出最高的水准来。

她喜欢他的想法。在餐厅里，一个妙龄女子受到大汉的猥琐调戏，一个热心的男青年仗义出手，赶走了大汉，保护了美女。但是两人的大战却让餐厅损失惨重，餐厅把所有的损失都算在男青年头上，男青年一看账单惊呆了，不过幸亏他买了保险。

这个概念既弘扬了正能量，也从侧面说明了这家保险公司险种齐全，保险范围大。

她建议他不要把布景放在餐厅里，干脆放在玻璃器皿店里，脆弱的玻璃可以衬托对抗的力量，声效更动人，打斗的场面更富有美感。

方蓝调也觉得她的提议很好，非常感谢她的建议。她也说了自己的想法，说出口便脸红了，觉得自己的概念平庸至极，和市面上其他的保险广告并没什么不同。他蹙眉建议她如果采用惯用的保险广告套路，那就要突出它的服务更负责、更贴心、更周到。他的提议让她受益匪浅，她回家恳求父亲让他们公平比赛，但父亲却笑而不语。

比稿日，她先上场，赢得了不错的反响，然而轮到他上场神采飞扬地介绍完广告概念之后，客户代表纷纷交头接耳，眼神中带有一丝不屑。

结果是她一面倒地赢了！可她不明白，明明方蓝调的广告更有创意，远胜于她中规中矩的广告。

她一心认为是自己的父亲在背后斡旋，站起来拦住欲离开的客户代表。父亲一直有留意她的举动，挡在她面前，假装握手恭喜。她瞪了父亲一眼，情急之下忘了改称呼，道："爸爸，你让开！"

在这之前，她是他女儿的身份并未公开。她一直不希望别人因为她是谁的女儿而错误判断她的才华。这还是她第一次在公共场合喊他爸爸。

这声音被失意的方蓝调听到，抬头深深地看了她一眼。

她不顾他在胡思乱想什么，没有解释，疾跑出去，在地下停车场拦住了客户代表的车，请他们说明理由。

对方轻笑一声，道："总监大人，您的竞争对手不值得您如此尊敬，作为一个全球知名广告公司的重要员工，竟然完全没有注意到广告里的文化冲突。他的想法或许还不错，但根本不可能成功。难道您不知道，在当地文化中，打碎玻璃器皿被认为是噩运吗？我们绝对不可能让这种行为出现在电视上，让当地人一看就一整天心情不佳！"

车开远了。

她愣在原地，万万没想到会是自己毁了方蓝调的创意。

此时此刻，就算她说明真相，说自己是无意的，恐怕方蓝调在识破她刻意隐瞒的父女关系后，也很难再相信她了吧？

最后，她什么也没有解释，无奈地坐上了总部总监的位子。方蓝调则自动请命离开总部，前往奥岚广告陆城分部。

直到今天，她还欠他一个道歉。她有些心急地望向天空，时间已经到了，该来了！

"你们看！"方母率先看到天空有一架喷气式飞机。它灵敏地在天空飞行，喷出的气体暂时不会消失，渐渐形成一个又一个字母。

Forgive me！（原谅我！）

在字母的天空下，Natalie含情脉脉地看着方蓝调，这架喷气式飞机是她租的，她并不想普普通通地道歉，一来她犯的错太严重，二来她知道他喜欢有创意的东西，所以才想出这样一个方法向他道歉："当初我并不知道在当地打碎玻璃象征着噩运，而且我也没想依赖我爸爸的权势，可是我无法控制这一切事情的发生。对不起，我的总监之位本来应该是属于你的。"

天空中的字迹渐渐散去，方母见方蓝调仍面无表情，没有一丝感动，就在一旁提醒他："蓝调，她都这么诚心诚意地道歉了，你还想怎样？"

方蓝调的情绪没有任何波动，她是否道歉也根本无所谓。"我很感谢那场阴差阳错的失败让我去了陆城，所以你不必道歉。"他看Natalie的目光和看街上任何一个陌生人一样，那种丝毫没有感情的眼神让她明白，一别至今，再回来的方蓝调已经彻底变成另一个人了。

她找不到他的心，只因为他的心已经遗落在东方。

第十章：思念

很多时候，很多原因，
很多人都不能和相爱的人在一起。

01 他还好吗？

在陆城，赵珍珠的春节过得无比简单，没有走亲访友，她甚至没有一个栖身的地方。

除夕当日早上，张妈左手一只鸡右手一条鱼来到了胡珀家，看赵珍珠的眼神淡淡的。她知道两人仅是朋友，胡珀为人仗义，而且赵珍珠又确实可怜，可是这大过年的还赖在这里，她心里就有些不是滋味了。

中奖的胡珀已今非昔比，以前不少态度冷漠的亲戚现在都变得热情起来，曾经讽刺他是败家子的人都改口夸他有福气，争先恐后介绍了许多不错的姑娘。可是赵珍珠一直不清不楚地住在胡珀家，他要怎么认识别的女孩子，怎么谈恋爱呢？

趁张妈在厨房料理午餐，赵珍珠向胡珀提出春节期间她搬出去住。这段时间，他家肯定会有大批亲戚来访，以她的身份确实不适合留在这里，而且房子太小了也挤不下。她已经看好了一个门面，虽然没在闹市地段，有点偏，可附近的居民小区挺多的。原主的租约三月份到期，她三月份就可以搬出去，白天做蛋糕，晚上就放一张折叠床睡在里面。

胡珀理解她是不想让自己为难，可是又担心她无处可去："你能去哪儿呢？"

赵珍珠挤出一丝笑容："有很多地方去啊。邵邵家、珊珊家，实在不行睡宾馆也是可以的。你不用为我担心。"

胡珀点头，从钱包里拿出一张银行卡往她手里塞："我不准你推辞，你的钱大部分都付出去当定金了。你拿着，过个好年，用了多少以后还我就是了。密码……你知道……邵曦晨的生日……我一时还没来得及改。"

赵珍珠感动不已，眼泪在眼眶里打转，哽咽着说了一句："春节快乐。"

走出胡珀家，她其实也不知道自己能去哪儿。街上的每个人都喜气洋洋的，并且有明确的回家的方向。她想了想，拨通邵曦晨的号码。也许邱珊珊最适合求助，但是她家离周青盟太近了。

铃声响了很久，那头才传来邵曦晨哀莫大于心死的声音。

李多乐认为楚家难以东山再起，而且楚峥嵘赌性难改，借钱给他风险太大，最终决定拒绝。为了这件事，邱珊珊和李多乐闹了几次。她一想到邵曦晨借不到钱，楚峥嵘就不会让凡安回来，作为一个准妈妈，她对邵曦晨的痛苦感同身受。李多乐什么事都可以由着邱珊珊，但这种事却不可能由着她任性，磨破了嘴皮子跟她解释，可她还是不听，指责他是冷血、自私的守财奴。

因为李多乐不肯借钱，楚峥嵘说到做到，今年春节果真没有让姐姐带凡安回来。

就算这样失望，可邵曦晨仍要笑脸迎春，戴着温婉的面具张罗年夜饭，假装其乐融融。而且，楚母刚出院不久，身体还不怎么好，脾气倒是越来越大，对邵曦晨也越来越挑剔。她必须打起十二分精神伺候着。

听到邵曦晨的处境，赵珍珠一直开不了口问自己能不能借宿。邵曦晨倒是自己猜出来了："是不是胡珀的妈妈在过年时回来住了？对不起，珍珠，我其实是很想帮你的，可是我在这个家做不了主。婆婆又喜欢清静。对不起对不起对不起，我不配做你的朋友……"她捂着嘴，压抑住自己的哭声，以免家人看见不悦。

赵珍珠连忙安慰，好在邵曦晨也没哭太久，大概明白自己这种样子若是被楚家人看到难免会被嫌弃。

两人匆匆道了声祝福便挂断电话。赵珍珠在人潮中愣了一会儿，转身朝附近的宾馆的方向走去，正在前台登记的时候，董秘书打来电话。

"珍珠吗？春节快乐。你在哪儿过节呢？"

"嗯。"

赵珍珠正打算含糊过去，就听到董秘书笑意盈盈地邀请道："来我家住几天吧。"

"这不好吧……"

"有什么不好的？家里就我和一对双胞胎。我老公出差了，今年过年又回不来了。爸妈嫌冬天冷，自己报团去海岛旅游了。我觉得这大过节的家里太冷清了，所以就想到了你。当然啦，尤其想念你的厨艺。有你在，年夜饭可就丰富了。"董秘书很会说话，赵珍珠也不想一个人待在冷冷清清的宾馆里，便没再推辞。

董家的双胞胎长得很像，个性却截然不同。大的那个懂事，小的那个赖皮。赵珍珠做了黄桃蛋挞，本来是分给一人一个的，可是小的那个飞快地吃完，又怯生生地来找赵珍珠要蛋挞。

赵珍珠问："不是一人一个吗？现在吃多了一会儿就吃不下饭了。"

小的揪住她的围裙，眼睛亮闪闪地看着她，嘬着嘴，嘴边还有一些没来得及抹去的蛋挞屑："妈妈说要学会谦让。我看哥哥比我大，应该吃两个，所以哥哥吃完自己的，我又把我的让给哥哥了。珍珠姐姐，我也想吃，你再给我一个好不好？"

赵珍珠看着大的在不远处愣愣地捧着蛋挞，一副无辜中枪的样子，结巴着解释："我……我没有吃妹妹的呀……妹妹不是把自己的给吃了吗？如果还想再吃一个，哥哥的让给你。"

小的见自己的谎言被戳破，却仍不肯承认，继续撒娇："珍珠姐姐，你别听哥哥的，我不要他把我的还给我。他是大的，应该吃两个。你就再给我一个好不好？"

"砰！"董秘书走过来，直接敲小的脑袋："又在赖皮对不对？小胖妹！"

"我不是胖妹！"小的委屈地吮吸着嫩藕一般的手指，急得满脸通红。

"你老是比哥哥多吃一份，你看你是不是比哥哥胖？一起买的新衣服，你的衣服要比哥哥足足大一号哦！"

"呜哇……"小的再也忍不住，哭着飞奔出厨房。

赵珍珠连忙拿了一个蛋挞准备跟上去安慰。董秘书拉住她："不用，旧招了。她最擅长用这几招来骗东西吃。第一招：吃了说没吃，让给哥哥了，希望补一个。第二招：谎言被拆穿，泪奔了等人拿吃食去安慰。你看，我们不理她，她等会儿肯定会使出第三招，泪流满面地来承认错误，希望知错就改，获得奖励。"

果然，打雷般响亮的哭声响了没多久便停止了。小的又哭着跑回厨房，小肩膀一耸一耸的，貌似十分伤心。她仰着可怜巴巴的小脸："珍珠姐姐，我错了，我不该吃了蛋挞还赖说是哥哥吃了。可是你做的蛋挞实在好好吃，我才忍不住犯错的，你……你可不可以……"她扭扭捏捏地低下头，越说越小声。

董秘书看赵珍珠貌似心软了，连忙出声阻止："不可以！一人只有一个。一边玩去！"

大的走过来，牵着小的回到客厅，爬上沙发看电视。董秘书就留在厨房里给赵珍珠打下手。赵珍珠用眼角的余光不小心看到，沙发上，大的正小心翼翼地给小的喂自己的蛋挞。

"妹妹，好不好吃？"

"好吃。哥哥真好。"

她目不转睛地看着这一个极其普通的生活场景，突然十分向往这样的家庭生活，向往得有些心酸。

方蓝调，他还好吗？他曾说过要在威斯敏斯特大教堂娶她，婚后生一堆的孩子，男孩像他一样用音乐命名，方摇滚、方爵士、方民谣……女孩像她一样用宝石命名，方玛瑙、方水晶、方翡翠……

越是美好的话，就越是不能当真啊。

02 我不会回来了

赵珍珠烧了一条松鼠鱼，酸酸甜甜的，双胞胎吃得不亦乐乎。大的小心地给小的剔掉鱼刺，小的咂着嘴，一脸满足。

吃完饭，董秘书说什么也不让赵珍珠既掌勺又洗碗，让她去客厅里陪孩子们搭积木。

客厅里的电话响起来，董秘书没空，扬声喊："珍珠，帮我接一下电话。"

"喂。您好。"

赵珍珠刚出声，那边便响起午夜梦回时常出现的声音。

"珍珠？"方蓝调迟疑地问出声。他本来只是礼节性地想要在春节慰问一下员工，却没想到赵珍珠会在董家。原因不难猜出，春节时她不可能继续留在胡珀家，这样，她便没有可去的地方。董秘书跟在方蓝调身边这么久，自然知道他最放心不下的就是她，于是主动把赵珍珠接来自己家里照顾。可是，她可以给赵珍珠一个住处，却无法给予赵珍珠最需要的温暖。

方蓝调暗自责怪自己把她一个人丢在陆城，可转念又一想，就算他留在陆城，又能怎样呢？他都已经决定退出了不是吗？

当初是他言之凿凿要成为她最后的归宿，现在率先反悔的亦是他。他成了自己平生最痛恨的那一类人。

"我在英国……"

"我知道，你搭飞机走的那天，董秘书转告我了。"赵珍珠握紧电话，他那边声音嘈杂，她必须全神贯注地分析他的声音，以免错过任何一个字。

"Bruce，快看，烟花！"那一头，Natalie兴奋地推推方蓝调，指着夜空中升起的绚烂火花。

今天晚上，方母说想看烟花，但是中途却找借口溜走了。毕竟方蓝调不会在英国停留太久，时间有限，她想多制造一些机会让两人单独相处。

Natalie也知道方蓝调过完春节就有可能要回陆城，他们的距离也将越来越远，刚刚还向他发出邀请，许下总部副总监一职，希望他能够留在伦敦总部帮她。她其实本不抱什么希望，可没想到他略一思考便答应了，然后就拿出手机打给董秘书，打算道声新春祝福，顺便安排一下工作交接。

见方蓝调答应了，Natalie现在觉得两人的未来就像烟花那么美。

此刻，赵珍珠听到女人的声音，想到他现在和别人在一起看烟花的一幕，就好像有一只手伸进她的胸腔，捏碎了她的心。

她大口大口呼吸，想缓解心痛的感觉。

方蓝调却在那头麻木不仁地宣告："珍珠，抱歉，我不会回来了。"

赵珍珠以为这一句是自己的幻觉，强忍着难过让他再说一遍："你说什么？你那边的声音太大，我听不到。"

"我不会回来了，房子留给你吧。"

她听见一簇簇烟火寂寞绽放在夜空的声音，那么美丽，那么多人希望它留下，可它依旧要消失。

他是在用房子弥补她所受到的伤害吗？他难道不知道这种做法会让她更难受？她吼出积压已久的痛苦："我不要你的房子！"

那边的声音变得那样温柔，就像是在森林里捕捉花朵上的蝴蝶，不敢说重了，生怕惊走了它们："听话好吗？你现在居无定所，住进去，帮我照顾好Echo和咕噜。珍珠，珍重，再见。"

方蓝调挂断电话，抬头看天上的烟火，他想到去年平安夜时，他们也没能一起看烟火。很多时候，很多原因，很多人都不能和相爱的人在一起。他爱她，可又能怎么样呢？他想到许渊写在红包上的那一句——爱你至深却已缘尽。

这时，董秘书洗干净手后来到客厅，看到赵珍珠拿着电话听筒的手垂着，头也低着，肩膀微微颤抖着，担忧地问："珍珠，你怎么了？"见她不答，董秘书就推推在认真看春节晚会上小彩旗转圈圈的双胞胎，说："去！一人给珍珠姐姐一个吻。"

赵珍珠站着，他们够不着她，就一人站上一个沙发扶手，撅着果冻一样柔软的小嘴同时亲她的脸颊。

小的舔舔嘴唇，喊起来："咸咸的！妈妈！珍珠姐姐在哭！"

"对不起！"赵珍珠埋头向门口走去，"我先告辞了，我想去一个地方。"

她去的是方蓝调的家。现在，她很想待在一个有他的气息的地方。

水沐庄园里的树都缠上了银色的灯，看上去就像是宫殿一样华美。家家户户都传出欢声笑语，道路上倒很冷清，一个人都没有。

周青盟将车驶出地下车库。今天，他的父母带着周晓泉来他家辞旧迎新，凉美做了一桌子菜，周爸和周妈很是满意她如此贤惠持家。唯有晓泉一直没事找事，这个不好吃，那个太油腻，刚刚又闹着十二点要点仙女棒玩，因为家里没有准备这些，身为一个好哥哥，周青盟只能现在出门去找找看哪里有卖的。

因为路上没什么人，他也比较放松。车里的后视镜上挂的平安符掉下来，他低头去捡，捡起时才发现路上不知什么时候窜出来一个人，吓得他出了一身冷汗，急踩刹车。

那人也被突然窜出来的车给吓住了，他的车就在离那人十公分处停下。车一停，她的脚也一软。

"你有没有什么事？"周青盟看到那人蹲下来，连忙下车去扶，走近了才看清是赵珍珠，手不由得僵硬片刻，犹豫了一下还却是扶住她温软的身躯。

赵珍珠并没有伤着哪里，很快就恢复了力气，见车主是周青盟，于是镇定地说："没事。你走吧。"

车灯照着她流泪的面庞，周青盟见她哭了，以为她是哪里疼却又不肯麻烦他，他本不想理她可又觉得心里过意不去。正当他内心天人交战之时，赵珍珠默默地往方家的路上走去。

周青盟看到她一刻也不想和自己多待，并且疑似去找方蓝调的，内心涌起一阵烦躁之意，就像夏季午睡时有知了在耳边不停地叫唤。他跟上去，抓住她的袖子，特别注意不碰触到她的皮肤，说："我带你去医院检查一下！"

她非常不耐烦地甩开他的手，尖叫道："我没事，你没有撞到我！"

周青盟没想到她在他面前会这样凶，之前见她，她总是欲语还休地看着他，眼睛里藏满了故事。他有时甚至会觉得,她的眼神是那样真挚,她根本就不像李多乐跟他所描述的那样虚荣和阴险。

他摇摇头,甩掉这个想法,告诫自己,正因为她这么会演戏,他以前才会被骗得那样凄凉,于是,声音也变得十分无情:"最好还是检查看看,出个验伤报告。不然,万一你以后身体出了什么毛病,跑来告我今天把你给撞出内伤了怎么办?"

她本来就因为方蓝调的事很难过,听到周青盟这么说,更是悲从中来,颤抖着声音回道:"在你眼里,我就那么无耻吗?"

周青盟盯着她,缓缓点头。

赵珍珠悲愤地推搡着周青盟,逼得他不停地后退:"你滚!你滚!任我生老病死,也绝对不会纠缠你。"

一辆晚归的车突然朝他们驶来。

赵珍珠发现她已经把周青盟推到马路中央,眼看就要被车撞上,出于本能不顾一切地冲上去,把他推开,自己代他承受了猛烈的撞击。

周青盟呆呆地看着倒在地上的赵珍珠,脑海里一直回放着她刚刚奋不顾身推开他的样子,头痛欲裂。

03 我不准你欺负珍珠姐姐

不幸中的万幸,车主在看到两人时及时减速,赵珍珠只是暂时昏迷,受伤并不严重。

周青盟不知道该带着怎样的感情看待此刻正躺在病床上输着点滴的赵珍珠,眉头皱起来。凉美已经闻讯赶来,一走进病房就抱住周青盟,左摸摸右摸摸,看他哪里受了伤。她在电话里只听到他说出车祸了,还以为是他。

周青盟摇摇头表示没事,指指病床上的赵珍珠:"是她推开了我。"

凉美一愣,自她身后探出一个小脑袋,是周青盟的弟弟周晓泉,他以前就爱黏着许愿或赵珍珠。在家时,凉美接到周青盟的电话后脸色一变,可是又不敢向周家父母说明发生了什么事,就也编了个买东西的理由出了门。可周晓泉是个鬼机灵,非要跟出来。

现在,周晓泉就像猴子一样爬上病床,看到赵珍珠连昏迷的时候脸上都写满了痛苦,他的眼睛一湿,小小的手摸着她冰凉的脸,哭着说:"珍珠姐姐,你醒醒啊，不要吓晓泉。晓泉还要听你给我讲故事呢！"

周晓泉从来不会这样赖着凉美，他在凉美面前就像块冰，冷冷的，不怎么搭理她。

凉美低头，再抬头时脸上已有一丝强挤出来的笑意，劝道："晓泉，快下来，不要打扰珍珠姐姐休息。"

"我不。我要给珍珠姐姐讲故事，这样她就不会做噩梦了。"周晓泉钻进被子里，小小的头紧靠着赵珍珠的头，他在她耳边给她讲安房直子的《狐狸的窗户》，这是赵珍珠也给他讲过的，"珍珠姐姐，我要是讲错了，你要醒来纠正我哦。"

病房里响起了周晓泉讲故事的声音。他在赵珍珠紧闭的眼睛上，用两手的大拇指和食指搭成一扇菱形的窗户，着急地喊她："珍珠姐姐，故事里说这样搭成一个窗户，你就可以从窗户里看到你思念的人了。你快醒来看看啊，你可以从窗户里看到我哥哥呢。"

"晓泉！"周青盟越听越觉得周晓泉在凉美面前太过分了，吼了他一声。

周晓泉却不肯认错，还在继续深情款款地说："我哥哥就在这里陪着你，再也不走了。"

周青盟见凉美难掩难过，一下子把周晓泉从被子里抓出来，还扇了他一耳光："闭嘴！"他不仅是为了替凉美出气，也是因为自己被周晓泉的话弄得心乱如麻，有点害怕继续听下去。

清脆的掌声和周晓泉的哭声扰乱了安静的夜，赵珍珠昏昏沉沉地睁开眼睛，看到周晓泉的眼里闪动着泪光。

他见赵珍珠醒来，"哇"的一声扑进她的怀里。

"珍珠姐姐，我好想你。"

赵珍珠也紧紧抱住周晓泉，他小小的身体是那样暖，暖热了她一颗冰冷的心。

凉美见她没事松了一口气，走到她面前，感激不尽："赵小姐，谢谢你救了青盟。"

赵珍珠从凉美的眼睛里看到一丝惶恐，知道她在担心什么，于是放开周晓泉，淡淡地说："即使是个陌生人，我也会去救的。"

周青盟闻言，看了她一眼，但并未走过去道谢，实在是因为他总是对她恶语相向，现在都不知道该怎么面对她。

一直坐在走廊上等待的肇事车主听说赵珍珠醒了，疾步走进来道歉，让赵珍珠安心养病，还问她需不需要通知家里什么人。

"我没有家人。"

"那朋友呢？"

赵珍珠想了想，自己反正也没什么事，大过年的就别让胡珀他们担心了，便摇头说："不用了，我觉得我没什么事，什么时候可以出院？"

"医生说没有外伤，但需要留院观察几天。"

"那就是没问题了。我还是回家吧，大过年的，我可不想在医院里度过。"她强撑着下床，站起来便觉得头晕想吐，身形一晃向前跌倒。等她再找回自己的意识时，发现正躺在周青盟的怀里。

不过是一瞬间的事。她向前倒，他接住了她。

她很熟悉这个怀抱，但却一点也不留恋。

她推开他，脚步不稳，跌坐在床上。

周青盟也感受到她动作里的抗拒之意，心中的烦躁更甚："你能回哪儿？方蓝调家吗？说起来，他人呢？"

提起方蓝调，赵珍珠的眼泪蓦然涌出，喃喃道："他走了，房子留给我住。"

周青盟看到她这副可怜兮兮的样子莫名感到一阵厌恶，她就是这么擅长装弱者博同情吧。不得不说，他真有心疼的感觉，可是当他意识到这种感觉时，却又更恨自己仍是如此容易上当，伤人的话便脱口而出："骗局被拆穿了？真别说他还挺大方的，还给了你分手费。看来你这行收入不错嘛，至少混了套房子。"

周晓泉虽然听不太懂，可听得出自家哥哥的声音中的冷漠，于是扑到周青盟的身上拳打脚踢。

"我不准你欺负珍珠姐姐！"

04 周青盟已不能惊扰她的心

赵珍珠坚持要出院，周晓泉急得大哭，医生和护士没有办法，连车主也劝她最好再留院观察一段时间，免得身体留下什么隐疾。周青盟看着她那副执拗的样子，无情地道："让她出院！到时候出问题了活该！"

赵珍珠已经习惯了他的冷言冷语，见他一出声，大家都不敢再反对，于是她站起来，稳了一下心神，慢慢地执着地往门外走去。

凉美看她走路有些摇晃，主动开口道："青盟，你背她上车吧。她毕竟救了你。"

周晓泉难得和凉美站在同一战线上，点头如捣蒜。

周青盟在婚后一直对凉美言听计从，见她这样说了，虽然自己心里一百个不情愿，但还是听话地追上赵珍珠，在她前面蹲下来："上来吧。"

"不用。"赵珍珠直截了当地拒绝了他，径直绕过他。

周青盟站起来抓住她的手腕："不要不知好歹，我是因为凉美这么说才帮你的。"

他放开手，再次蹲下，命令道："上来！"没有丝毫转圜的余地。

从董秘书家出来后，赵珍珠是徒步走到水沐庄园的，接着又发生了车祸，现在确实有些体力不支，见周青盟不依不饶，便也不再逞强，顺从地爬上他的背。

他比以前胖了不少，就像个暖和的热水袋。

有些事，她本来不愿去想，可脑海里的回忆就像是破茧的蝴蝶，自己飞了出来。

以前，她常常要赖让他背自己。她记得自己在陆鸣大学学生会外联部工作时，有一次为学校的活动拉赞助，四处吃了闭门羹，累得头晕眼花，坐在广场的长椅上，脱了鞋子，给周青盟打电话撒娇让他来接自己。

他来时，就看见她赤着脚丫子，在长椅上毫无形象地呼呼大睡。他捏住她的鼻子，让她醒来。

"你来啦？"她睡眼惺忪，看到周青盟满头大汗，风尘仆仆的。

"懒猪，休息够了吗？我们回去吧！还是你想在这里逛一逛，吃饭买衣服？"他坐下来，让她靠着自己的肩膀。

"回去吧。"她懒懒地说，"去你家吧！好久没见晓泉了。"

周青盟点点头，蹲下来帮她找到鞋子穿上，先穿好左脚，然后穿右脚的时候发现了被鞋磨破的伤口，于是轻手轻脚地为她穿好，可依旧在地上蹲着，说："你脚痛走不了了，公交车站离这里还很远，我背你过去吧！"

"大庭广众之下，我会害羞的啦！"

"真的会吗？"

眼看周青盟要站起来，她着急地一个恶虎扑羊，扑到他背上，扬声喊："起驾——"

周青盟背着她一步一步朝公交车站走去。她起先张狂大笑着，十分得意她的座驾比唐僧的白龙马还要听话，后来渐渐也就不笑了，趴在他的背上，一想起自己那个不可言说的秘密时眸光慢慢地暗下来，就如同越来越低垂的夜幕。

周青盟不必看，也能感受到她微妙的转变："怎么了？"

她的声音几不可闻："我怕现在越幸福，以后就会越痛苦。"

那时，他回答："傻瓜。害怕失去的应该是我，不是你。"

此刻的赵珍珠紧咬着唇，努力不哭出声音来。

周青盟虽然努力装成不在乎她，可仍本能地分神注意她。听见她在小声地抽泣，可安慰的话到嘴边就变成："这是凉美给我买的衣服，你哭就哭，但不要弄脏了。"

她连忙擦干自己的泪水，小心翼翼地不让泪水掉到他的衣服上。

她想起夏季时的荷花池，艳极，当丰沛的雨水掉落时，荷花上有盈盈的水珠，柔美动人，而荷叶上的水珠却无情地滑落，就仿佛从未到来过。

无论是以前的周青盟，还是现在的方蓝调，她都像那片片荷叶，留不住雨水般的温柔和幸福。

周青盟开车载她回水沐庄园，在方家门口，他尖酸刻薄地提醒她："你家到了！"

"珍珠姐姐，你晚上一个人睡觉怕不怕，如果你怕，我来陪你睡。"周晓泉想跟赵珍珠一起走，却被周青盟长臂一揽，固定在车里动弹不得。

凉美见她脸色苍白，好意地问："赵小姐，要不然我陪你？"

赵珍珠正想拒绝，周青盟却已经发动汽车绝尘而去。她模模糊糊听到他教训凉美："是她自己闹着要出院的，难道你要到她家里去给她当护士？"

她在风中目送他们远离。

她记得一句诗，"宠辱不惊，去留随意"。

其实周青盟对她是好是坏，已不能惊扰她的心。她对他的心情，已像北宋晏殊所著的"宠辱不惊"与"去留无意"。

她今晚之所以频频因为他的举动如此难过，只是因为她怕有朝一日，方蓝调也会像周青盟一样对她"拔刀相见"。

温柔，都是假的。

孤独，才是真的。

05 我已经找到自己的幸福了，你呢？

赵珍珠把手放在门口的银色面板上，门自动打开了。

咕噜蹲在门口等待。她俯身把它抱起来，听见Echo说："赵小姐，欢迎回来。"机械的人声和怀里的机械狗让她体会到方蓝调曾多么孤单地生活。

她到卧室里，找出他的衣服穿在自己身上，使劲地呼吸，才闻到那一抹若有似无的海洋香氛，就仿佛回到了他的怀里。他只用这一种味道的洗衣液。

赵珍珠在客厅的沙发上缩成一团，很想给他打个电话，问他是真的吗？就这样吗？结束了吗？每一次心跳都像是针尖戳破气球，她这才知道自己之前在他面前的坚强都是骗人的，说什么"如果你要离开我，我没有怨言。"如果时间能够倒流，她会在他的怀里痛哭，质问他不是要做自己最后的归宿吗？不是不在意任何人的看法，在任何时刻都不会放开她，做永远守卫她的卫星吗？

"Echo，你知道他在想什么吗？要是有一本日记就好了，我好想知道他的想法，他到底有没有爱过我，是不是因为爱得不够深，所以才放弃得这么容易。"现在，她就像他从前一样孤独和寂寞，对着Echo自言自语。

Echo快速地分析赵珍珠的语音命令，以日记为关键词在资料库进行搜索，回答道："赵小姐，方先生至今记录了三百二十四篇语音日志，请问您是否查阅？"

方蓝调为她设置了最高的七级权限，却没想到有一天她会阴差阳错翻到他的日记。

"查！"他不是把房子都留给她了吗？他对她那么决绝，她难道就不能生气吗？还有什么不能做的？

赵珍珠疲惫地躺下来，Echo已经开始播放他的语音日记。

在他们在婚礼上相遇以前的日子里，除了每个月固定有一天提到Del（许渊），方蓝调每天的日志里就只有工作，包括他刚到陆城分部，如何被以刘副总监为首的老员工排挤，他们恶意揣测他为何离开伦敦总部，对他冷嘲热讽。他直面这些挫折，以惊才绝艳的表现，一步一步争取到客户和员工的认可和信任。

而那些提到许渊的日记，则充满了无奈和愤怒。

"今天，我又去看了Del，他告诉我他很好，洗心革面，潜心改造，灵魂安静。他告诉我，Bruce，绝对不要犯错，一时的报复固然充满了快感，可是以后的人生会越来越沉重。"

"Del不肯对我说那个女人是谁。他知道我一定会为了他找到她，逼她去看望他。到底是什么人会对他那样无情？"

"Del让我代他去参加那个女人的婚礼，让我为他送去一千三百一十四元的礼金，让我在红包上不需留名，只要写下'爱你至深却已缘尽'。"

"我瞒着Del请了记者，大闹那个女人的婚礼。那个女人很普通，她何德何能值得他念念不忘？我本来以为我做的是对的，可是婚礼上，新郎的前女友却和我为Del做的事情截然相反。她为了保护他不惜受伤，以此逼迫我与她达成协议，不让记者播出采访视频。她叫赵珍珠，我记住她了！她怎么能这么傻，和Del一样傻，不惜牺牲自己去成全不属于自己的爱情。"从这篇日记起，赵珍珠开始频频出现在他的日记里。他用心疼而迷惑不解的语气一次次提起她……

"Echo，你有女主人了！今天，我吻了她。她很淘气，但最后变得很温顺。虽然她哭了，但最后还是笑了。还有，她嘴唇的滋味很不错。"当赵珍珠听到他们终于在一起的那天他记下的日记，小声的哭泣终于变成号啕大哭。

Echo仍在继续播放他的声音。

"我决定带她去见Del。Del一定会很开心吧？有时候，他真的比我妈还要担心我的婚事，他开玩笑说怕我对他用情太深……Del，我已经找到自己的幸福了，你呢？"

"Echo，我多么希望宇宙中还有另外一个平行世界，那个世界的我不会突发奇想把珍珠带去见Del，那么我将永远不会知道Del爱的人其实是珍珠。在那个世界，我就是她最后的归宿。"日志的背景音是玻璃砸碎的声音，似乎是方蓝调在疯狂地砸东西。好久之后，他喘着气，幽幽地继续说，"我怎么能这么想！我怎么能这么想！如果不是Del，我方蓝调还是伦敦贫民区一个打架勒索偷盗的小混混，没钱读大学，也不懂上流社会的礼仪，也接触不到明星富豪，更不会有现在的位子和成绩。如果不是Del，我可能不会遇见她，她也可能不会爱上我。无论这个宇宙有一千个一万个小世界，只要Del在，只要Del喜欢的人是她，我就不能夺他所爱！"

Echo再无声音。

赵珍珠如同一具尸体，睁着空洞的眼睛，泪水已经流干。她无法思考，也不想思考。她感觉自己的灵魂就像狂风暴雨天里的一艘小船，困在海洋深处的旋涡里，打着转越陷越深。翌日风平浪静，海面上浮起几块木板，是支离破碎的船身。

她看着黑漆漆的窗外，仿佛看到隔着重洋的他，对着空气乞求道："我们不要后会无期好不好？我好想你，你呢？"

第十一章：醒悟

我愿意用我全部的生命换一天时光倒流，
再回到向你告白的那个夜晚。

01 一个憎恶她，一个关心她

与冷清的方家不同，周青盟家还算热闹，周家父母坐在沙发上看春节晚会，被小品逗得哈哈大笑。

周青盟带着凉美和周晓泉开门进来，周家父母很奇怪，他刚刚不是出门给周晓泉买仙女棒了吗？凉美后来也说要买什么东西，怎么两个人都是两手空空地回来了呢？更奇怪的是，周晓泉没买到想要的东西居然也没哭没闹。凉美牵强地解释："我们俩买的东西正好都卖光了，又在回来的路上刚好遇见了。"

可周晓泉却迫不及待要提起自己看到赵珍珠的事，周青盟抢先一步捂住他的嘴巴，警告他："别闹，睡觉去！"

周晓泉咬住周青盟的手，逼他松手，自己则飞快地把今晚的事说了个七七八八。

周家父母听说赵珍珠再次出现，虽然救了自己的孩子，但他们仍然担心周青盟曾为她患病的事，于是语重心长地叮嘱周青盟不要再与她接触，平日里要多关心凉美。

大家都没什么心思继续看春节晚会，纷纷洗洗睡了。周青盟本来也打算睡了，可是公司游戏的服务器突然发来报错警报，运维部的主管喝了酒睡着了，手下的员工要么也是一家人团聚喝了太多酒，要么就是经验不足判断不出问题所在，周青盟干脆自己处理。他本来就是搞技术出身，天堂游戏公司的第一个游戏还是他编写出来的，只不过后来公司渐渐壮大，李多乐建议他逐渐转为做管理。

周青盟判断服务器是出了物理故障，这个服务器架设在美国，他于是马上联系美方派人修理。这时，美国还是凌晨，服务器修理人员还在公寓睡觉。周青盟打电话叫醒了他，他这才起床开车去机房。

因为周青盟随时要和他保持联系，等他汇报情况，所以就一直坐在电脑前，一边逛网站一边等消息。

可什么新闻都看不进去，周青盟摔掉鼠标，双手抱在胸前，看着屏幕陷入沉思。尽管他警告自己不要想，却还是忍不住想起赵珍珠，毕竟是被车撞了，她怎么能那么匆忙就出院？是不是等不及要去看看她赚到手的房子？

现在想想，当时病急乱投医，去的那间医院不算太有名。她看上去状态不是很好，到底有没有伤着哪儿？

他不自觉地在键盘上敲击，在搜索栏输入"车祸 没有外伤"，网页上一下子跳出很多相关的新闻。他一条一条浏览，看到好几个类似的案例，当时什么事都没有，能走能跳，结果回家睡觉后就一觉不醒了，原来颅内出血、内脏出血在最开始都没有什么感觉。

凉美端着一杯牛奶来到书房门口，看到他凝重的神色，忙问："青盟，怎么了？公司出问题了吗？"

周青盟见凉美边说边走了过来，赶忙把屏幕关掉，回答："没什么，我可以处理的。"

凉美留意到他的动作，心想这还是第一次，他以前从来不会避着她的。今夜，因为赵珍珠的事，她患得患失，在床上翻来覆去睡不着，才想到来书房看看他，却没想到会看到这一幕。

"青盟。"

"怎么了？"

"没事，早点睡。"

翌日是正月初一，周青盟醒得很早，或者说根本就没睡。其实服务器的事情很早就处理完了，不过他仍不能控制地继续搜索车祸内伤的新闻和症状。

有好几次，他已经走出了家门，可是被冷风一吹，他就清醒了。她是死是活，与他又有什么关系？他送她去医院就诊，是她自己发脾气要出院的。他也把她安全送到家了，之后凉美每天都会送点补身体的吃食过去，他对她也算仁至义尽了。可为什么他还是放心不下，灵魂就像是被一剖为两半，一个憎恶她，一个关心她。

凉美昨夜没睡好，有明显的黑眼圈。她在厨房煮饺子时，看到周青盟坐立难安，勉强笑着说："青盟，你去看看赵小姐吧，顺便给她端点饺子。"

周青盟深深地看了凉美一眼，她眼底的难过骗不了他。于是，他坐到沙发上开始看电视，说："我不去。她和我没有关系。"

周晓泉刚好揉着惺忪的睡眼走进客厅，听到周青盟拒绝给赵珍珠送饺子，小嘴一撇，又开始掉金豆豆，赌气地说："你不去！我去！"

说完，他抹了把脸，走进厨房端了一碗饺子，警惕地看着凉美："你没下毒吧？"

"晓泉，你是从哪儿学的！快道歉！"周青盟厉声教训他。

一向在他面前无比听话的周晓泉自昨夜开始就和他反着来，此刻撇了撇嘴，一脸正经地吃了一口碗里的饺子"试毒"，发现吃了饺子后也不会肚子痛，这才满意地说："好多电视剧都这么演，坏女人都是这么陷害女主角的。我当然要小心了。"

周家父母刚散步回来，进门正好听到周晓泉这么说，气不打一处来："赵珍珠才是坏女人，你嫂子才是女主角！"

周晓泉毕竟是个孩子，他不知道李多乐说的版本与当初的事实相差甚远，但他一直都相信赵珍珠不会对不起哥哥。可他家里每一个人都说赵珍珠的坏话，他就像是受了莫大的委屈，把碗抱在胸口暖着，飞奔出去。

他出门后没多久，又哭丧着脸回来了。

"哥哥，快找警察叔叔来。珍珠姐姐出事了。完了，她是不是死在屋子里了？我好怕呀！"他被吓得六神无主，语无伦次，小脸上挂满了泪珠。

"到底发生了什么！你快说！"自周晓泉出门后，周青盟就一直牵挂着，只不过面上不显担忧而已，此刻看他这般哭闹，又联想起昨夜在网上看到的新闻来。

该不会？

周晓泉一直哭哭啼啼，周青盟的脸色越发阴沉，干脆自己出门去查看。

小区里挂了不少庆贺新春的红灯笼，可他的心情却降至冰点，脚步也越来越快，最后干脆在路上狂奔起来。

02 你可以骗别人，但骗不了我

方家的大门紧锁，周青盟摁了几次门铃都无人应答。再想起周晓泉的那些话，他心底的恐惧不断滋生壮大。他就像个发疯的拳击手一样用力拍着门、撞着门，吼着她的名字，可屋内依然一片沉寂。

周青盟叫来小区物管，通过出入监控发现赵珍珠自回家后就没有再出门。他再叫来锁匠，可是锁匠从没见过这种指纹锁，捣鼓了半天也不知道该如何开启。

门外的这一切，赵珍珠都不知道。一是隔音性好；二是方蓝调上次躲在屋子里时就关掉了访客系统和闹钟系统，所以现在Echo也不会提示有访客和启动七点闹钟；三是方蓝调的日记播了大半个夜晚，直到晨光熹微，赵珍珠才睡去。

她像是把自己的灵魂囚禁在一间小黑屋里，不去想任何事情，睡着了就像死去一样，对外面的世界充耳不闻。

周青盟的表情阴沉恐怖，对于门窗紧闭的方家，他毫无办法。小区物管像是想起什么，道："我记得方先生家里装了最新的家居智能系统，他家有台人工智能电脑可以监控屋里的情况，而且连接着小区的安保系统。上次有个小偷从窗户爬进去，他家的电脑就把盗贼入室的视频自动发到了我们小区的监控室里。可是这样也不行啊，我们只能接收发过来的东西，却不能主动看屋子里的情况！"

当物管急得团团转时，周青盟的心渐渐平静下来："我有办法。"

以他对电脑程序的熟悉，通过程序漏洞进入系统如入无人之境。平日里，他最大的业余爱好就是发现各大网站的漏洞，然后主动提交给网站安全部门，善意地提醒他们及时修补漏洞，防止黑客入侵，以免导致用户资料泄漏。

可是，Echo比他想象的要难得多。物管在监控室里一直陪他等到中午，已是饥肠辘辘，但看着周青盟专心致志的样子，物管也只能继续等，并祈祷一切顺利。

周青盟采取的是模拟入侵的方法，让Echo误以为有小偷闯进屋里，自动把屋里的图像反馈给物管的监控室。

物管看到监控视频有了赵珍珠的身影，她就躺在沙发上，于是激动地喊起来："周先生，她在家！"

周青盟的眉头锁紧，她如果在家，又为什么不开门，而且完全没有被他惊醒？

他心里想到最坏一种可能，口腔发苦，一阵没来由的泪水突然涌上眼眶，又被他硬生生憋回去。

他的手指在键盘上疾速飞舞，试图命令Echo自动开锁，可是开锁命令的安全等级相当高，Echo已经感觉受到了系统的入侵，出声提示："赵小姐，系统受到干扰，请联系系统安全工程师以保障您的安全。"在沙发边休息的咕噜也收到了Echo的指令，冲着赵珍珠狂吠起来。

但视频里的赵珍珠还是没什么反应，她不仅身体累，心也很累。

周青盟见不能开锁，只能退而求其次，强行获得Echo的语音控制权，将音量调至最大，对沙发上的赵珍珠喊道："赵珍珠！我是周青盟！你到底怎么样了？为什么不开门？"

什么人？好吵啊！

赵珍珠在睡梦中皱了皱眉，双手捂住耳朵。这个细微的动作让周青盟欣喜若狂，这说明她还有意识。

与此同时，远在英国的方蓝调的手机也收到了安全警报。看到这条信息的时候，他有种马上赶回陆城的冲动，极度害怕她受到什么伤害。

他的手机和Echo是连通的，他急忙点开家庭安全应用，听到Echo存储的入侵者声音是周青盟的，这才松了一口气。

他犹豫着要不要看一看实时视频，看一看她。最后终于决定放肆一次，他把视频上她的脸放大一点又一点，看到她红肿的眼睛和无助的眼神，他的心就像是受到一记重击。可是他什么也不能做，他只能期盼着她能早一天好起来，早一天忘记他，早一天开始新的生活。最后，他给咕噜发了一条指令，然后关闭了程序，想了想，又干脆把程序给删除了。

醒来的赵珍珠不明白暴躁的咕噜为什么突然会安静下来，眼睛里闪烁着红心。仅仅是一刹那，她再看，咕噜的眼睛又恢复了正常的状态。

她摇摇头，周青盟高分贝的声音快要把她逼疯了，若她再不开门，他可能会一直这样狮吼下去。

于是她只能站起来，打开门。门口站着警察。原来Echo收到模拟入侵信号的同时，以为有贼，便自动向附近的警察局报了警。警察之前处理过这类情况，有个偷遍百家的惯偷没想到会栽在方蓝调家里，被带走时都还不知道主人家是怎么发现他的，男主人不是一直都在床上睡觉吗？

"嗯？方先生不在家吗？请问您是？"年轻的警察问了几句，赵珍珠只说是系统故障，再三道歉。

赵珍珠送走警察后，周青盟刚好从物管室飞奔而来，看到她乖乖地站在门口，恼怒的心情略微平静。但他自病愈后就从未对她温柔过，此刻也一样，开口便伤人："没死？那很好。我也不用背负良心上的谴责了，以为你是为了我遭遇车祸伤到了身体。请你以后不要再像今天这样装死了。如果你是觉得方蓝调走了，你没了目标空虚寂寞，又把主意打回我身上，那我劝你趁早收起这个念头。我已经不是从前的我了，你可以骗别人，但骗不了我！因为我已经看清楚你真正丑陋的面目，并且深深觉得恶心！"

说完，他以为赵珍珠会哭，至少会摆出一副我见犹怜的样子博取同情。可是她并没有，只静静地听完他的指责，然后说："周先生，你说完了吗？没事我就关门了。请你以后不要随意骚扰我，闭门不出是我的事，睡到日上三竿也是我的事，如果再发生今天这样的情况，我一定会马上报警的。"

她关上门，现实又一次残酷地告诉她，回忆里那个腼腆温柔的男人早已与她无关。

周青盟回到家，二话不说就把自己关到书房里。过了一会儿，凉美听到里面传来噼里啪啦的声音。她对这声音无比熟悉，以前在精神疗养院里，周青盟就经常这样发了疯似的砸东西。这种情况已经好久没有出现过了，凉美惊恐不已，不住地拍门，隔着门安慰他："青盟，你怎么了？你跟我说话啊！你不要吓我，也不要乱发脾气。乖！放下你手中的东西，找个墙角蹲下来，抱住自己。不要担心，也不要急，我就在你附近，不会让任何人伤害你的。"凉美关怀备至的声音令书房内渐渐安静下来。

没过多久，周青盟打开了书房门。

他双眼通红，头发凌乱。一开门便抱住门口的凉美，哽咽着问："对不起，凉美，我是不是又犯病了？我不是每天都有按时吃药吗？为什么？为什么一想起那个坏女人，我还是会控制不住地难过。"

他就像背负着一座山，以前还能勉强站着，现在却已经跪下来，仿佛随时可能被压垮。

03 他怎么会如此凄凉

春节后，网店本该恢复营业的，但赵珍珠迟迟打不起精神来，收到许多封留言，大家都在问她什么时候开张。她也不想再继续颓废下去，只要她还活着，生活就必须继续。

她重新接受网店的订单，并且公布了实体店的地址，三月开张。她租的门面之前本就是一家蛋糕店，她也没有额外的钱重新装修，所以一接手就可以开张。

许多人问她怎么把最畅销的彩虹蛋糕下架了，她通通没有回复。每次做彩虹蛋糕，一想起这是方蓝调的最爱，她便无法继续。好在她做其他糕点味道也不错，生意还算是蒸蒸日上。

而胡珀家，张妈在春节假期结束后还继续住着，没有回去雇主家上班。大概是春节期间的大鱼大肉不好消化，张妈进了一趟医院，出院后一直精神不济。胡珀说家里本来也不缺钱了，便索性让张妈辞了工作，住在家里养身体。

这样，赵珍珠便不能再回去住了。胡珀打电话向她道歉，她说："没事儿，我暂时住在方家，三月份就可以搬到门面上。我给你寄了些糕点，你的银行卡也放在里面了，你注意查收。"

周晓泉寒假期间一直住在周家，没事就爱往赵珍珠那儿跑。赵珍珠也拒绝不了这位馋主儿，有什么糕点新鲜出炉，就马上往他嘴里塞一块，希望他别总在她面前念叨周青盟。

周晓泉毕竟年纪小，大人也没告诉他周青盟得了抑郁症。他只知道自家哥哥自从离开珍珠姐姐后就一直郁郁寡欢，所以他使劲劝道："珍珠姐姐，你快回来吧！没有你，哥哥一点也不开心。"

他还说起自己偷听到的事情来。

春节假期结束后，周青盟没上几天班就被李多乐给送了回来，再三强调让他暂时不要担心公司的事，安心在家休养。

原来天堂游戏公司在春节期间推出了一个新游戏，但效果很不理想，上线人数没有达到预期估计。李多乐召集公司全体员工开了一个严肃的会议。会上，他黑着脸说新游戏反响不好，各部门需要反思，明早提交整改报告。

以前，周青盟唱白脸，李多乐就唱红脸。可是周青盟进了一趟精神疗养院，李多乐就开始一个人一会儿唱红脸，一会儿唱白脸。周青盟出院后，他不想让周青盟为工作的事过于操心，就尽量自己多累一点，把大部分管理工作都承担了下来。

会上，李多乐的话说得很重，各部门老大都惭愧地低下头。谁也没料到会有人哭出声来。大家起先以为是少不更事的女生，后来才发现声音的来源竟是周青盟。

"出去！"李多乐抢先反应过来，站在周青盟面前挡住他，轰走会议室里的其他人。

周青盟低着头，握紧写笔记的笔，低声说："对不起，是我没带好团队。"

李多乐蹲在他面前，把面巾纸递给他，看到他一副怯生生的样子，心里生出一股不祥的预感。这样的周青盟，他在精神疗养院里见到过。

"青盟，凉美最近有带你复查吗？心理医生怎么说？"

"医生劝凉美让我尽早住院。凉美想再观察一段时间。"周青盟止不住哭泣，他再次失去了对自己情绪的掌控能力。

此刻，周晓泉打了个饱嗝，看着吃了一半的布丁蛋糕，他似乎想到什么："珍珠姐姐，我吃不完可不可以打包带回去？"

"可以啊。但记住不要让你哥看到了。"

不多时，周晓泉就提着蛋糕盒高高兴兴地回家去了。

周家，凉美正在拆毛衣，周青盟在帮她缠毛线。周青盟当初住院后胖了不少，以前的很多毛衣都太小了，所以凉美打算拆了重新织。这一幕温馨无比，可看在周晓泉的眼里就是女巫给王子施了遗忘的魔法。

他故意坐到沙发上两人的中间，摸着肚子喊："我饿了！"

凉美放下拆到一半的毛衣，柔声问："晓泉想吃什么？"

"随便，反正都难吃。"周晓泉伶牙俐齿地把凉美赶到厨房去，然后对着正要指责他的周青盟，献宝似的拿出藏在身后的蛋糕："哥哥，吃甜的可以让心情变好哦。"

周青盟见他伶俐体贴，骂他的话咽回喉咙里再说不出来。

"啊……"周晓泉用勺子舀了一勺又滑又弹的布丁蛋糕，喂进周青盟嘴里，看哥哥嚼了几口吞下，他得意地邀功，"怎么样？好吃吧？哥哥！凉巫婆做的饭菜那么难吃，不如珍珠姐姐的手艺好吧？"

周青盟正要训斥他怎么又把嫂子称为凉巫婆，冷不丁又听到熟悉而又心酸的名字。他想到刚刚吃的布丁蛋糕，喉间突然如涌上异物一般。他跑到洗手间，抱着马桶不停地呕吐，像是要把苦胆都给吐出来。

周晓泉跟了进来，见他吐得那么厉害，吓得手足无措，号啕大哭。

凉美在厨房听到洗手间的动静匆匆赶来时，就看到周青盟坐在洗手间冰冷的地板上奄奄一息，嘴角还有黄色的酸水。她吃力地把他扶起来，扛到沙发上躺着。周青盟虚弱地伸手去拿桌子上放着的布丁蛋糕盒，看到包装盒上写着"珍珠定制美味"，上面还有网店的网址和实体店的地址。

他的眼前渐渐漆黑一片，身体难受得像是有无数只食人蚁爬到他的身上肆虐。

他的心里充满了扭曲的仇恨。

如果不是这个叫赵珍珠的女人，他怎会如此凄凉，痛不欲生。

晚上，苏醒后的他在书房里上网，凉美端了一杯热牛奶进来，轻声劝他该睡了。看他顺从地喝完牛奶，她缓缓提出是不是接受医生的建议，尽早入院治疗。

周青盟沉默良久，过了一会儿才说："我不相信我还是会输给她，我不去。"

凉美还想再劝，但又怕惹恼了他，只能闭嘴，一步三回头，回到卧室等他，想着待会儿再和他谈一谈。

如果她能走上前一步看到周青盟的屏幕，一定会心惊，因为他正打开珍珠定制美味的网页，眼神阴郁地浏览着下方疯狂点赞的评论区。

而他的眼睛里也燃起嫉妒而狠戾的火焰。

04 你没有讨价还价的资格

赵珍珠最近焦头烂额，一是实体店开张的事情千头万绪，二是网店有不少陌生的账户首次下单，下单后又恶评如潮，让她无形中损失了不少客户。

最重要的一件事是一个下单多次的老顾客突然打电话把她骂得体无完肤，骂她居心不良，胡乱生事。她被痛骂了半个小时才搞清楚是怎么回事，原来这个顾客为女朋友在她的网店定了生日蛋糕，要求在蛋糕上用巧克力写"亲爱的，生日快乐"四个字，可是他的女朋友收到蛋糕后打开一看却写着"致前任，分手快乐"。女孩以为自己在生日这天被无情抛弃了，把他骂得狗血淋头，然后甩手离开。这是他好不容易才追到的女神，一直视如掌上明珠，没想到就这样被赵珍珠从中作梗破坏了感情。现在，他的女神已火速和别人好上了，失恋的他于是只能找赵珍珠理论。

赵珍珠确认自己是根据订单上的要求写的字。她每天都会把所有订单复制在同一个文档里，整理后打印出来，贴在烤箱上随时查看。那天，她做这个蛋糕的时候还抬头看了好几次，确认就是这几个字。当时她还诧异这个人的要求真奇怪，都分手了还要去刺激别人。不过她以前也收到过更古怪的要求，一忙起来也就没多想。

因此，赵珍珠只以为是顾客分手了没事找事，好声好气地安慰对方，却没想到对方反而变本加厉指责她推卸责任。她本来心情就不好，于是冷声道："这位先生，谁没有失恋过？我也失恋了。可是失恋了你也不能像疯狗一样乱咬人啊。"

"好好好。我看你这副死不悔改的样子，蛋糕店还怎么开得下去！"对方撂下一句狠话，挂断电话。

片刻后，网上就出现了一则帖子《珍珠定制美味拆散我和女神，十恶不赦，大家不要支持这个心理变态的店主》，还张贴了他的订单截图和蛋糕照片，订单上写着"亲爱的，生日快乐"，可蛋糕上却写着"致前任，分手快乐"。楼主还上传了他和赵珍珠的录音，前面赵珍珠道歉和安慰的话都没有放上去，只放了最后一句"这位先生，谁没有失恋过？我也失恋了。可是失恋了你不能像疯狗一样乱咬人"。

赵珍珠在不少厨艺论坛都小有名气，不多时，这个帖子就在各个平台疯转起来。一些转发的人留言说自己也遇到过同样的情况，不过损失不大，以为赵珍珠只是忙昏了也就没介意，现在看来她完全就是个心理阴暗的人。

事态越来越严重，赵珍珠的网店有百分之七十的订单都申请取消了，评论区骂声一片，赵珍珠不得不关了网店。

她想不通，所有的订单信息她都是复制下来，再粘贴到文档里的，怎么会出现这么大的错误？

再想到即将开张的实体店，她忧心忡忡，以前认为客源不愁，现在看来以前的老顾客不来砸店都已经算给她面子了。

怎么会这样？她整夜睡不着觉，望着天花板发呆，脑海里突然钻进来一个名字，周青盟！

既然上次他能够入侵Echo逼她开门，那么进入她的手提电脑，篡改文档又算得了什么呢？尽管怀疑他，她却不愿意去找他，如果借此事能够消去他的怒气，她愿意咬牙承受所有的损失。

网店关闭后，赵珍珠把所有的心思都花在了实体店上，印发了许多宣传单，在街头站上一整天，发放给来往的路人。

草长莺飞，三月春光无限好，只可惜赵珍珠的心仍停留在冬季，包裹着厚厚的雪，冻得有些麻木。唯有在开张日到来时，她长久以来的梦想终于成真时，脸上才露出一丝久违的笑意。

胡珀、邱珊珊、邵曦晨、董秘书都送来了祝贺开业、生意兴隆的花篮。他们都知道赵珍珠今日很忙，没工夫招呼他们，他们又不熟悉蛋糕，留下来也帮不了什么忙，只真心祝贺几句便走了。

胡珀是唯一知道网店出了问题的人，他时常关注她的店，一发现不对劲就打电话过去安慰她。她没说怀疑是周青盟的恶作剧，只说是那个顾客自己搞错了。今天，他看到生意不错，网上的流言也没有渗入这附近的居民小区，开业这天很多附近的居民听说蛋糕店做活动，买一送一，都排着队来买蛋糕，胡珀才放心下来，走之前告诉她："你只管做，如果亏了，还有我呢。"

"老板，有花篮。"门口有花店的员工嚷嚷。

赵珍珠很奇怪还有谁会送花篮来，该送的都送了，因为她也只剩下这几个朋友。当她签收完花篮，看到红条上写着"凉美恭贺"时，心里涌起一阵感激。

可就在她在门口傻愣着的时候，一桶红漆忽然从旁边泼向她。她旁边还有不少正在排队的顾客，即便躲避及时，一些人却也还是被溅上了红漆。小孩子没见过这样的场面，哇哇大哭。现场乱成一团，不少人嘴里念叨着"晦气"，然后嫌恶地离开。大多数人则好奇地留下来，一些过路的人也挤过来围观。

赵珍珠浑身上下都被泼了红漆，头发黏黏的，浑身冒着刺鼻的气味。她的皮肤容易过敏，裸露的皮肤争先恐后冒起一些红疙瘩。她悲愤地望向捣乱的人，周青盟长身玉立，笑意盎然，他的旁边站着一个拿着油漆桶的男青年，那人嘴角挂着不屑的冷笑，道："赵珍珠，你故意写错蛋糕上的字气跑我女朋友的时候，有没有想到过会有这么一天？"

胡珀是最后一个离开店铺的朋友，还没走出多远就听见蛋糕店那边传来孩童的阵阵哭声。他三步并作两步跑回去，见到满身红漆的赵珍珠时，心一惊，把她护在身后，充满怒气的眼神扫过每一个围观的人，最后落在周青盟的身上。

"胡珀，算了。"赵珍珠拉住他的衣角，声如蚊蚋。

"赵珍珠，你不欠他的，他欠你的倒是越来越多了。"胡珀说完，甩开她的手，赵珍珠又整个抱住他，喊道："周青盟，你快走。"

周青盟在原地痛快地笑着："我为什么要走？你这副狼狈的样子我还没看够呢。"

闻言，赵珍珠几乎是哀求他："周青盟，我求你不要这样对我，你可以把我当成不起眼的陌生人，但请不要这么仇恨我。"她知道他的精神状态不好，不想也不敢刺激他。

可是，她的示弱更让他感到满意。这也是为什么他刻意找到那个因为她的蛋糕而失恋的男人，怂恿对方来破坏她第一天开业的原因。

他走上前一步，近距离欣赏她苦苦哀求的样子："像你这样的骗子，还有什么讨价还价的资格。"

"够了！"赵珍珠还要继续哀求，胡珀吼住她。

胡珀就像一头冲动的野兽，赵珍珠再也困不住他，只能任由他冲出去，拳头如雨点般落在周青盟的身上。赵珍珠愣了一会儿，终究不忍心，扑上去挡在周青盟面前，身上的红漆也沾到了他的身上。胡珀一记拳头打在她身上，她闷哼一声，勉强站稳。

周青盟却也没拿正眼看她，转身离开，丢下一句："别以为这样我就会感激你。这些苦肉计，只会让我更加厌恶你。"

当周青盟回到家，凉美看到他鼻青脸肿的样子，抽着冷气问他怎么了。他回答遇到了抢劫。凉美却不信，如果是抢劫，干吗还要泼他红漆，而且他的身上还有手印，不大，应该是女人的。

他不想多谈，抬脚就往书房走。

凉美堵在门口，问出了自己最担心的事情："今天珍珠的蛋糕店开业，你是不是去了？"她不傻，她能够辨别周青盟最近眼睛里时常出现的狠意。

周青盟不再否认："去了又怎样？我被她害成这个样子，就不能让她好过！"

"你知不知道……"凉美刚一开口，便捂住自己的嘴巴，她想不顾一切地说清楚一切，却又怕他想起后病情加重甚至会离她远去。

"我知道什么？"他摇着她的肩膀，不停地追问。一直以来，他就对自己失去的记忆心存疑惑，可是在李多乐和凉美的关心下，他知道这段回忆会毁了他，所以也就不敢问，怕自己再次疯掉。现在，他能够很清醒地看着自己一步步倒回住院时的样子却无力阻挡。

反正，他已经深陷其中了，不如干脆把记忆找回来。

算了。凉美闭上眼睛，把她所知道的一切都说了出来。

留不住的幸福，终究留不住。

05 我连第一个十年都没有坚持成功

坏事传千里。居民小区的珍珠定制美味蛋糕店开张第一天，店主就被泼了红漆，泼漆的人还大声嚷嚷着她故意写错蛋糕上的祝福语，让自己和女朋友分了手。附近并不只有这一家蛋糕店，大家于是都对赵珍珠的店敬而远之。所以，蛋糕店开张之后竟然门庭冷落。

赵珍珠希望流言不会影响太久，咬牙坚持了一个月。可这一个月里，生意仍然没有什么起色。于是她只能在门口贴上"门面转让"的字条，早早结束自己的梦想。

因为无客上门，她就经常一个人坐在店里发呆，看着她渴望已久的蛋糕店如此冷清，自嘲地想自己真是无能，永远都把生活过得一团糟。

由始至终，她都没有恨过周青盟。恨一个人太费力气了，她从前恨过他，但在他的婚礼以后，她是真心实意祝福他。

胡珀偶尔开车送客到这附近，总是会顺道来看看她，每次都看见她在柜台后枯坐着。

他已经察觉了方蓝调逾期未归，甚至还专门去奥岚广告问过情况，董秘书无奈地说她也不清楚伦敦总部为什么会突然下调令，方总监春节时回伦敦看望母亲后便一去不返了。

他不知道许渊在其中起的作用，还以为两人是因为距离过远好聚好散。

他实在放心不下赵珍珠，便常常把她叫出来参加一些出租车师傅的聚会。不少师傅都很逗，聊起来无所不知，嘴还特贫。他以前也不爱参加，忙着做生意，后来中了奖，时间宽裕了，就偶尔也会参加，然后发现特别能缓解压力。

人声鼎沸的小餐馆里，司机师傅们争相讲乘客的笑话，赵珍珠为了不让胡珀担心，偶尔牵强地笑一笑。不少师傅已经收工了，用塑料杯装一两药酒小酌。赵珍珠不善言辞，推拒不了，也被这群热情的师傅哄着喝了一杯。

大概是心里有事，所以她很快就醉了。

她现在已经搬出了方宅，每晚都睡在门面上。胡珀背她回去，路上，她在他背上一直胡乱地说些醉话。喊得最多的还是方蓝调的名字。

星光淡淡，蛋糕店前站着一个男人，像是等了很久，一动不动就如同一座雕塑。

胡珀走近，才看清是周青盟。隔了一个月，他竟然消瘦了不少。胡珀见此，也就说不出狠话来了："你还来干什么？这么快就好了伤疤忘了疼？"

周青盟目不转睛地盯着他背上的赵珍珠，像是怕吵醒她，轻声道："我来找她。"

"你害她害得还不够吗？"胡珀捏紧拳头，可看他短时间内就变得形销骨立的样子，心中升起一丝不忍。

周青盟走上前一步，看清她酣睡的脸，苦笑道："是啊。我曾经说她就像有一根仙女棒在手里，她喜欢我什么样，我就变成什么样。她二十岁时喜欢美少年，我就是美少年；她三十岁时喜欢贴心的成功男人，我就是贴心的成功男人；她四十岁时喜欢沉稳的中年男子，我就沉稳不焦躁；她五十岁时喜欢相濡以沫的老伴，我就是陪她白头到老的老伴；她六十岁时喜欢老顽童，我就是老顽童……可是，我连第一个十年都没有坚持。"他幽幽地叹了口气。

周青盟在说什么？胡珀甩甩头，震撼无比，几乎不敢相信自己耳朵所听到的一切，颤声问："你想起来了？你全都想起来了？"

周青盟点点头，其实他并没有想起来，是凉美告诉了他大致的情况，然后他去找李多乐，在他家静坐绝食示威，李多乐实在没有办法才详细地坦陈了一切。

李多乐怕他回去找赵珍珠，厉声提醒他："周青盟！你不要忘了！你现在是已婚男人，而她心中也已经有了方蓝调，你们回不去了！"

是啊，回不去了。再也回不去他喜欢她、她也喜欢他的时光。

当他从李多乐家出来，回到自己家里时，凉美把已签好的离婚协议递给他，她什么都没要，眼睛里闪动着晶莹的泪花，笑着说："青盟，没关系，我就当自己是做了一场好梦。"

当知道她和李多乐一直都在骗自己时，他的确很愤怒，可这种愤怒很快又被无奈所淹没。

他们也都是为了他好。

此时，周青盟伸出手，轻声道："能把她交给我照顾吗？"

胡珀略一思索，把赵珍珠放下来。周青盟小心翼翼地扶着她，像是对待一件易碎的孤品花瓶。他贪看她的样子，仿佛永远也看不够。

胡珀帮他们打开卷帘门和里面的玻璃门，回头看了一眼，确信他不会再伤害她，这才离去。

周青盟把赵珍珠扶到椅子上坐着，找到柜台里收起的折叠床，打开来，再扶着她躺下。他又去厨房烧了一壶热水，浸湿帕子再拧干，细细地抹净她的脸。等水杯里的水凉了，他又扶起她，小心地喂她喝水，生怕她呛着。

"蓝调……"赵珍珠呢喃一声。

周青盟迟疑片刻，把她喊的"蓝调"当成"青盟"，含笑应答："我在。"

他摸着她的额头，轻声细语："对不起，你的未来再重，本应该由我来背。可是我退场太早，竟留你一个人受苦。我醒得太迟了对不对？珍珠，我愿用我全部的生命换一天时光倒流，再回到向你告白的那个夜晚。"

那个夜晚，他租了一艘小船，摇到芦花深处，水边的湿地像藏着宝藏，悠悠的绿光在浓密的草丛里若隐若现。他牵她上岸，让她去寻宝，自己则回到船上打开灯，摊开一张小桌子，有条不紊地放上她喜欢的零食，以及一个贴心不浪漫的驱蚊器。她寻着光找到他放下的夜光牌，一共有五张，组成Te Amo（我爱你）。

周青盟滚烫的泪水滴到赵珍珠的脸颊上，睡梦中的她觉得脸上痒痒的，困倦地睁开眼睛，待看清是谁时，她本能地往后一退，因差点从折叠床上翻下来，反而又向前扑去。

周青盟不慎抱她满怀，他自私地抱紧她，恳求她："珍珠，就这一次，最后一次，明天我就要和凉美出发去夏城定居了。你还记得吗？是你带我疗伤的那座城市。"

他没有接受凉美的离婚协议，此生，他已负了赵珍珠，就不能再负凉美。可是以他的精神状况，不适合继续生活在有她的城市里。所以他决定离开。

赵珍珠依旧在他怀里挣扎，他不得不放开她，从口袋里拿出一张英文的行程单，解释道："我知道方蓝调在伦敦，我给你买了往返机票，也帮你报了伦敦的一个厨艺班，培训期为六个星期，是温莎城堡的退休厨师开办的。"他环望蛋糕店一周，继续说，"如果蛋糕店生意不好，就开家餐厅吧。多乐会帮我打理我的资产，你可以随时找他借钱。我知道你不会接受我的馈赠，所以你拿走的钱都算是借的，盈利后还他就好。"

他看她似乎想开口拒绝，又抢先说："珍珠，你就不要逞强了，再仔细考虑一下。"

然后他把行程单放在桌子上，起身离开，背影萧索。

第十二章：挽回

不管后果如何，相遇即欢。

01 珍珠，你是在等我吗

昨夜，周青盟走后，赵珍珠辗转反侧，直到天明时才恍恍惚惚睡着。大约九点时，就被手机的来电声吵醒。

她闭着眼睛摸到手机，凭着感觉滑开接听按钮，闷声问："谁？"

"是我。"

方蓝调不用说他是谁，赵珍珠只要听到他的声音，便瞪大了眼睛，怀疑自己是不是因为思念过度才导致出现了幻听？

自从两人一起见过许渊后，他就再也没有主动联系过她。此刻，又怎么会突然在春天的一个清晨，毫无征兆地联系她？

"今天是Del的生日。我希望你能去看看他，也希望你能在他面前隐瞒我们俩的事。他若问起我，麻烦你告诉他我因为工作调动已经回伦敦了。"

原来如此。她听完，笑自己痴心妄想，在意识到来电人是他的那一瞬间，生出不切实际的期待，以为他想通了，会给她一个不一样的答案。他无情，她的声音亦冷淡："方蓝调，我没有你想象的那么坚强。"

他算是在求她："可是，我还是希望你能去看看Del。与失去自由的他相比，我们还算是幸福的不是吗？"

"我很忙，再说吧。"她先一步挂断电话，深吸一口气。

其实不用方蓝调提醒，她也会去看许渊。可偏偏他却要多此一举，多伤她一次。

赵珍珠关了店门，出门等公交车，转了两趟，才到达陆城监狱。

许渊比之前的状态要好了很多，精神十足，步伐铿锵，眼神坚定，嘴角甚至隐含笑意。如果忽略这里是何处，他就像是一位出入写字楼的意气风发的青年才俊。

这几个月，他因为积极参与改造，又举报了几起线上违法赌博大案连连立功，俨然成了陆城监狱的改造模范。

"珍珠。"他一坐下来，就握住她放在桌面上的手，微微有些激动，勉强控制住自己的颤抖。

他的手掌又大又暖。

"你没有嫁给周青盟。"他的脸上是喜悦的表情，他忍不住又再重复一次，"你没有嫁给周青盟。"

"是的，我没有。"她抽回自己的手，淡淡地道。

得到她肯定的回答，处于狂喜之中的许渊并未察觉她的动作，而是径直问出憋在心里数月的问题："珍珠，你是在等我吗？你愿意等我十三年？这是真的吗？我感觉就像在做梦一样！我知道以我的履历，以后可能很难找到工作，可能只可以干一些体力活，但是你放心，就算去工地搬砖，我也会养活你的。我不会让人欺负你，也不会再让你受委屈。我会用余生弥补我当初犯下的错。"他说得又快又急，说完之后，就忐忑不安地望着她。

面对他灼灼的目光，赵珍珠语塞了，不知从何说起，转而道："你还记得今天是你生日吗？生日快乐。"

许渊脸上的表情渐渐被失落所取代："你在回避我的问题。"

"我……"

许渊喃喃着："原来Bruce骗了我，他以为这样可以给我希望。"

希望破灭时，绝望更甚。当方蓝调离开时，赵珍珠就是这样一种感受。她经历过那种痛，不想许渊也尝试，便说："他说得也没错，我现在是一个人，未来也未必没有可能。"

说这句话时，她内心深处感到十分勉强。因为许渊毕竟曾经像个恶魔一样狠狠伤害过她，她可以原谅他，却不能与之相爱。

这种勉强被对面的许渊轻易看穿，痛苦的心稍暖，她为他已做得够多了，是他自己奢望太多。他于是很快调整了自己的心态："珍珠，以前，我们一个叫许渊，一个叫许愿。我们的名字这么相似，你以为可以瞒得过我吗？都怪我自己太贪心了，我早就知道，全世界所有的男人，你最不可能选择的就是我。可即便如此，我仍然希望你能够幸福。"

许渊重新握住她的手，浓烈的爱波澜不惊地化为祝福。

"下次Bruce来看我时，我请他介绍几个不错的人给你。你一定要答应我，到时候一定去见个面。你不能一直躲着，生活还要继续，你会幸福的，认识一个不错的男人，生一对乖巧的儿女，你的儿子会娶一个贤淑的女人，你的女儿会嫁给一个善良的男人，你的孙子孙女会在花园里围在你身边唱歌。到时候，你回忆起你年轻时所经历的这些苦痛，也会觉得不足为道。"

在许渊提到方蓝调的时候，赵珍珠低下了头，在听到他继续说她会遇见一个不错的男人幸福一生时，她的眼睛已湿润。

他是许渊，是最了解她的弱点的人。他说着说着就停下来，问："Bruce怎么这几个月都没有来看我？"

赵珍珠强作自然地回答："他已经调回伦敦总部了，可能不会回来了。"说完，她别过脸，抿着嘴，试图憋回眼泪。可是没有用，今早的电话让她好不容易掩埋的思念脱离了控制，她忍不住失声痛哭起来。很快，她便察觉到自己的失态，擦了擦眼泪，努力笑笑说："对不起，最近有些事情不如意，刚刚又想起一些不高兴的事来。"

许渊看着赵珍珠一副竭力掩饰什么的样子，再回忆起上一次方蓝调来看他时失常的表现，聪明如他，一下子明了了两者之间的关联："如果我没猜错，你爱他？"

一句话击溃了她所有的防御。赵珍珠不知道许渊是怎么看穿她的真实想法的，急忙语无伦次地否认，躲开他的眼神。"没有，我们只是在周青盟的婚礼上碰过面，没有任何关系，真的，什么事都没有发生。你不要多想！"她拼命撇清和方蓝调的关系，看上去反而更加可疑。

刚刚那一句仅是猜测，但这时的许渊已经能百分之百确定她已心有所属，而且答案正是他唯一的朋友。得知真相，他竟异常冷静。现在看来，方蓝调调回伦敦也一定与他有关。他多想顺着方蓝调的意，乘虚而入赵珍珠的心啊。

这是一种巨大的诱惑，可他强忍了下来。他没有交错这个朋友，他也不会让方蓝调后悔当他的朋友。更何况，方蓝调才是她更好的选择。

他盯着把头埋得低低的赵珍珠，伸手抬起她的下巴，凝视她后悔莫及的样子。清秀的脸上挂着泪珠，翕动的嘴唇还在不断地否认。方蓝调应该也是这样想的吧？多想拥她入怀，却只能作壁上观。

"别在我面前说谎了。你怎么想，Bruce怎么想，我都能够猜得到。我是许渊啊，你们怎么把我当个脆弱的瓷娃娃一样护着呢？是不是太看不起我了？"许渊的声音，祝福中带着点心酸，心酸中又带着点羡慕，"Bruce欠我的，我从来没有想过要他偿还。真要还的话，以后你和他的孩子就取名培渊吧，方培渊，算是把它赔给我。我会争取减刑，希望有生之年能够抱一抱我的培渊。"

说完，他看向墙上的时钟，明明还有时间，却开口催促道："时间到了。珍珠，回去吧，去找Bruce。如果他执意要钻牛角尖，你就把他带到我这儿来，我一定会说服他的。相信我，我会不惜一切，把你的幸福还给你。"

也许，这是这辈子他能为她做的最后一件好事。

02 我们三个还是朋友吗

出发在即，赵珍珠一去就是近两个月。临走前，她约了邱珊珊和邵曦晨在店里见个面，明天，这个门面就会由别人来接手了。

邱珊珊的肚子圆滚滚的，人却清减了不少，脸颊也消瘦了，葡萄干般的小眼睛又变回葡萄般大，只不过眼神忧郁极了，不像平常的她。邵曦晨也瘦，三个人都像排骨精一样。

赵珍珠说自己要去英国，邱珊珊说："我也想去。"

赵珍珠劝她："你都快要生了怎么还到处跑？要是想旅游的话，以后让李多乐带着你们娘俩周游世界。"

"珍珠，这些日子你忙着开店我没烦你，李多乐绝对出事了！你先别急着说我多疑，他最近行踪成谜，还学会骗人了。有一次还被我抓住了，他说他在公司开会，可是我打电话去他们公司，他根本就不在。还有，他衣服上有可疑的香水味……"邱珊珊使劲嗅嗅，贴近邵曦晨，抓着她的手，急切地问，"邵邵，你这是哪款香水？多乐衣服上常出现的香水味就是这种！"

邵曦晨显得有点慌乱，她闻闻自己的手腕，解释道："我最近没喷香水啊。楚峥嵘他妈病着，不喜欢闻这些味道。哦。我记起来了，我在来的路上经过一家百货公司，顺便进去试喷了一点香水，可没记住是什么牌子的。"

"算了，知道也没用。难不成我能闻出是哪个女人缠着他？"邱珊珊有些气馁。

邵曦晨忙说："是啊，你就别瞎猜了，安心养胎。"

赵珍珠的手机铃声响起，是李多乐的来电，他在电话里急得要命："珍珠，你知道珊珊在哪儿吗？她没跟秋姨说一声就出去了，也不接电话，我找了一上午都没找到。"

"她在我这里。"

赵珍珠说完，邱珊珊就意识到电话是李多乐打来的，边慌里慌张往外走，边念叨着："我不能让他找到我。我讨厌死他了。"

邵曦晨离邱珊珊比较近，却没有站起来拦她，还稳稳地喝了一口茶。赵珍珠瞥了她一眼，追上去把邱珊珊给劝了回来。

邱珊珊一坐下来就靠在邵曦晨的肩膀上大哭不止："邵邵，我现在是真能理解你平时面对楚峥嵘的心情了。"

"砰！"邵曦晨把茶杯重重地放下，忽然发火了，气势汹汹地说道："邱珊珊，你能不能别随随便便就拿楚峥嵘的事来刺激我！你们家李多乐打着灯笼都难找，你不要身在福中不知福。你知道吗？我们三个当中，就属你一路顺风。你还不满足，拼命地和李多乐闹。也就是他宠你，你换个男人试试，半夜三更把累了一天的人推醒让他去给你买香辣兔头，其他男人早就一巴掌扇得你眼冒金星了！"

"够了！你有完没完？"喊话的是李多乐。他刚刚正开着车在附近转悠，刚走到门口就看见邵曦晨在发威，把邱珊珊训得像只瑟瑟发抖的鹌鹑。

他疾步走上前去，把邱珊珊抱在怀里，擦干她的眼泪，柔声相劝："珊珊，别哭了，你肚子里还有我们的宝宝呢！跟我回家好不好？"

邱珊珊像是被邵曦晨骂蒙了，此刻也不反抗，听话地跟着李多乐往外走。

店里一时间只剩下赵珍珠和邵曦晨两人，邵曦晨旋即起身，道："我也走了。"赵珍珠注视着她，说不清她哪里变了，问："邵邵，我们三个还是朋友吗？"邵曦晨的背影一滞，但什么都没说，就走了出去。

蛋糕店太小，放不了太多私人物品，赵珍珠当初搬到蛋糕店，还有不少行李留在胡珀家。她关好店门，准备去他家打包行李。

是张妈开的门，面色蜡黄，见到是她来了，连招呼也没力气打。

胡珀还在洗衣服，听到有人敲门就赶紧出来。看到张妈已经起身开了门，就紧张地埋怨一声："妈，你怎么起来了？快去躺着。"

赵珍珠怕吵到张妈休息，以最快的速度打包好行李。胡珀送她下楼，下楼时，胡珀主动说："你应该也看出来了，她生病了。她为我操劳一生，从不在意自己的身体。医生说最好的治疗方法是做肝脏移植手术，可是她不肯要我的。她说她反正都已经老了，可我还年轻，不能影响我的身体健康。医院现在也在帮忙找看有没有其他合适的捐献者。"

安慰的话起不了什么实际作用，赵珍珠果断决定："我们现在去医院，我去做个检查。"以前她是许愿的时候，张妈就在许家当保姆，照顾过她很长一段时间。

"珍珠……"

"我们两个之间说婉拒或是道歉的话那都是废话。"他们已经走到了马路边上，赵珍珠伸手招停一辆出租车，"是哪家医院？"

"中心医院。"胡珀现在不缺钱，自然是送张妈去最好的医院。

陆城中心医院，赵珍珠在检查窗口拿结果的时候，宁医生正好看见她，他以为她又出什么事了，因为前两次来找他都不是什么好事。等她走后，他去问检查室的医生，那医生见是宁主任来访，十分周到地解释赵珍珠是为朋友妈妈的器官移植手术来检验是否符合条件的。"可惜她们的不匹配。"那医生对胡珀记忆深刻，是个孝子。

宁医生听了，若有所思。

03 相遇即欢，欢不常在

赵珍珠乘坐的航班如期起飞。她承认，自己曾奢望过方蓝调仍会留意她，又或许听闻她会来伦敦的消息，甚至会去希斯罗机场接机。但是她失望了。

在异国，她必须靠自己。

离厨艺班开学还有一个星期，时间还很充裕，可她没有去格林威治天文台，也没有去乘船游泰晤士河，她甚至不知道大本钟长什么样。她徘徊在离他很近而他又看不见的地方，却不敢贸然到他面前，怕他会变本加厉地赶走她。

午后，赵珍珠端着一杯已经凉了的咖啡，坐在奥岚大厦对面的长椅上，看到方蓝调和一个金发女人言谈热烈地走出来，她也站起来，不由自主地跟着。

Natalie知道方蓝调的习惯，庆功时喜欢吃一块蛋糕，正好大名鼎鼎的AWAY蛋糕店离这儿不远。

通过近段时间的相处，方蓝调虽然对她不如从前一样亲密，但也比刚回来时要好一些了，偶尔还会流露出一丝赞赏。她借着工作的机会时常和他见面，今天两个人合力敲定了一个大项目，在全球有数百家分店的丰宁商业地产今日终于肯定了他们的提案。

Natalie给团队定下的思路是丰宁已无须证明自己的功能丰富，能够满足消费者形形色色的需求，现在的首要诉求是突出品牌的人文情怀。商业地产是人们日常生活经常涉足的一个地方，比如在这里看电影、用餐、做SPA、购物等等。许多人在约会时都会定在某商业地产会面，所以这里成为最容易发生故事的地方，约见好朋友，遇见陌生人。她在首脑风暴会议上强调，文案要体现出丰宁商业地产能够包容顾客的喜怒哀乐、悲欢离合。在她毙掉好几个文案之后，方蓝调给她递过来一张纸，她一看，是"相遇即欢"几个字，又在心里念了几次，越念越觉得含义丰富。"相遇即欢，不管后果如何，相遇即欢。"

已经离开了公司，Natalie还在回味刚刚丰宁客户的赞赏，兴奋地问："告诉我，是什么令你灵光一现的？"

方蓝调避而不答。他只是想到了赵珍珠而已，他和她也是相遇即欢，只是欢不常在而已。

伦敦经常会忽然下雨。Natalie伸手接住雨滴，抬头望天，叹了口气道："又下雨了。"说完她的视线里就多了一把黑色的伞。方蓝调撑着伞，看着不远处的蛋糕店，说："走吧。"他虽然替她打伞，可却离她很远，自己的大半个身子都在雨中。

他们身后的赵珍珠不了解伦敦的天气，看着身边的人纷纷从包里拿出一把伞，都早已习惯伦敦变化无常的天气，她却只能躲在附近的屋檐下，看着方蓝调撑伞照顾着别人远走。

AWAY蛋糕店里，Natalie弯腰在橱窗里看中一块彩虹蛋糕，问："这个好不好？"

"你吃吧，我牙疼。"方蓝调随便找了个理由搪塞，屋子里的甜香让他想起了一个擅长做蛋糕的故人，于是，他走了出去，打量周围的人和物以转移自己的注意力。

不期然间，他的视线远远地对上一双黑色的眼眸。

赵珍珠见他看向自己这边，心中有几分期待，又有几分慌乱，当看到Natalie提着蛋糕走到他身边时，她极力制止住自己向他走过去的心意，毅然转身，还没有准备好与他正面相逢。

过往的行人撑高的伞挡住了方蓝调的视线，当他再看向刚才那个地方，那个熟悉的身影已经消失不见。也许是自己眼花了吧？她怎么可能会在这里？

方蓝调苦笑着摇摇头，把伞塞给Natalie："我有事先走了。"

雨落在他的身上，丝丝清冷唤回他的冷静。相思猛如虎，他需要一个人独处一会儿。他想起他最近一次听说她的消息是宁医生告诉他，她打算捐肝给一个老太太，可惜血型不匹配。他不在的时候，她就总在做这些让他担心的事吗？

方蓝调在雨中茫然地前进，潜意识里挑选着自幼最熟悉的路。

同在一座城市，赵珍珠此时也拿出一份地图，朝着心中的目的地前进。

街道渐渐变得狭窄而冷清，两旁的建筑物也变得拥挤而破旧，墙壁上随处可见疯狂的涂鸦作品。路人多说着带口音的英语，有些会疑惑地多看一眼拿着地图一副标准游客模样的赵珍珠。夜幕降临，雨水已停，只是道路湿滑，两旁的路灯坏了不少，路也越来越不好走。

这就是方蓝调从小生活的地方吗？

赵珍珠走进一家便利店，买了一瓶水，用在国内银行换的五十元面值的英镑打算付款。旁边两个挑烟的戴鸭舌帽的男青年瞟了她一眼。收银员摆摆手说不收这么大面值的，问她有没有零钱。她翻了翻口袋，当初她是想换些零钱的，可是银行里最小的也是二十元面值的英镑。而且那几张二十的她也已经花出去了。

"算我的。"一个戴鸭舌帽的男青年出声，却没有掏钱的动作。收银员也没吭声。

赵珍珠随即把钱给他，他舔舔唇，压低声音说："小姐，你也不看看这里是哪里？谁有钱能为五十英镑找零？"

赵珍珠疑惑地收回钱，五十英镑换算成人民币也就五百元左右啊。可是她不知道，在英国，本地人极少使用二十元面值以上的英镑，大额消费一般都是用信用卡，五十英镑算是少见的大面值的了。

"看你不像是这里人，我们送你出去吧。"两个男青年交换眼色。

"不用。"赵珍珠并没有因为他们帮自己付了钱就天真地以为对方是好人，此刻反而生出一丝警惕来。

"要的。"两人笑笑，热情地把她夹在中间就往外走。收银员担忧地看了她一眼，却也不敢多话。

赵珍珠只能硬着头皮跟他们走出去，心里想着一会儿随时找机会逃跑。可对方仿佛已经知道她起了防备之心，所以把她盯得很紧。当她想往光线较为明亮的方向走时，其中一个人揽住她的肩膀，声音低沉地劝道："小姐，那边的路不对。"另外一个人的手则放在衣服两边的口袋里，口袋表面凸起锐利的刀尖。

他们强行把她带上另一条漆黑的小路，这里没有灯，加之雾很重，挡住了月色。即使是面对面，赵珍珠也看不清对面的人脸上的邪笑，只看得见模糊的轮廓。

一人望风，一人手摸着她的脸，顺势往下捏住她的下巴，警告道："小姐，老实点。这里不该是游客来的地方。"

赵珍珠一言不发，却也不害怕，主动配合把钱包拿出来递给他："我可以走了吗？"

可那人的手却并没有松开，俯身在她耳边笑道："其实你在灯光下看起来还挺好看的。"

188

"你快点，有人来了。"在路口望风的人看到朋友磨磨蹭蹭的，催促了一句。

那人的手正意犹未尽地摸到赵珍珠紧抿的柔软的唇，问："几个人？"另一只手握着一把小刀从上往下划破她的薄衫。

"一个，有点高，是个男的。"

"那你吓跑他不就行了，别妨碍我找乐子。"冰凉的刀贴着赵珍珠的脸，男人的头埋向她的胸前。

赵珍珠的心沉了下去，她本以为这两个人拿了钱就会放了她，却没想到对方越来越过分。忍无可忍的她猛地张嘴咬住对方握刀的手腕，刀掉到地上，发出"咣当"一声。赵珍珠紧接着抬起腿就是一脚，正中对方的重要部位。她趁他弯下腰时跑向路口，却被路口望风的那个人拦腰抱住。她挣扎着，朝不远处的高大的黑影求救："救……"她刚发出一个音，嘴巴便被人捂住，拖进街道深处。

不知道那个人有没有听到她的声音，留意到这边的动静，若他觉得多一事不如少一事呢？她越想越绝望。

"放开她！"浑厚的男声响彻这条短短的街道。望风的青年离他较近，恼羞成怒地冲了过去。

赵珍珠心中一阵狂喜，可狂喜之后，却生出一股的悲伤。因为她发现来人极似方蓝调，不仅声音像，就连打斗的身形也像。只可惜这里没有一盏灯，她看不清他的脸，不能百分之百地肯定。

拿走她钱包的男人本来想冲上去的，但见来人三下五除二就把自己的同伴揍得奄奄一息，于是拔腿狂奔，从另一个出口逃得没影了。

"以后没事别到这里来，这里出了名的乱。"男人没有追上去，而是望向贴着墙壁站着的模糊的娇小的身影，不冷不热地叮嘱她，然后说，"走吧，我送你离开。"

他在前面带路，走了一会儿，回头见她没跟上来，语气变得有些不耐烦："怎么了？怕我也打你的主意吗？"

云开，雾散，月已明。前方的他，赫然就是方蓝调。

赵珍珠停留在墙壁的阴影里，不敢走出来，狼狈地拉紧身上的衣衫，瓮声瓮气地说："你走吧。我没事。"她刻意变了声音，不想让他看见自己这副狼狈的样子。

"没事？他要是醒了呢？"他鄙夷地看了一眼地上躺着的男青年，再抬头看那一团极力躲闪的身影。

"我真的没事，你走吧。"

方蓝调没想到自己好心好意救人还被人当成别有用心，当下也不纠缠，径直离开。

赵珍珠蹲下来，抖抖索索地扒下躺在地上的那个昏迷男青年的衣服，套在自己身上，扶着墙站起来，深吸几口气，拼命安慰自己没关系，只是一点小挫折而已。

她刚走出路口，却没料到方蓝调竟然中途折返，一把抓住她的手，气急败坏地说："果然是你！"

刚刚那看不清面容的女人逃避的样子让他倍感熟悉。若仔细去听她刻意改变的声音，也还是辨别得出来。这个猜测令他欣喜若狂，他想她，想见到她！折返的路上，他就像个等不及回家吃蛋糕的小孩一样狂奔。可越是靠近她，越是看清月光一点一点照亮她的脸，他也就越无所适从。再回到她面前的时候，他的笑容已经冷了。

再见面，又能如何？

方蓝调黑着脸看着她身上的衣服，一把扔出老远，再脱下自己的外套套在她的身上。做完这些事，他突然又有点后悔，以极其恐怖的自制力压抑住澎湃的感情，用极其不欢迎的语气问："赵珍珠，你怎么来了？"

赵珍珠没想到自己的长途跋涉只换来一句责问，她开始怀疑自己来英国是不是一个错误的决定。可她还是满怀期待地说："周青盟帮我报了这里的厨艺班，而且许渊也已经知道了这一切，他也让我来找你。"

"你说什么？他知道了？"方蓝调钳住她的肩膀，像是要捏碎她，"你为什么不瞒着他？难道你就这么恨他，连他做梦的权利也要剥夺？你知不知道他知道你没有嫁给周青盟，有多么高兴！"

"松手……"他弄疼她了，这让赵珍珠连说话都感觉很困难，"他说……"

方蓝调被她痛苦的呻吟声提醒，松开手，脸上满是愧疚。可没等她继续说下去，就直接打断她："不管他说什么，都不会改变我的决定的！走吧，我带你出去。你学完就回陆城吧，我们以后不要再见面了。"

他在前面带路，见她仍站在原地不肯跟上来，也不逼她，于是冷淡地道别："也好。我还有事，没时间陪你。"

赵珍珠见他说到做到，就把她一个人扔在了这里。她站了一会儿，见真的等不回他，便挪动着沉重的双脚，一步一步朝着记忆中的公交车站走去。

没关系。她不停地对自己说没关系，想想自己当初是怎么一而再再而三地逃避他，她曾像一只乌龟一样拒绝他所有的好意，现在他也不过是像一只刺猬一样抵抗她的靠近。

当赵珍珠上了车，方蓝调才从一棵树后走出来。其实他从未远离，他担心他走后，会不会又有什么危险人物盯上她。

他从小就在这里长大，见惯了各种流血流泪的事件。

他知道她来这里是因为想了解他的过去。可是，这种好意对他来说是一种痛苦的折磨。他只能一点一点磨灭她的希望，逼她忘记自己。

如果她恨他，也许对她才会更好。

05 我们之间还有可能

厨艺班很快就开学了，主厨是法国人，从温莎城堡退休后专注于分子料理。分子料理是指将化学理论运用于烹饪上，重组食物的分子结构。软绵绵的奶油其实是马铃薯做的，颗颗分明的鱼子酱其实是以荔枝为原料。每一口都有新奇的体验。

当主厨把量杯、喷枪、针筒等工具一样一样拿出来时，他很满意地看到了学员们惊呆的样子："对于你们熟悉的食材，你们要忘记正常的传统的处理方式，而要大胆地想象，该如何赋予它们新生。"

分子美食对于赵珍珠来说是一个全新的领域，她要学的东西很多，每天都待到学校关门才走。她没有时间去找方蓝调，这也正是他所希望的。

奥岚的会议室里，Natalie拍了一下方蓝调的肩膀，问："你在想什么？会议已经结束了。"其他人都已经走了，会议室里只剩下他们两个人。

方蓝调站起来收拾桌面的文件，忽然停下手里的动作，看看面色如常的Natalie，问："你没事吧？"刚刚会议的主题是董事会成员调整通报Natalie的父亲不再担任董事会成员。

难得他主动关心她，Natalie绽放一个妩媚的笑容："他一直把权力抓得太紧，现在没了，倒是可以安享晚年了。"

不过，Natalie的总监光环也黯淡了不少。很难说他父亲的失势是否会影响她。毕竟，对总部总监位置虎视眈眈的人可不在少数。

"公司有传闻说，Jessica和补任的董事会成员过从甚密。"他向来不喜欢办公室斗争，但却不代表他看得不够明白。

Jessica曾担任Natalie的特别助理，还曾到陆城分部代表伦敦总部视察情况。分部年会过后，她回到总部就马上升为经理，离总监之位也不远。她要是想当分部总监问题不大，但要想一步登天坐上总部总监的位子，也少不了要在背后奋斗。

Natalie摇头："Jessica是我一手提拔上来的，她不会背叛我的。"话音落，她却陷入了深思之中。

有些话点到即止，方蓝调也不会多说，留她自己一个人好好想想。他走出会议室，Jessica正迎面走来，看到他一个人出来了，面上浮起一层担忧："她没事吧？"

"没事。"方蓝调侧身，让她进去。两人交错而过时，Jessica似乎想起了什么似的，提起在外等候已久的一个女孩："她找你，我就把她带进你的办公室了。"她眨眨眼睛，压低声音，"放心，我不会告诉Natalie的。"

分子美食和赵珍珠以前做过的所有美食都不同，她常常会做出一堆恶心的糊糊来，完全没有主厨那样出神入化的作品。当她做出第一个可以看的作品，第一时间想到的就是送给方蓝调尝尝。

等他的时候，她还时不时揭开盖子，看看食物变样没有。盘子里盛着表面看像是一个普通的煎蛋，但实际上蛋黄却是用芒果做的。奇妙的是，芒果的形态也像蛋黄一样仿佛可以流动，表面好像还有一层晶莹的薄膜，而蛋白则是酸奶做成的。

赵珍珠等了很久，因为方蓝调一直在门外徘徊。

他没想到她还会有勇气找上门来，他以为以她爱逃的性子，经过那一晚的抛弃，她会很快逃走。

她为什么还要来？他既开心又难过，谢谢她还爱着他，可是抱歉他不能爱她。

"方总监？"路过的文员见他在自己办公室门口一会儿作势要推门而入，一会儿又退到远处，好奇地叫了一声。

办公室里的赵珍珠一直在留意门边的动静，听到声音后马上站了起来，方蓝调便也只好走进去。她此时已经端着盘子走到他面前："你快猜猜这是什么做的。"

他根本看也不看盘子里的东西，与她擦身而过，坐到自己的座位上，随手拿了一个文件夹翻开看。

"我知道你很忙，但我不会耽误你太多时间的。只一口。"赵珍珠把盘子放到他的桌子上，递给他一把勺子。

他没有接，但开口说："放在一边吧。我现在很忙，你先回去。"

"你会吃吗？"她执着地望着他。

她的眼神让他感受到巨大的压力，似乎会撬动他早已下定的决心。他深吸一口气，端起盘子，说："你想知道吗？那我现在就告诉你！"话音刚落，他已经把盘子里的食物全部都倒进了垃圾桶里。

然后，他轻蔑地把盘子扔到她身上，也不在意有没有砸到她，又喊进来一个经过他办公室门口的人，吩咐道："把她带出去，以后闲杂人等不要带进我的办公室。"

他甚至都不再看她一眼，埋下头继续做自己的事。

他从来没发现，自己这么会演戏，内心这么煎熬，表面还可以装成若无其事。

进来的员工客客气气地请赵珍珠出去。

她不走，没有说完想说的话她是不会走的。既然跟随他的脚步来到英国，她就做好了面对这一切的准备。

"你知道吗？你看到的只是简简单单的一个煎蛋，却是我从零开始学起，克服无数次困难做出来的第一件成功的作品。"她蹲下来捡起盘子，指着盘子上残留的蛋黄说，"你以为这是蛋黄吗？其实它是芒果。看上去不可能？我在芒果酱里加了钙，然后把它放进加了海藻胶的水里。由于海藻胶和钙产生反应，在芒果酱的表面形成薄薄的胶质，包裹着它不会散开。于是，不可能的事变成可能，我用芒果和酸奶做出了以假乱真的煎蛋。我常常在厨房里想通很多事情，其中一件事情就是即使你觉得我们俩不可能在一起，我也相信我们之间还有可能。"

他把她的乌龟壳丢向了大海，她难道就不会把他浑身的刺猬刺给拔光吗？

如果当初他不那么顽固，她今天大概也会早早放弃吧？

她现在会的，全都是他教的。

他成功了，可她呢？

第十二章：坚持

如果有人问她对伦敦有什么印象，她只记得那一场又一场不期而至的雨。

她后来明知伦敦常常有雨，也不肯带伞，

只希望有一天在某个地方遇见他，他能为她撑起一把伞，同行一段路。

01 我宁可长住医院

自从赵珍珠有了第一件成功的作品后，对分子美食越来越得心应手。培训班每周教会一种技法，六周共教会六种，胶囊技法、泡沫技法、低温慢煮、鱼子技法、烟熏技法和液氮技法。芒果蛋黄是胶囊技法。

每隔一段时间，赵珍珠掌握了一种新技法，就会给方蓝调送去一份匪夷所思的分子美食。他不见她，她留下东西就走。在她走后，他直接把东西扔进垃圾桶里。

这天的美食是鱼子酱寿司，鱼子酱圆润饱满，诱人一口吞掉。方蓝调正要像往常一样把它倒掉时，Natalie风风火火地走进来，看到桌上的美食，直接用手指夹了一块吃："饿死我了！这鱼子酱寿司味道怎么怪怪的？"她舔舔嘴角，忽然脸色变得青紫，她吃力地扶着桌子，努力站稳，一手抚着胸口，看上去呼吸越来越困难。

"这不是鱼子酱，是花生吗？"艰难地说完这句话后，她直接倒在地上，额头重重地撞了一下桌脚，鲜血染满了浮肿的脸庞。

方蓝调抱起她，看到她这个样子，自责自己怎么忘了她对花生严重过敏，可谁又看得出这鱼子酱是用花生做的呢？

当赵珍珠听到消息赶到医院时，方蓝调正守在Natalie的病床边，见到她便大发雷霆："你送的什么分子料理！现在闯祸了，你满意了吗？幸亏她办公室里随时放着抗过敏针。"

赵珍珠没辩驳，担心地看了一眼病床上的Natalie，她头上缠着纱布，脸已经消肿，此刻费力地睁开眼睛，气若游丝地唤了一声："Bruce。"

见Natalie醒来，方蓝调冷冰冰地对赵珍珠下逐客令："好了，你走吧。以后不要再送奇怪的食物来了。我不会吃的！"

赵珍珠低着头看脚尖，不肯走，出了这种事故她也被吓得不轻。方蓝调见她不肯走，就决定自己走，跟Natalie打了声招呼，让她好好休养。

路过赵珍珠时，他看到她偷瞄着病床一副不安的样子，想也没想就对Natalie叮嘱了一句："以后吃东西的时候看清楚再吃。还有，误食花生是你自己的问题，厨师没有任何责任。"

赵珍珠抬头感激地看了他一眼。他其实并不像表面那样冷酷，他还在担心她不是吗？

接收到她泪汪汪的眼神，方蓝调的脸色又冷了几分："别瞎感激，我只不过是看在往日的面子上代你说清事实而已。"

等方蓝调走后，赵珍珠满含歉意地看着Natalie，连说了几声抱歉。

而Natalie则痴痴地看着方蓝调远去的背影："其实我很羡慕你，他会对着你失去控制地大吼大叫，对我却总是连说一个字都嫌多。"

这句话让赵珍珠的心稍暖。

方蓝调离开医院前先去问了医生，得知Natalie的病情已无大碍，接下来的几天他也就没怎么再去看她。倒是Jessica跑医院跑得很勤，让Natalie好好休息，说这段时间自己会帮忙处理行政一类的事情，至于客户就交给方蓝调了。

Natalie一直很相信她的办事能力，而且这样的安排也并无不妥，于是就点头同意了。

于是，一封关于方蓝调在陆城分部期间滥用职权的投诉信没有经过Natalie审核，就直接由Jesscia签署意见转发给了董事会。信中提到方蓝调出于私人恩怨，曾以加大陆城在线的广告投放量为条件，要求"陆城在线"记者恶意采访一场婚礼，影响极坏。

当然，信件中不会提及"陆城在线"最后没有播出采访视频，而网上流传的视频都是宾客用手机拍摄的。

董事会接到来信后专门召开了会议，确认确有此事，而且Jessica签署的意见中又再次提起一桩往事，方蓝调当初之所以会去陆城分部，是因为他广告业务不精，知识储备不够，在给客户设计广告时忽略了当地的文化背景。

在董事会成员眼中，方蓝调不仅能力有问题，就连品格也有问题。会议讨论的结果是解除方蓝调的总部副总监职务。

人事调整当天，方蓝调意外地在公司门口遇见春风满面的刘副总监。他不在陆城待着跑这里来干什么？因为方蓝调调至总部，所以陆城分部暂由刘副总监全权负责，这不正是他渴望已久的结果吗？

"方总监。"刘副总监热络地和他握手，"不得不说，伦敦总部比陆城分部就是要大气不少啊。"

"你怎么到这里来了？"到目前为止，方蓝调还没有收到人事任免决定的通知书。

刘副总监给出一个耐人寻味的答案："人往高处走，水往低处流嘛。"

他和方蓝调一起走进公司，隐隐走在方蓝调的前面，就好像他是主，而方蓝调是客。

方蓝调正想甩掉刘副总监回到自己的办公室，却见他向前跨出一大步，挡在了自己的办公室门口，脸上带着虚伪客套的微笑："不好意思啊，方总监，我刚搬过来，办公室还没整理好，下次再请你坐坐啊。"

"这是……"方蓝调刚想说这是自己的办公室，却看见门上的牌子已经更换了，他的名字已经不见了。

这时，Jessica摇曳生姿地走了过来。她上前给了他一个大大的拥抱，像是十分惋惜地说道："Bruce，你是个十分有才华的人，不过很可惜犯了不该犯的错误，我希望董事会还能给你机会。可是董事会的各位现在都很震怒，命人在调查上次Natalie没有交上去的厨心试拍带。不知道此事会不会牵连到她呢？我已经派人去告诉她了，让她忍着，可我真的很担心，她一直都这么担心你，会不会一时冲动而去和董事会理论？"

她含笑看着方蓝调听到她的话后转身狂奔的背影，事情越来越有趣了不是吗？

02 什么都没有了

医院里，Natalie挣扎着要出院，被负责任的护士拦住。

方蓝调一踏进病房就看见了这混乱的场面，吼道："够了！你就待在医院养病，哪也不许去。"

Natalie激动地推开护士，愤愤不平地说："可他们的决定是错的。没有人比你更适合总监之位，连我都不如你。我必须要找他们说清楚，不然不知道他们又会把你流放到什么地方去！"

护士看两人似乎有特别的事情要谈，识趣地退出了病房。

对于Natalie的舍身相护，方蓝调毫不领情，挡在门口："别幼稚了。你还没看穿Jessica的阴谋吗？一旦你跳出来主动承认错误，不仅救不了我，就连你自己也会身陷泥沼的。"

"可我必须试一试。"Natalie柔情万种地看着他，很是坚持，"Bruce，我爱你。当年我错了，造成我们形同陌路的局面，可现在我不会再错了。"

这一声告白，没有让方蓝调动容，却让门外的赵珍珠乱了阵脚。这些天，赵珍珠一直对自己无意中害Natalie在鬼门关前走了一趟十分自责，经常带一些糕点来看望她，这趟就正巧撞见了她向他告白。

糕点掉到地上，惊动了病房里对视的两个人。

这时，Natalie忽然跳了起来，一掌重重地砍在方蓝调的脖子上。西方女人的身材本就相对高大，而且她的业余爱好又是武术，尽管她平日里看上去温婉，但徒手对抗一两个歹徒绝对不成问题。方蓝调没有防备，眼前一黑，就倒在地上。

"快来帮我。"Natalie叫赵珍珠一起把方蓝调给抬到床上去。

刚刚那一个动作耗费了她大部分力气，她现在也累得气喘吁吁："没时间了，我要去找董事会理论。"她抹抹头上的汗，指挥赵珍珠和自己换衣服。

赵珍珠换上她的病号服，看着她对着镜子飞快地化好妆，苍白的脸一下子变得明艳动人。赵珍珠看着她那一张无怨无悔的脸，多么羡慕她可以为方蓝调的事业保驾护航，而自己却什么也做不了。

"别发呆。这里的护士很烦人，你掩护我出去。"Natalie把头探出门，看着不远处忙碌的护士站，回头对她说。

赵珍珠明白Natalie是为了方蓝调好，也同意她的提议，于是低着头冲出门，朝楼梯口狂奔。果然，一个护士尽职尽责地追上去，嘴里喊着"没有医生的允许不可以出院"。

见护士离开，Natalie这才气定神闲地走出来，一路上都没有人注意到换了衣服的她。她顺利来到电梯口，上电梯时，对着远处被护士抓回来的赵珍珠抛了一个胜利的飞吻。

赵珍珠在病房里守了很久方蓝调才悠悠醒来。看来Natalie下手的力度着实不轻。方蓝调摸着酸疼的脖子，看清病房里没有Natalie，只有穿着病号服的赵珍珠，一下子明白过来是怎么回事。

"你这不是在帮她，而是在害她。"他只丢下这么一句，然后就把她独自一人留在病房里。

当方蓝调赶到董事会议事厅时，Natalie已经和董事长吵了起来。Jessica站在一旁，一声不吭地看好戏。她看到方蓝调走了进来，脸上的笑容就越发灿烂了。

盛装掩不住病色，Natalie跟董事长争得口干舌燥，说着说着就剧烈地咳嗽起来，咳完又继续上气不接下气地跟董事长理论。

方蓝调径直走到她身边，礼貌地跟气得脸色发青的董事长道歉："对不起，她仍在发高烧。"然后，他拖着她的手，可是被她挣开了。

他越是为她着想，她也就越是为他着想。

"放开我！"Natalie义无反顾地把所有的责任都揽到自己身上，"董事长，把广告场景放在玻璃店是我的主意。如果不是我胡乱建议，当初的总监之位就是他的。"

Jessica在一旁听了这么久，等的就是这句话。她就是要Natalie亲口在董事长面前承认自己的错误，断绝所有的后路。这时，只见她给前段时间才补任为董事会成员的男子递了个眼色。

男子马上接口道："董事长，看来当初她成为总监疑点重重，不仅故意陷害竞争对手，而且还倚仗她父亲的影响力……不过，Bruce也并非完全无辜，他也有失察之责，况且'陆城在线'和厨心试拍的事情都是真的。无论他是不是及时删除了视频，是不是和睿思达成了合作，挽回了一部分损失，他和Natalie都不适合继续领导奥岚总部的工作了。"

事情的发展越来越糟糕，当Natalie最后一个走出议事厅时，腿一软就坐到了地上。方蓝调陪着她蹲下来，她偏头靠在他的肩膀上，他第一次没有拒绝。

"Bruce，什么都没有了，什么都要从头再来。我们加班时看过的无数星光和日出，都付诸东流了。"她的泪水浸湿了他的衬衫。

他并不是一个铁石心肠的人，Natalie如果不是为了他，就不会卷进这场旋涡里。

而无比了解她的Jessica正是看准了她这个弱点，才选择从他身上下手的。

他迟疑了一下，却还是友好地握住她的手，给了她一点点安慰："没关系，我们还有希望，还可以去陆城。"

董事会的最终决定只是说他们不适合继续领导总部的工作，也就是说他们被下放到分部。而陆城分部无疑是他最熟悉的地方，他在那里有基础，总有一天会带着她凯旋的。

分子料理的培训班已接近尾声。

主厨很满意经过这段时间的学习，每个学员对食材的理解都产生了新的变化。最后一个课程是液氮技法，即是利用液氮的低温在一瞬间把液态的食材变成凝固的冰激凌。

由于液氮低温伤人，主厨一再强调要注意安全，必须戴上护目镜和手套。

午间休息时，每人都做了一个冰激凌，一入口就紧紧地抿着嘴，享受着极寒的快感。赵珍珠走到阳台上接了一个电话，回来后整个人就心神不宁。下午继续上课的时候，她居然忘了戴手套，液氮喷到手背上，皮肤表面迅速冻伤变白，可是她淡定地忽视了手上传来的钻心的疼，戴上手套又继续学习。

她真的一点都不觉得痛，大概是因为心更痛。

中午，董秘书打来电话，问她知不知道方蓝调刚刚回陆城了，还带来了一个外国女人。赵珍珠没想到他回英国没有告诉她，离开英国也没有告诉她："麻烦你转告他，我不要他的房子，他既然回去了，就继续住好了。他欠我的，只能用感情来还。"

对于他来说，她已经是无足轻重的人了吧？

但是，她可不可以幻想，他是故意对她这么坏的？

如果不这样想的话，她觉得自己快要坚持不下去了。

唯一可以安慰她的是，他还是回陆城了，回到了他们曾相爱过的城市。

那么爱，可以重来一次吗？

她低着头，泪水掉进液氮的范围里，瞬间凝成冰珠。

分子美食培训课程一结束，赵珍珠就匆匆登上了回程的飞机。当飞机升上高空，她低头看着这座既古老又现代的城市。

如果有人问她对伦敦有什么印象,她只记得那一场又一场不期而至的雨。

她后来明知伦敦常常有雨,也不肯带伞,只希望有一天在某个地方遇见他,他能为她撑起一把伞,同行一段路。

03 你不要的话,给我好了

胡珀收到赵珍珠要回来的消息,准时到机场接机。长途飞行令她看起来萎靡不振,她学方蓝调戴着大大的墨镜挡住疲惫的面色。当她钻进胡珀的出租车,终于感觉一阵安心。

在异国,方蓝调从未照顾她。她常常会在偌大的城市里迷路,却找不到可以帮她的人。他大概不知道她的护照和钱都在那次抢劫中丢失了,那一夜她在街头流浪,直到第二天胡珀一大清早等到银行开门才马上给她转钱;他也不知道她曾水土不服,半夜上吐下泻被送进医院的急诊室里。

她不想把这些事情说给他听,以此来要挟他的感情。她早已学会,感情是一个人的事,冷暖自知。

赵珍珠望着车窗外的景色,让胡珀先把她带到一家宾馆安顿下来。张妈住在胡珀家,方蓝调也回来了,她自己的门面也转让了,她不得不思考一下以后自己该住在哪里。

"先不急,我们先去医院,珊珊要生了。"

"这么快,我记得预产期还有一段日子啊。"

胡珀加快车速,咬牙切齿地回答:"邵曦晨推了她。"

然后匆匆说明她不在陆城的这段时间里,邱珊珊和邵曦晨发生了什么事。

之前,楚峥嵘向李多乐借钱不成,就想到了威胁这个法子。他假装宴请李多乐,却把酒醉的李多乐和邵曦晨送进了同一个房间。醒来的邵曦晨发现楚峥嵘竟然如此恬不知耻,坚决不配合他以此威胁李多乐借款周转生意,楚峥嵘则以女儿威胁她必须合作。

当邵曦晨对楚峥嵘失望透顶的时候,却看到李多乐内疚不已,加倍宠爱他的小妻子,对她言听计从,甚至还为她学会下厨。这一切都让她羡慕不已。

邵曦晨被楚峥嵘逼着常常到李家来做客,她经常看到李多乐在厨房手忙脚乱地煲汤，而邱珊珊还嫌他手艺不好，喝一口就不肯再喝。

在邵曦晨眼中，邱珊珊在使劲挥霍着自己得不到的幸福。她的本意不是要破坏李多乐和邱珊珊的感情，却被楚峥嵘威逼利诱着一步步越陷越深。

胡珀有一次载客到酒店时，无意中撞破她和李多乐私下见面，听见她要求李多乐给明玉轩注资，不然她就把两人的事情告诉邱珊珊。在李多乐走后，胡珀果断上前扇了她一巴掌。

她挨了一记耳光，却哈哈大笑起来。她一直生活得很痛苦，就索性自暴自弃求胡珀："反正邱珊珊以前也喜欢过你，你也一定会对她好，不如你去追她，这样我就能从多乐这里获得一点点的幸福了。"

这个想法令她疯狂。当邱珊珊仍把她当朋友，在家里向她抱怨李多乐最近神出鬼没时，她也就顺着说："你不要的话，就给我好了。"

后来邱珊珊终于知道李多乐每次无缘无故失踪失联都是去见邵曦晨。像她这样纯真的人，根本忍受不了一丁点的欺骗，更何况是朋友和丈夫同时欺骗她。

尽管只有一夜的故事，但那之后，李多乐都是被迫去见的邵曦晨，接受她提出的条件，注资明玉轩。可邱珊珊还是觉得屋子脏极了，李多乐脏极了，所有的一切都好脏。

她推搡邵曦晨，问她为什么要这样对她。

邵曦晨已经无所谓了，就也推着邱珊珊，问为什么命运这么不公平。

然后，邱珊珊不慎摔倒在李多乐为她设计的楼梯滑梯上，一路滑到一楼……

胡珀和赵珍珠赶到医院时，刚好听到孩子的哭声，十分响亮。

失魂落魄的邵曦晨听到孩子的声音，像是重新活了过来，慌不择路地要进去看看邱珊珊。李多乐推了她，她毫无防备地撞到墙上，鼻血直流。他厌恶地看着靠着墙蹲下来蜷成一团的她，恶狠狠地说："你没有资格进去，你不配当珊珊的朋友。"

然而，进去的他也被虚弱的邱珊珊地赶了出来："你出去……你出去……我不想看到你……"见他不肯离开，她就作势要翻身下床，宁愿爬出去也不要和他待在一个房间里。

所有人当中，她只愿意见赵珍珠。

病床上的她明明很困，像是要永远地睡过去，可就是不肯闭上眼睛，一直气若游丝地和赵珍珠说话："珍珠，你告诉我，你是怎么熬过那段悲恸欲绝的日子的。

我真的真的真的很怕自己会熬不过去，这样的话，我的孩子可怎么办？"

从此以后，邱珊珊的脸上就再也看不到天真了。

赵珍珠尽快租了一间房子，因为邱珊珊出院后也会搬来和她同住。邱珊珊出院那天，李多乐甚至不惜下跪恳求她跟自己回家。围观的许多人都拿出手机来拍摄这一幕，一些人认出李多乐既是李氏集团的贵公子，也是天堂游戏公司的总经理，都窃窃私语他居然能抛下面子，如此卑微。

然而邱珊珊抱着孩子直接就坐进了胡珀的出租车，赵珍珠望着跟在车后紧追不放的李多乐，握住她的手，问她是不是真的舍得。

邱珊珊没有回头，她低头看着自己握得紧紧的拳头，慢慢松开："物是人非，即使再舍不得，也还是要放手。"

赵珍珠从这句话一下子想到方蓝调，她和他也已物是人非，可她却不知道该不该放手。

她知道自己很蠢，蠢得无法自救，停不下来。

董秘书得知她从英国回来的消息，问她是打算开餐厅，还是准备找工作。她上次投资蛋糕店就已经花光了所有积蓄，便说打算找工作。而自从上次方蓝调走后，董秘书终于到了人事部报到，现任人事部副经理，于是邀请赵珍珠加入奥岚："方总监不是一直缺一个秘书吗？我一直都很看好你，只不过那时你不肯来。那么现在呢？"

董经理其实非常希望赵珍珠能点头答应，作为一个旁观者，她看着他们真心相爱却被迫分离，现在公司里更多了一个对着方蓝调两眼放光的Natalie。

"珍珠，告诉我，你真的努力了吗？像方总监以前追你那样努力吗？无论你怎么讽刺他，他都不管不顾，屏蔽了痛感，只按照自己的想法去接近你，一点一点地融化你。"

"董姐，谢谢你，我明白了，我答应你。"

邱珊珊选择了放手，而她决定选择坚持。

04 爱情还有第二次机会

奥岚广告的员工对赵珍珠都不陌生，大多数人都吃过她做的糕点。

董经理把她带到方蓝调面前，给他介绍将由她接替自己的职位，从此以后担任他的秘书一职。方蓝调只简洁地说了四个字："我不同意。"

董经理似早已做好准备，不依不饶道："方总监，以前你向我建议过多次让赵珍珠担任你的秘书，不过她一直没答应。我任人事部副经理最主要的工作就是替公司招揽人才，现在总算说服她加入我们的团队了，而你却变卦了。不知道你是对我的工作不满意，还是对她不满意，还是对你以前的决定不满意。如果是我的工作做得不好，我请求换岗。"

现在公司里有很多人都向着高升总部的刘副总监，方蓝调的可信之人不多，如果董经理真把人事部副经理的职位让出来，他以后在用人上就会更加受制于人。董经理也很清楚这个关键环节，所以才敢以此相逼。

反正让赵珍珠进公司，她也不一定能做得长久。他退一步，不得不点头同意，暗自思忖，看来，他还是不够狠心啊！大概是因为每每见到她受伤的样子他便会心疼吧，也就不忍心做更狠的事，说更狠的话。既然现在她执意要与他朝夕相处，那他也就只能变本加厉，甚至丧心病狂了。

董经理不知道方蓝调到底在打什么主意，此刻喜上眉梢，带着赵珍珠走出去，叮嘱她一定要好好干。

当方蓝调的秘书是件苦差事，上班要比他先到，下班要比他后走，强度之大，很多人都吃不消，这也是为什么他的秘书岗位一直空缺的原因。

董经理把车钥匙给她，问她会不会开车。

赵珍珠说会，但是很久没摸车了。董经理就叮嘱她平常要多练练车，给方蓝调开车，无论开得快还是慢，都一定要开得稳。他常常会在车上想事情，不能让他感受到颠簸："你放杯水在车上，开完一圈回来，水没有倒出来就算合格了。"

赵珍珠把这些都一一记在心里。她知道自己不能让方蓝调抓住错处，别人可能会有第二次机会，但他绝对会马上赶走她。

他还警告她从此改口，不许叫他蓝调，而要称呼他为方总监："我不希望公司里的人对我们的关系有所误会。"他如是说，分得一清二楚，"还有，我回陆城仅是为了事业，希望你不要自作多情。"

方蓝调和Natalie回到陆城，首先忙的是睿思的业务。睿思代替厨心成为陆城分部的三大重点客户之一，重要性不言而喻。而且，睿思作为一个全新的品牌进军市场，消费者肯定会有一段时间的认知期。认知期也决定了品牌日后的成败。

在推广初期，方蓝调遇到的一个重要难题就是渠道推广问题。各大卖场认为睿思打造智能厨房的理念过于先进，普通消费者难以接受，销量难以提升，因此不配合奥岚的推广工作，仍把宣传的主要资源投入厨心等传统厨房品牌上。如果渠道商不配合宣传，仅凭大众媒体平台的广告推广，消费者在实际消费时就很难注意到睿思的存在。

比方说，你在超市买东西时，很容易被超市的广告吸引了注意力。可能你本来想买A洗发水的，但是看到B洗发水正在做活动，宣传海报上的女孩的头发很美很柔顺，促销员也大力推荐，很可能就买了B洗发水。

方蓝调陷入没日没夜的忙碌中，一心想找到一个突破口，让消费者和渠道商都能够接受新的厨房理念。Natalie和他一样也是个工作狂，午夜反而成为他们最清醒的时刻。他们热烈地交谈，口渴时就让赵珍珠倒杯咖啡进来，她放下咖啡就会退出去。

今晚，赵珍珠端着咖啡进去时，一架纸飞机正好撞到她的胸口。她低头一看，地上到处是纸飞机。方蓝调在苦思的时候，Natalie就坐在他的办公桌上，把所有废弃的稿纸都折成纸飞机到处扔。这是她的个人习惯，想以此让心静下来。

"对不起。劳烦把那架纸飞机扔回给我。"Natalie已经做好接的准备。

赵珍珠朝她掷出飞机，但此时窗外正好吹来一阵风，航线稍微偏离，飞机正落在方蓝调在看的文件上。

他把纸飞机揉成一团，像是被她打断了思绪，怒气冲冲地说："上司工作的时候，你就是这样玩乐的吗？滚出去！"

"我……"赵珍珠刚一开口就闭上了，觉得没有必要跟他解释。Natalie在他的办公室像个野孩子一样疯玩，他一句也不指责她。她只是扔了一次纸飞机，便受到如此严苛的差别对待。

事实上，这些天她已经习惯了他这样的处事风格，更狠、更冷、更决绝。

邱珊珊见她每天都回来很晚，还发现她有时会趁洗脸的时候在水声的掩盖下偷偷哭一哭，心疼她工作这么辛苦，又问她这样做有什么意义，不要一味愚昧地等下去，男人的心最是难测。

邱珊珊的绝望已经慢慢传染了她，可她却还在咬牙力撑。

她看着邱珊珊半夜起来给夜哭的孩子喂奶，一整晚都睡不安。一个人带孩子很辛苦，而邱珊珊又固执地不肯接受李多乐的道歉，现在说话做事就像个沧桑的老妇人。

她的坚持不仅对自己有意义，对邱珊珊也有意义。

"大概在我最不相信爱情的时候，他来到我身边说会让我幸福，于是我信了，到现在也依然相信。"

赵珍珠抱起邱珊珊的孩子，小男孩真漂亮，长得很像李多乐。可是李多乐却没有机会见到他。

她问邱珊珊："你不信吗？"

邱珊珊果断地摇摇头："我不信。你让周青盟两次爱上你，结局还不一样是悲剧吗？珍珠，我现在对爱情的幻想等于零。除非你能证明给我看，爱情还有第二次机会。"

赵珍珠把邱珊珊的话转告给李多乐，也把自己偷拍的她们母子的照片传到他的手机上。李多乐看得热泪盈眶，直到赵珍珠把纸巾盒推到他面前，他才注意到自己的失态，哽咽着说："谢谢。"然后把一张银行卡递到她面前。

"不用。如果珊珊发现了，我会和邵邵一样不再是她的朋友。你放心，我会尽我所能照顾她的。"

李多乐也不坚持，转而问："你和方蓝调怎么样了？"

"还是那样吧。就算我整天都出现在他面前，他也对我视而不见。"她奇怪李多乐问这个干什么。

"珊珊不是说，除非你能证明给她看，爱情还有第二次机会吗？"李多乐抬头挺胸，道，"你大概忘了，我父辈经营的李氏集团是全国最大的连锁电器行。之前我一直不想依靠家里人，但现在也已经顾不上了。"

为了邱珊珊，所有的原则都无关紧要。

05 现在，他却站在了她的对立面

全国最大的连锁电器行李氏集团突然改口同意全力配合睿思的渠道推广活动，就像多米诺骨牌效应一样，其他渠道供应商也纷纷答应支持。方蓝调满意地看着市场调查统计表上消费者对睿思的认知度不断攀升，特地主办酬谢酒会，以加深合作关系。

李多乐也参加了酬谢酒会，到的时候略晚，正看到赵珍珠像个小尾巴一样跟着方蓝调。

今天的局面来之不易，一向对应酬比较冷淡的方蓝调也毫不吝啬笑容，感谢众人的大力支持和配合。

他不喜饮酒，可今天遇见的好几位重要的负责人却都是酒中豪杰，认为感情深不深就看喝多少。Natalie个性豪放，酒量却不好，不多时就晕乎乎地坐到一旁的沙发上休息，留方蓝调一个人继续奋战。

今时不同往日，伦敦总部时刻盯着陆城分部的动静，不放过一丁点差错。方蓝调待人接物都格外小心。

"各位，方总监不胜酒力，就让我替他喝吧。"看着方蓝调一杯接着一杯，赵珍珠怕他这样喝下去会出问题，也不管自己的身体能否承受得起，就接过他的酒杯，爽快地一饮而尽。

方蓝调并不感激她，看到她为他担心的样子，眼睛里反而浮起一抹异样的光芒。他退到一旁，替她的酒量大做文章："对啊，各位，我这位秘书可是千杯不倒的。"

这句话引来了不少人的兴趣，他们很少见方蓝调这么主动示好，于是纷纷过来敬酒。赵珍珠喝了一杯又一杯，感觉像是身处没有重力的月球，走一步便飘很远。

酬谢会才到中途，她就跌跌撞撞地去洗手间吐了好几次。对于她的难受，他只当没看见，反而还提醒她面对客户时刻都要保持微笑。

"你作为秘书，不就是要替我挡酒的吗？摆出这样一张要哭的脸干什么，我欠你薪水了吗？"他早已把爱她的那个自己囚禁在灵魂深处，戴上重重的镣铐，此刻的他不过是个空壳子，才可以残忍地说出这句话。

当他说出这些话的时候，他能够感受到灵魂深处的那个自己试图冲出牢笼，咆哮着让他闭嘴。

赵珍珠浑身颤抖，手里的酒杯晃得厉害，就像在地震一样："你是故意这样说的对不对？"

方蓝调的脸上始终挂着优雅的笑容："赵珍珠，你难道还没认清现实吗？我们已经结束了！怎么？当初欲擒故纵，总是抗拒我的接近，现在却又很舍不得我了吗？我这个人比较喜欢挑战，得不到的想得心慌，得到了却又无所谓了。"

他翩然转身，就见李多乐挡在他面前。

今晚，李多乐之所以会来，本来是打算在方蓝调面前好好夸夸赵珍珠全心全意为他排忧解难，不然睿思的进展不会如此顺利，结果却让人出乎意料。

他仿佛看见周青盟和赵珍珠的故事在重演，越是深爱，就越是互相伤害。

李多乐拿过赵珍珠手里的酒，毫不客气地泼到方蓝调的脸上。

晶莹的酒汁顺着他英俊的面庞流到精致的西服上。他伸出舌头舔了舔唇上的酒，感受着醉人的芬芳："李总，一杯好酒，浪费了。你敬我一杯，我也敬你一杯。"他拿起围观的人的酒杯，把酒从李多乐的头上浇下。

李多乐居然如此护着她！看来李氏集团转变态度，赵珍珠在背后出了不少力啊。

其他人不知道事态为何会剧变，都噤若寒蝉地看着全场最出色的两个年轻人相互挑衅。

"赵珍珠这样帮你，你就是这样对待她的吗？"李多乐上前一步，质问他。

方蓝调轻慢地笑了一声："我听说她的朋友邵曦晨陪了你一晚上才获得了明玉轩的注资，那赵珍珠呢？为了让你对睿思放开卖场的宣传资源，她又付出了多少？无论她付出多少，我都不会感激她的。"他一把抓过身旁的赵珍珠，把她当成一件微不足道的东西一样推给李多乐。

赵珍珠死死地咬住嘴唇，她的胃里一阵翻江倒海，很想吐出来，却又必须忍住。

她好怀念从前，当别人对她指手画脚的时候，他站在她面前为她遮风挡雨，可现在，他却站在了她的对立面，生怕她面对的暴风雨还不够猛烈。

她不断地告诉自己他是故意的，他知道什么样的指责是最能伤害到她的，他无所不用其极，打算让她知难而退。

这些事她也做过，类似的话她也说过。

"以你卑鄙的为人，我很怀疑你是不是仍然在暗中推波助澜？"

"你要是想找人做朋友，我想以你的才貌，大把的女人会排队找你。"

"我很讨厌你这样纠缠我，让我觉得很烦恼。"

......

现在不过是两清了。

酬谢酒会不欢而散。

翌日，李氏集团否认之前做出的决定，不再给睿思分配宣传资源，其他渠道供应商也纷纷效仿。睿思再次陷入孤立无援的状态中。睿思的高经理看到各大渠道商好不容易才答应合作，现在却被方蓝调惹得反目成仇，大为光火，闹到奥岚，要求给一个说法。

高经理脾气火爆，赵珍珠等他走后进来打扫方蓝调的办公室，里面一片狼藉，鱼缸被掀翻在地，热带鱼在地上无助地挣扎。

方蓝调身处一堆废墟里，毫不在意地继续工作。他神态自如，就好像完全没受影响似的。

赵珍珠把鱼捧起来，暂时用一个大杯子装着，然后才开始捡鱼缸的碎片。她因为不时分神去看他，不小心被玻璃碴儿划破了手心。

"不要脏了我的地板。"他看到她的手受伤，不带感情地提醒她一句。

她忍着痛，出去找纱布包扎好手心的伤口，仍回来坚持把他的房间打扫干净。

"这本参考资料你帮我整理一份精简的电子版，一个小时后给我。"他递给她一沓厚厚的资料。

她的手受伤了，那又如何呢？他的命令不容反驳。

她接过资料，并没有急着离去。

"还不走？"

"如果你需要李氏集团回心转意，我可以再去求李多乐帮忙。"赵珍珠承认，她放心不下，担心他纯粹是为了打击她才不理智地拒绝李氏集团的善意。

对于她的好意，他敬谢不敏；对于她的愚蠢，他毫不原谅。"你这句话是在质疑我的能力吗？你可知道，这些渠道商以为分配宣传资源给我们就是天大的帮助，要求把利润分成提高。目前，睿思病急乱投医，愿意答应这种苛刻的条件，但我不会答应。"

方蓝调不是一个冲动的人，当他决定和李多乐翻脸的时候，就已经想好了退路。

这时，Natalie抱着一沓文件进来，走路生风，顾盼生辉："Bruce，快来看看我按照你的思路做的方案！这下不用答应那群渠道商吃肉不吐骨头的条件，我们也能做大睿思的知名度，让消费者主动走进渠道店里询问睿思了。"

她放下文件，这时才看到赵珍珠也在这里，露出骄傲的笑容，眉飞色舞地说个不停。

"珍珠，Bruce真是个天才。我看睿思很快就会后悔对他发这一通脾气的，说不定到时候还会负荆请罪呢。现在是电商的时代，电商对传统卖场的冲击很大，而且电商比传统卖场更乐于也易于接受智能厨房的理念，给出的条件要好很多。Bruce打算采取线上推广，线下体验的方式来推广睿思的智能厨房。而且，我们与各大城市的精装楼盘都已达成初步的合作意向，合作楼盘全都被睿思厨房覆盖，并作为房地产的一个宣传热点，推广时尚与科技的生活方式。还有，Bruce还想了一个一年免费入住的活动，在全国挑选有机会背井离乡的年轻人，提供免费入住一年的机会，每天只需要在社交网络上发表生活日志……"

"你脸上全都是墨水，先擦一下吧。"方蓝调随手递给Natalie一张湿纸巾，对她的做事能力很满意。

Natalie胡乱擦了把脸，催促他快看。

方蓝调看着方案，不时露出嘉许之色。Natalie就像他工作上的灵魂伴侣，任何事情他只要说一半，她就能聪慧地猜到下一半，并且很到位地执行。在来陆城分部前，他曾提出退居副总监一位，可她拒绝了，她的总部总监之位本就是拜他所赐，她就不能再夺走他的分部总监之位。她宁愿忍受昔日业界同行背地里对她的嘲笑，以及从总部总监沦落为分部副总监，混得极其潦倒的传言。

两个讨论甚欢的人丝毫没有注意到赵珍珠悄然退出。

当方蓝调和Natalie在一起的时候，他们的光芒交相辉映，那么耀眼，令她不敢去看。

第十四章：出口

你这一生已经走进了赵珍珠这一座迷宫，没有出口。

01 所有都变了

方蓝调的想法加上Natalie的执行力，睿思的智能厨房很快变成一种时尚热门的生活方式，令80后的家庭和年轻人趋之若鹜。对于他们来说，智能厨房很有趣也很方便，早上上班时把食材放进电饭煲和炒菜锅里，下班时通过手机给家里的厨房发出指示，家里的厨具就会自动煮饭和做菜，回到家时刚好可以吃上香喷喷的米饭和饭菜。在超市不知道买什么时，可以即时调阅冰箱里的存储资料，缺什么买什么……

尤其是一年免费入住的活动更是在许多城市掀起疯狂的报名风潮。最后入选的幸运儿不遗余力地上传日志，现身说法让睿思的智能厨房变得更有说服力和吸引力。

李氏集团之类的连锁电器行眼睁睁地看着消费者蜂拥而至，就算电器行对睿思没有进行任何宣传，消费者也会主动找到睿思的所在区域下单。

"Bruce，这是最新的线上和线下销售数据。"Natalie走进方蓝调的办公室，把一个文件夹丢到他的桌上，如释重负地呼出一口气，笑眯眯地等着他看完后夸奖自己。

方蓝调看完后，吐出两个字："不错。"

"岂止不错啊。我听说厨心今年缩减百分之二十的营销预算还妄想达到百分之百的营销目标？我啊……"她坐到桌子上，放松地脱掉鞋子，只用秀美的足尖支着高跟鞋，轻轻地甩啊甩，乐不可支地说，"我真想打电话去慰问一下厨心的人可安好。"说着，她当真拿出手机，找寻厨心的联系方式。

"胡闹。"方蓝调抢过她的手机，绷着的脸也流露出一丝笑意。打了这么久的仗，今天终于可以停一停了。

Natalie偏着头，看着他难得的微笑，像是陷入了回忆里："你知道吗？Bruce，我已经很久没听你这么说我了。以前，我们在伦敦的时候，你老说我的想法太过跳跃，比如，我会让身着香奈儿的淑女在超市里为了争抢最后一包狗粮，变成个疯婆子。"她不计形象地演着疯婆子，本以为他会笑，结果他反而收起了嘴角的笑容。

这样的气氛过于暧昧，方蓝调略感不适，又变回一张扑克脸："好了，回你的办公室吧。我还有些事情需要处理。"

他总是这样，释放一点善意，再警惕地收回，将两人的关系永远局限于工作伙伴之列。Natalie失望地跳下桌子，临出办公室前回眸："虽然你对我和赵珍珠都摆着同一张扑克脸，可是我能够分辨，你的脸对她很冷，心却很烫。对我，你从表面到内里都是冷的。既然如此，你为什么不干脆和她在一起，早早断了我的念头？如果你不能和她在一起，那又为什么不给我一个机会，也断了她的念头？"

说完，她并没有急着出门，而是安静地等他决定自己的心意。她相信自己的这番话会很有说服力的。

果然，半晌后，方蓝调面色凝重地站了起来，问："你晚上还没有吃东西吧？想吃意大利菜吗？"

Natalie喜不自禁地迎上去，挽着他的手臂和他一起走出办公室，不顾他被挽着的手臂有多么僵硬，只盼着他早日习惯，早日敞开心扉。

当他们走出办公室，赵珍珠一下子就注意到他们挽着的手，咬牙跟上他们的脚步："方总监，明天是许渊的探视日，上次我见他时，他说希望你能抽时间去见见他，你明天会去吗？我查了一下你的行程安排，明早约了睿思的高经理打高尔夫，下午暂无安排。你可以……"

方蓝调打断她："我不去。另外，请谨记自己的职责，你只是我的秘书，是我吩咐你做什么，而不是你吩咐我做什么。如果你对自己的职责不明确，那么我不介意换人。"

"可是，你回陆城后一次都没有去探望过他，而且他最近的状况不怎么好，上上个星期误食过敏食物，上个星期下楼时又不小心摔成骨折……"赵珍珠越说越难过，她隐隐觉得许渊是故意的。每次见面，感觉他的状态都越来越差，可脸上却带着甘之如饴的浅浅笑容，是为了博取她的同情吗？不，应该不是这样的。可她又想不出其他原因。

方蓝调的眼神黯淡了一下，却还是拒绝了："我不会上当的。"

"上当？你以为我在骗你？他现在的情况真的很糟糕，他不是你最重要的朋友吗？"赵珍珠无比气愤，没想到方蓝调真的变得冷血无情了，连最好的朋友也不愿意多看一眼。

"他是我最重要的朋友，所以我很了解他。赵珍珠，你仔细想一想，他把自己弄得生病受伤到底是为了谁？"方蓝调拍案咆哮，许渊为她做了这么多，他在旁边看得清清楚楚，她居然还是糊里糊涂的。

"为了……为了……为了……"赵珍珠捂住嘴巴，后退几步。

方蓝调冷眼看她，冰冷地戳穿事实真相："为了让我担心，让我忍不住去见他。当他见到我，你应该能猜到他会对我说些什么吧？抱歉，我是不会给他开口的机会的。"

留下这番话，方蓝调拉着Natalie向公司外走去。只是走到赵珍珠看不见的地方，他就立刻松开了手。他还是不习惯牵另外一个女人的手。

当他们走后，公司只剩下赵珍珠一个人愣愣地坐在座位上。许渊真的好傻，他从楼梯滚下来留下的伤，医生说很可能会造成终生残疾，以后脚会跛。这就是他说的"我会不惜一切，把你的幸福还给你"吗？

一直想到半夜，赵珍珠才想起来自己还有很多工作没做完，方蓝调常常给她安排很多工作，她几乎每天都需要加班才能完成，今天也不例外。有时，董经理看到有些工作根本就不该由她完成，有心想帮她说几句话，却被方蓝调驳回来："干不了就走。"

她熬了一个通宵处理完工作，只在桌子上趴着休息了一两个小时就被闹钟吵醒。她需要去接方蓝调，然后再把他送去高尔夫球场。

赵珍珠在卫生间用冷水泼了泼脸，感觉清醒了一些，立刻开车奔赴水沐庄园。

到了方家门口，她习惯性地把手放到银色面板上，可是门没有开。她并不觉得诧异，她知道肯定是他回来后把她的最高权限给改了。果然，她等了一会儿，屋里的人才打开门。

开门的人不是方蓝调，而是穿着方蓝调的衬衫的Natalie。她的脚边还蹲着咕噜。

Natalie粉面含春，眼神媚得几乎可以滴出水来："Bruce还没醒，真是的，我已经让他昨晚别闹到这么晚了。你先进来吧，我去叫他。"一副女主人的姿态。

赵珍珠看着转身的Natalie，衬衫下的腿赤裸、笔直而诱人。咕噜也跟着她走，和以前见着赵珍珠就摇尾巴的样子差远了。

一切都已经变了。称呼变了，权限变了，宠物变了，连人也变了。

赵珍珠忽然没有勇气踏进这里，退后一步，说道："我在门外等着就好。请你告诉方总监，时间差不多了，该出发了。"

然后，她就在门外开始了漫长的等待。她没有留意时间，也不知道自己等了多久，只觉得每一秒都无比漫长。她恨自己的听觉太差，明明想努力竖起耳朵去听屋里的声音却听不到，可明明听不到却又像是幻听一样在脑海里幻想Natalie的娇笑声。

这一段自虐式的感情，她到底能坚持多久？如果不是有周青盟鼓励她，如果不是有许渊支持她，她恐怕早就逃了吧。

昨夜通宵未睡，今晨又奔波劳累，初夏的阳光里，赵珍珠就像置身于微波炉里，在门口站着站着忽然两眼一黑晕了过去。

屋里的人完全不知道她已经在门口晕了过去。Natalie凝视方蓝调的睡颜，睡梦中的他仍和昨夜一样不开心地皱着眉，就仿佛人生没有快乐的事。昨晚在餐厅里，不喜喝酒的他叫了红酒，一瓶又一瓶，她完全无法阻止他，只能任他喝得酩酊大醉。一直喝到餐厅打烊，她才劝他放下酒杯，把他送回家里。他吐了她一身，她没办法，只好从衣橱里找了一件他的衬衫换上，并留下来整夜照顾他。

明知赵珍珠在门口等，她也没有急着叫醒方蓝调，既然他已经做出了他的抉择，那么剩下的事情就由她来做好了。她会让他一点一点忘记赵珍珠，也会让赵珍珠一点一点忘记他。

"我是不是很坏呢？可为了你，我愿意变坏。"她自言自语，俯身抱住方蓝调，试图汲取那一点点可怜的温暖。

可她刚抱住他，他就从睡梦中惊醒了，第一时间挣脱她的拥抱，警惕地看了一眼她和自己身上的衣服："你在干什么？"

"没什么。赵秘书来接你了，现在在门口等你。我只是喊你起床罢了。"

"她看见你了？"方蓝调下床，目光在她迷人的长腿上扫了一眼，又毫不留恋地回到她失望的脸上，"你刚刚就穿成这样去给她开的门？"

Natalie还坐在床上，仰着脸楚楚动人地看着他："没办法。我的衣服脏了，已经洗了。如果有需要，我可以向她解释。"

"不必了！"方蓝调拉开卧室的门，做了一个请的姿势，"我现在要换衣服，麻烦你给我一点私人空间。另外，家里有烘干机，你可以把你的衣服尽快烘干换上。"

"我们……"

"先出去！"方蓝调不容置疑地强调。把Natalie请出卧室后，他的脸色变得更加难看，以最快的速度换下睡衣，换上运动休闲装，然后疾步下楼。走到玄关时脚步一顿，刻意放缓速度，告诉自己何必怕赵珍珠胡思乱想，就算她误会了自己和Natalie也没什么，这不正合他的意吗？

他打开门，首先看到的是地上一只瘦弱的手臂，然后跑出去看到的是晕倒在门口的她。

天气转热了，她这个笨蛋到底等了多久？

02 我不想擅自快乐

赵珍珠醒来时，只有董经理陪在病床边。见她无事，董经理欣喜的脸上瞬间添了一抹惆怅。

赵珍珠记得自己中暑昏倒前是在方家门口等方蓝调，可是她环顾一周也没有见到他的影子。

见赵珍珠这样子，董经理好几次欲言又止，最后被她盯得心里难受，叹了口气，一股脑说了出来："方总监叫了救护车，把你送上车后他就自己开车去打高尔夫了。Natalie说自己让你在门口久等了，心里过意不去，又怕你不高兴见到她，于是就打电话给我了。"

赵珍珠不敢相信，又问了一次："他去打球了？"

"这个……毕竟是重要的生意。"董秘书也知道这个理由毫无说服力，气馁不已。

赵珍珠也想以这样的理由骗自己，可是她心如明镜，根本骗不了自己："董姐，我们都知道，他今天上午要见的是睿思的人。对方是来赔礼道歉的，他可去可不去。"

"珍珠，即使是这样，这也不是方总监的本意。"

"董姐，不必说了。对于这段感情，是我太天真了。"也许是她把他们的爱情想得太强大了，实际上不过是流沙上的城堡，风不用大，浪也不用大，流沙城堡就会化为乌有。

与此同时，高尔夫球场上，方蓝调正对着碧蓝的天空挥出一杆。高经理赞赏地点点头，对他青睐有加。

这次的合作，他本以为方蓝调心高气傲地得罪了渠道商，会把睿思推向险境，却没想到方蓝调居然能力挽狂澜，战绩赫赫。对于这样的人才，睿思的高层势在必得。高经理约他打球，除了示好以外，还有拉拢之意，果断地开口邀请："Bruce，我们睿思总部打算在集团内部成立独立的广告部，你有没有兴趣来当舵手？这比你现在在奥岚的一个分部可要有前途多了。"

邀请很诱人，可是方蓝调没有兴趣："有人告诉我，不了解高尔夫的人总以为把球打得越远越好，其实，打高尔夫最重要的是方向，方向不对，球打得再远也徒劳无功。我想，睿思不是我的方向。我喜欢接受不同的挑战，而不是只为一个品牌服务。"

　　高经理心中了然，不再纠缠不休，而是换了个话题问："说这句话的人很有趣。我能有幸和他打一场球吗？"

　　"他没空。"方蓝调握紧手中的球杆，"其实，是他教我打球的。"

　　当年，是许渊带着他成为一家高尔夫俱乐部的会员的，他还告诉他，高尔夫球场不只是打球的地方，还是谈生意的宝地。他如果想要改变人生，就必须学会打高尔夫。

　　所以，他没有做错。

　　赵珍珠晕了就晕了吧。她晕倒在他门前，现在躺在医院又与他何干？他为什么会如此心神不宁？他深吸一口气，对高经理微笑道："我们继续吧。"

　　两人共处一天，对睿思未来的营销计划达成一致。

　　方蓝调说到做到，没有去看许渊。

　　睿思纵然不能把他收至麾下，却对他赞赏有加，强力向奥岚伦敦总部举荐他。奥岚很看重睿思的意见，毕竟睿思在全球多地都与奥岚有着密不可分的合作关系。董事会决定重新评估方蓝调和Natalie，邀他们回伦敦议事。

　　方蓝调听到这个消息的时候并不觉得惊讶，只不过他暂时不希望这个消息传出去，只是告诉Natalie安排一下时间，买好赴伦敦的机票。

　　奥岚的员工似乎都已察觉方总监的心意已变，整日和Natalie出双入对，对赵珍珠则只是有用时招之即来，无用时挥之即去。不少人对她死缠方蓝调的做法多少有些轻视。

　　茶水间的女人们围着Natalie争相奉承。

　　"要我说啊，这枚戒指就是方总监的一颗心，他这是把整颗心都交给你了呢。"

　　Natalie笑着打断她，右手抚摸着左手中指上的心形钻石戒指："别胡说啦。这不是订婚戒指，只是他随手送我的一件饰品。"

　　女人可不会相信这么瞎的理由，起哄道："送首饰可以送项链或手链嘛。方总监送什么不行，偏偏送戒指！"

　　"啪！"人们循声望去，看到咖啡机边上的赵珍珠蹲下身子，惊慌失措地捡着地上的杯子碎片。

Natalie率先反应过来，走过去蹲下身帮忙捡。

赵珍珠低着头看清果然是方蓝调在世奇珠宝赌气买的那一枚戒指。那时，他还说："你要是这么想要这枚戒指，我买来送给你不就行了？"

"戒指很美。"赵珍珠言不由衷地赞美了一句，"让我自己收拾吧，谢谢你，不要划伤了你的手。"

Natalie聪明地见好就收："好吧。刚有人传话说Bruce在找我，那我就先去了。有空我再向你请教Bruce爱吃的东西怎么做。"

在总监办公室里，方蓝调翻箱倒柜也没找到丢失的东西。见Natalie进来，他正要问她有没有看见过一个红色的戒指盒，就看到她手指上闪动的亮光，脸一沉："是你拿了。"

Natalie关上门，回答得理所当然："我买机票时找你要护照，你让我自己在你的办公室抽屉里拿，我拿护照时看见里面有个戒指盒，还以为这是你给我的惊喜呢。"

"还给我。这不是你的东西。"方蓝调伸出手，不容她拒绝。

Natalie转着戒指，拒不交出。美丽的脸上写满委屈："现在公司所有人都以为这是你送我的戒指，如果我摘下来，别人会怎么想，赵珍珠会怎么想？"

她尤其强调了最后一句话，果然就让方蓝调妥协了。

不过，她恋慕的眼神以及手指上的亮光实在是太刺眼，方蓝调别过头，道："你心知肚明是怎么回事，我希望你在人前不要擅自添油加醋，也不要抱有幻想。你帮我断绝赵珍珠的念头，我很感谢你。除此之外，我想我们只能成为工作上的好搭档。"

他骗不了自己，他在心理和生理上都不习惯别的女人靠近，这些只会让他更加怀念抱着赵珍珠时的感觉。

他的话无异于对她的感情宣判了死刑，可她还想争取："Bruce，你明明很痛苦，可又为什么不接受一段新的感情呢？"

"我们虽然分开了，但我不想在她没有得到幸福的时候就擅自快乐。虽然我不能给她快乐，但我想我可以陪她一起吃苦。"他仔细回忆着与她相识的过往，曾经真的很快乐，只不过这快乐稍纵即逝。

"那如果她终身不嫁呢？"

"那我就终身不娶。"他的语气无比严肃，绝非戏言。

这是他的温柔，从此只能存在于她看不见的地方，披着冷酷的外衣。

Natalie完全无法接受这样的答案，喊道："你就是这样惩罚自己的吗？"

他反问："自私自利的是我，玩弄感情的是我，出尔反尔的也是我。难道我的所作所为就不该受惩罚吗？说好一生的幸福，结果只是一时的欢愉。"他闭上眼睛，自责让他饱受折磨，甚至超过赵珍珠所承受的十倍。

知道他一向是个一意孤行的人，Natalie惨然一笑："Bruce你知道吗？你真的很爱她，这种爱不可能随着时间而消逝，也不会随着她改变心意而结束。也许你自己不知道，可我却看得很清楚。你这一生已经走进了赵珍珠这一座迷宫，没有出口。"

没有出口，他将终身受困。

03 不是他的，终须一别

Natalie在伦敦总部的忠心下属已传来确切消息，Jessica在暂代总监一职时纰漏百出，她擅长办公室心计，却对产品广告毫无办法。董事会收到睿思的推荐，已经在考虑将方蓝调和Natalie调回伦敦总部，还给方蓝调总部总监一职。

一路跌宕起伏，方蓝调曾与总部总监之位失之交臂，可最后却还是坐上了这个位置。

是他的，终究是他的。

不是他的，终须一别。

自从Natalie在茶水间里展示了她的钻戒，办公室的女人们对赵珍珠的最后一丝善意也消失了。以前，她不过是个做糕点的小妹，被方总监看上算是灰姑娘的奇遇。可是进入奥岚做事就不同了，这里的每个人都有足以自傲的资历，进入奥岚无一不是经过了激烈的竞争。像赵珍珠这样的学历，正常情况下，人事部根本不会多看一眼就扔进垃圾桶里。

"她连海归也不是，而且读大学时还中途退了学，对广告也不懂，居然还进入了奥岚。"

"走后门嘛。你不知道人事部的董经理有多护着她。"

"以前和方总监也过从甚密不是吗？"

留心去听，这样的议论到处都是。

如果不是董经理，赵珍珠在奥岚真算得上是四面楚歌。可是董经理也不敢过于护着她，不然只会给她招来更大的非议。

赵珍珠只能埋头做事，小心说话，不时烘焙一些糕点放在茶水间里取悦大家。

睿思的高经理有一次来奥岚开会，肚子饿时吃了一块惊为天人，要求见见糕点师。方蓝调无奈把赵珍珠叫来见了一面聊了聊，高经理听说赵珍珠曾经为厨心撰写菜谱但遭弃用，于是让她拿给自己看看。看完后，高经理很满意，邀请赵珍珠针对睿思的智能厨房设计便捷美味的菜谱。

唯一的问题就是赵珍珠还是奥岚的员工，分身乏术。

高经理不得不征询方蓝调的意见："方总监，可否请你割爱？当你的秘书，事务繁重，赵小姐就不能专心撰写菜谱了。"

高经理的邀请正合他意："其实，她当我的秘书确实不太适合，虽然努力，但终究是广告业的门外汉。我不介意高经理挖角。"

有一句话他只在心里说，这对赵珍珠是个好机会。如果他真的去伦敦了，牵挂也会少一些。

可没想到的是，大好的机会摆在面前，赵珍珠想也没想就拒绝了："对不起，谢谢高经理的厚爱。可是我觉得在奥岚做事能学到以前学不到的东西，就算以后我自己要开店，也懂得怎样营销。"

"你不用急着给我答复。一个星期后我会再来问你的意见。听说你学过分子料理，与睿思的智能厨房气质很吻合。我们都希望打破常规不是吗？"

这次，高经理一无所得地离开。等他离开后，赵珍珠照常收拾着桌面上的茶杯。方蓝调见她甘心做这些端茶递水的工作，却不愿去追逐自己真正的梦想，一阵怒意攻心。

"先放下！"

赵珍珠听话地放下茶杯。他主动和她说话的次数不多，平时的工作多是通过电子邮件吩咐，所以她很珍惜和他每一次说话的机会。

她的眼神闪闪发光，令他十分不自在。他别过脸，望着窗外，像是随口一问："你为什么不答应高经理？"

赵珍珠闻言心花怒放："你是在为我考虑吗？"不然，哪个上司会希望下属当面跳槽？

"当然不是。如果他是邀请董经理或者Natalie，我当然不会放人。可是你……"方蓝调见她误会了，断然否认，嘲笑她不自量力，"你在奥岚并不是无可替代的。实话实说，随便找一个广告学专业的研究生来实习都会做得比你好。"

难道他不知道她是想留在他身边吗？为了那一点点虚无缥缈的可能，她加倍努

220

力着。可是留在他身边，改写不了注定的结局，那还不如赶走她让她去追求真正的梦想。

赵珍珠不会因为他的话而改变心意，于是匆匆收拾好桌面的茶杯，固执地说："我是不会轻易辞职的。"

"等等。"方蓝调从口袋里摸出一张请假条，这是赵珍珠早上放在他办公桌上的，她要请半天假陪邱珊珊带孩子去医院，"我不批准。你手头的工作还没完成吧？"

"可是……"

"没有可是，你要是不习惯，可以去睿思。"他又想赶她走。

赵珍珠请不了假，就只能给邱珊珊打电话道歉，她提出要不她联系李多乐来："珊珊，多乐已经知错了，你没注意到最近我们楼上那个乐队痴没再在深夜练吉他了吗？多乐知道你夜里被吵得睡不着，就把我们楼上的房子买下了，那个乐队痴就只能搬走了。还有，你每天吃的补品看着是便宜的牌子，其实都是李多乐偷偷买了贵重的补品，然后换了包装的。这是你们的孩子，多乐毫无疑问还爱着孩子和你。"

"如果你再帮他说话，我们就不再是朋友了。"邱珊珊的反应十分激烈，让赵珍珠不敢再提李多乐这三个字。

越是白的纸，上面的墨污就越是显眼。邱珊珊就是一张纯白的纸，邵曦晨成了那一点晕开的墨汁。

赵珍珠只能想其他办法："我想起来张妈也在那家医院住院，胡珀下午一定会在，你到医院后给他打个电话，有他陪着你我多少能放心点。"

"不用了，我一个人可以搞定的。以前的我太依赖别人了，现在我要学会独立。"

实际上，下午发生的事，邱珊珊一个人搞不定。在医院走廊，她抱着孩子，刚给赵珍珠打完电话说自己已经挂到号，就与来帮楚母拿药的邵曦晨不期而遇了。

珊珊。"邵曦晨瑟瑟发抖地出声唤她。

邱珊珊的表情就像吞了一只苍蝇一般恶心，漠然地与她擦身而过。

"珊珊，原谅我好吗？我错了。我这辈子最大的错误就是嫁入楚家，稀里糊涂做了许多事。在你摔下楼梯的那一刻，我彻底清醒了，后悔了，害怕了。我没有再和多乐联系，楚峥嵘后来再逼我时，我就向他提出了离婚。珊珊，求求你告诉我好不好，你究竟要怎样才肯原谅我？"

邵曦晨抓住邱珊珊的手，邱珊珊的手里还抱着孩子，被她这么一拉，差点松手摔了孩子。邱珊珊后怕地抱紧孩子，瞪着她："邵曦晨，你推我一次不够，还要来第二次吗？"

　　"我不是故意的。"邵曦晨摇着手，眼神却贪恋地看着孩子。她想起她的凡安，离开她时也是这样小小的，红红的。她喜欢伸出一根手指让凡安小小的手紧握着，凡安的手心很嫩很滑。"能让我抱抱孩子吗？"

　　"不可以！"邱珊珊抱紧孩子，急于离开。

　　"只抱一下就好。珊珊，我只抱一下。你看，他多可爱，他在对我笑呢！"邵曦晨完全陷入了对孩子的入魔思念之中，满脑子只想着要抱抱孩子。当她目光呆滞地扑过来时，邱珊珊吓得尖叫一声。

　　幸亏胡珀及时赶来，厉声阻止："邵曦晨，你干什么？"

　　原来赵珍珠放心不下，还是给胡珀打了个电话，让他帮忙照顾一下邱珊珊。可胡珀找遍儿科这一层也不见邱珊珊，听到声音应声望去，正巧看到邵曦晨在抢邱珊珊怀里的孩子。

　　胡珀的声音像一记响雷，彻底震醒了邵曦晨。她顿时松开手，邱珊珊则抱着孩子逃到赶来的胡珀的身后。曾经的友谊早已坍塌，那些手挽着手的日子也永不再来。

　　谁也不知道，邵曦晨错手把邱珊珊推下滑梯后，心灵遭受了多大的折磨。李多乐恨她，楚峥嵘逼她，楚母看不起她，邱珊珊和赵珍珠也不再是她的朋友……她在这个世界孤立无援，嫁入楚家的痛苦终于冲破了屏障，碾压着她的灵魂，令她悔不当初。孩子就是她唯一的希望。

　　"我只想抱抱孩子。"邵曦晨无辜地站在原地，双手抱在胸前，像抱着孩子一样。

　　胡珀不忍心指责她，一阵心酸，对邱珊珊说："珊珊，你先带孩子去看医生。邵曦晨状态有点不好，我陪陪她。"

　　"好。"邱珊珊点头，走了几步又折回来，嘱咐道，"你声音轻点，不要像刚才那样凶她。"

　　毕竟曾经朋友一场，邱珊珊看到邵曦晨现在这个样子，心里也不好受。

　　胡珀把邵曦晨扶到长椅上坐下，给她接了一杯温水。喝下一口水，她已平静下来，恢复了正常："对不起，我没事了，我先走了。"

　　胡珀也知道两人没什么好说的，于是点点头。可就在这时，他的手机响起来，电话那头传来护士的声音："胡先生，你在哪儿？你母亲的状态很不好。"

邵曦晨看到胡珀接了电话后就变得不对劲，一时不敢走，陪着他来到张妈的病房。医生和护士此刻正围着张妈，张妈明明瘦得像个骷髅，却由于过分水肿，弓着身子在不停地呕吐着。

邵曦晨就仿佛看到自己病入膏肓的父亲，她曾经也只能看着他痛苦离世却无能为力。

"我妈什么时候能动手术？"胡珀焦急地问医生。

"对不起，还没有找到合适的肝源。"

"用我的啊。"

"如果用你的，我立刻死。"张妈听到胡珀的声音，喘息着拒绝。

一旁的邵曦晨泪凝于睫。

04 最后的告白

一星期后，睿思的高经理再次打来电话问赵珍珠有没有回心转意。

赵珍珠仍是一口否定。她宁可被方蓝调一直凶，宁可做着自己不擅长的工作，也不想离开他。

高经理对她真的有惜才之心，忍不住透露方蓝调下个月就会调走的消息："其实，你对方总监的忠心我非常欣赏，但方总监马上就会回到伦敦总部去了，我估计应该是在睿思的庆功会后。以你的资历不可能跟他去总部。那为什么不来睿思发挥自己的所长呢……方总监叮嘱我帮你争取到不错的报酬，足以开一家餐厅。你难道不想开一家餐厅吗？分子美食餐厅在陆城可是首间。喂喂，赵珍珠，你听到了吗？"

手机掉落到地上，如同她疾速下坠的心。

睿思的庆功会就在本周五的晚上。李氏集团也收到了一封请柬，庆功会的筹备小组本来以为上次在酬谢酒会上交恶后，李氏集团便不会再派人出席，可没想到李氏集团却回复会派人准时出席。

周五上午，奥岚广告的一部分员工早早地来到高塔酒店筹备庆功会，赵珍珠也去了，被众人呼来唤去，忙个不停。她满脑子都是方蓝调明天就要走的事，却不知道该怎么办。李多乐打来电话让她下楼，有车在酒店门口等她。董秘书见她有事，便接过她手上的工作，说："你去吧。"

赵珍珠这一去，一直到庆功会开始了都没回来。

好在她不是庆功会上不可或缺的人物，各项议程都有条不紊地进行着。

方蓝调在睿思的高经理致辞后上了台。他的眼神缓缓扫过人群，还是没有找到赵珍珠的身影。这是他在陆城的最后一夜，其实他很想假装不经意地看看她。

"睿思的智能厨房，不仅是科技的进步，也是理念的创新。这个时代日新月异，跟不上时代脚步的人注定要被淘汰。今天，我们还走在潮流的前方，也许明天，我们就会被甩到末尾。希望大家记住求新求变的精神，永远想在别人前面，永远做超越的赢家。"致辞完毕，方蓝调在掌声中下了台，走向董经理，问："赵珍珠去哪儿了？"

董经理见方蓝调难得主动找赵珍珠，倒是很想告诉他她的去向，只可惜她也爱莫能助："我不知道。早上她接了一个电话后就走了。"

董经理身边站着人事部的一个女孩，听到他们的对话，插话进来："我知道，我早上抱道具来的时候，看到她上了一个男人的车。那个男人好面熟，我总觉得在哪里见到过。对了，我想起来了，是在网上之前很火的一个婚礼视频里，周……青盟？我不知道自己记错没有。"

此时，众人一阵骚动，对迟到的一对嘉宾惊为天人。

"没错，是他。"方蓝调望着门口，盛装的赵珍珠此时挽着的男人不是周青盟又是谁？他贪婪地看着她，像要把她的样子刻到心里。

赵珍珠和周青盟姗姗来迟，拿着李氏集团的请柬到了庆功会会场。

周青盟瘦回清俊的模样，对赵珍珠的态度也不再是以往那般敌意深重，从他看她的目光就知道，这个男人会不惜一切去保护这个女人。

今天上午，李多乐打电话让赵珍珠下来，车里等着的人是周青盟。李多乐在电话里说："青盟得知你的近况，很愿意来帮忙，凉美也同意了。我预祝你在晚上的宴会上能逼出方蓝调的真心话。也想请你帮个忙，宴会结束后，司机会准备一些打包的美食，都是珊珊爱吃的，你提回去给珊珊。如果她问，你就说是宴会上剩下的。如果她爱吃，以后我就多办些宴会找理由邀请你参加。"

赵珍珠坐上车，周青盟先开口说话："我先带你去选宴会上穿的衣服和首饰吧。"

如果不是这一切真的发生了，赵珍珠穷尽想象也想不到这会是他们之间最后的结局。不再有伤害，不再有怀念，只剩下君子之交。

周青盟陪她逛了一天。她觉得很满意的衣服，他却觉得还不够动人，说是一定要选中惊艳四方的华服。

"这必须是你最美的一夜。"他蹲下身，认真地为她整理裙摆，身后的服装店导购小姐羡慕得眼冒桃心。然而他们的对话却让人有些困惑。

他教她如何应对晚上："今晚，你不要对他笑，也不要看他。他对你冷漠，你就对他更冷漠……"

赵珍珠回味着他说的话，越想越觉得有道理，却不知道他怎么会这些应对技巧，便问："你是怎么知道这些的？"

周青盟手上的动作停了停，稍后答道："我为此难受过，所以我知道。"

买完衣服，他再带她去美发沙龙做造型，后来又去了一家SPA馆做身体护理。她从头到脚的每一寸都经过细致的打磨，焕发出新的光彩。女人的事很麻烦，但他陪着她甘之如饴。

他就像是一个撑船人，载着她去往幸福的彼岸。也许是百年修得同船渡，只有同船渡。

中午和晚上，赵珍珠都注意到周青盟有按时服药。其间，凉美一直没有来过电话，对独自去见赵珍珠的他很是信赖。

可对于方蓝调来说，周青盟现在出现在这里就像一颗重磅炸弹。他离开了赵珍珠，然后周青盟又来了？那许渊怎么办？

而且，她今晚美极了，希腊式单肩长裙传递着古典的浪漫。所有人的目光都在她的身上，似蜜蜂嗅着蔷薇。多少青年才俊想一亲芳泽，却碍于她身边柔情相伴的周青盟。

Natalie陪在方蓝调的身边，感觉庆幸无比："Bruce，这下你总可以放心离开了吧？你看，她过得很好，比你要好得多。"因为她的这句话，方蓝调再也无法继续假装无所谓。

他想要一个答案，否则他不能安心离开。

决心已下，他朝她走去。在他走过去的这一路上，不断有人向他敬酒道喜，睿思突破桎梏旗开得胜是他的杰作，大家再次见识到他惊人的实力，都有心与他结交。

一路上，方蓝调都沉默地拒绝，那些人疑惑不解地看着他到底要去哪里，然后就看到他来到赵珍珠的身边，拖着她去露台，然后关上玻璃门，拉上窗帘，隔绝了所有人探询的目光。

"你和他是怎么回事？"问完，他就屏息等待她的答案，说不清是为了许渊多一点，还是为了自己多一点。

他必须承认，看见她挽着别的男人的手臂光芒四射，他比任何时刻都要难受。

赵珍珠谨记周青盟今天教她的，比方蓝调更为冷漠，淡淡地回答："他恢复记忆了，然后又找到我，就是这么回事。方总监，如果没什么事，我想回到宴会上，他的精神状态不好，我不放心把他一个人留在宴会上。"

她侧身错过他，正打算拉开窗帘与玻璃门，却被他拉到怀里。他冲动之下抱着她的手一僵，似要理智地松开，结果却不理智地抱得更紧。

他的气息铺天盖地淹没了她，是海洋的味道。可他却不能给她海阔凭鱼跃式的爱情。

"你这么快就忘了我吗？是啊，你和周青盟曾经那么相爱，我比不过他。"明天，他就要走了，她却带给他这么震撼的一个消息。方蓝调很矛盾，也很痛苦。让她忘记他不是他一直都希望的事吗？可为什么当这一天真正到来的时候，他却痛苦得不能自已呢？

"你不是希望我忘了你吗？因为许渊，你不能跟我在一起。"她的声音哽咽。

听到许渊的名字，方蓝调马上回过神，松开手，退到露台上离她最远的地方。她就像是灼热的太阳，他若拥抱将万劫不复。

风吻着赵珍珠脸上的泪珠。

他还是不会改变，只要一提到许渊，他就会一味地逃避。

这时，周青盟打开门，跟到露台上："我不放心你，所以来看看。"他像是没看到方蓝调一般，搂着赵珍珠的肩膀，感觉她的肌肤冰凉，又关切地说道，"外面风大，我们还是进里面去吧。"

方蓝调眼看着她要跟他离开，失声喊道："等等。"可赵珍珠转头看他时，他却又不知该说些什么。他只是单纯地不希望她跟别人走，"不要走好吗？陪我看看星星。"

赵珍珠抬头望着漆黑的夜空。

"今夜雾大，看不到星星。"周青盟代她拒绝。

"那我们吹吹风。"

"她会感冒的。"周青盟还是拒绝。

方蓝调不由得恼怒："你是她的什么人，你有资格代替她发表意见吗？"

"我有没有资格我不知道，但我很清楚，放弃她的你是绝对没有资格的。"见方蓝调还是冥顽不灵，周青盟忍不住走过去，揪起他的衣领，怒吼道，"你不是明天就要走了吗？临走之前，又何必假惺惺地温柔，想让她继续对你念念不忘吗？你要是真的爱她，要么果断放手，要么果断牵手。我可以告诉你，我很后悔当初放开她的手，以至于这一辈子都失去了她。而你呢？也要在后半生追悔莫及吗？"

他松开手，方蓝调失去重心倒在地上。

"你们在干什么？"Natalie一打开门就看到这一幕，冲过去把方蓝调扶起来，直接指责赵珍珠，"在我眼里，你本来就配不上Bruce，还有脸继续缠着他不放？"

赵珍珠看到她手上的戒指，今夜的梦仿佛一下子醒过来。

"我们走吧。"她失落地对周青盟说，而他却岿然不动。

他还在为她加油打气，尽管这些话言不由衷，甚至是他自己想挖个坑埋起来的，可他仍必须说："珍珠，你不可能再追到英国去了，这是你最后的机会。我今天会来这里，不是为了看你祝福别人幸福，而是希望你能获得幸福。否则，这辈子这么长，你让我如何心安？"

泪水涌出他的眼眶，他催促她再试一次，尽管告白再动人，也是说给别的男人听。

她真的很听他的话，逼自己继续留在这里，看着金童玉女一般的方蓝调和Natalie，淡淡一笑，稀释了自己的恐惧，最后孤注一掷："如果说句我爱你便可以挽回你，我愿意从此像一只鹦鹉一样只会重复说这三个字。可我知道，我们之间缺少的不是爱情，而是决心，排除万难都要在一起天荒地老的决心。在周青盟或者许渊面前，因为背负着沉重的过去，我从来没有这种决心。可是在你面前，我没有秘密，也没有恐惧，我可以坦然地爱你。如果你不相信，我会等到许渊出狱的那一天，在十三年以后，向你证明我始终如一。"

周青盟听她说完，轻轻地拍了拍她的背。

而方蓝调一直沉默着，他就像困在浅滩的鱼，微张着嘴唇，无力地呼吸。

等了许久都没有回音，周青盟忍不住问："方蓝调，你到底什么意思？"

"我……"方蓝调的嘴唇微微颤抖，他多么想答应她，却靠着最后一丝理智断然拒绝，"对不起。我只能祝你幸福，无论对方是Del，还是周青盟，又或者是其他人，但永远都不会是我。"他长身玉立，仍旧坚持着自己的决定。

"我们走！"见挽回无望，周青盟果断拉着赵珍珠离开，不愿让她再在人前受一丝委屈。

赵珍珠任凭他拉着自己，离开会场。

05 把你的幸福还给你

夜，周青盟带着赵珍珠像无头苍蝇一样在长街上乱窜。他比她愤怒，比她无助，比她难过，可是却没有任何办法，就像眼睁睁看着一艘巨轮在下沉。

不远处的公园有一座旋转木马，是专门吸引附近小区的小孩来玩的。夜渐渐深了，管理员已经关闭了旋转木马的电源，正准备关闭灯光。

一只手拦住了他。

"对不起，先生，已经停止营业了。"管理员抬头看见周青盟，顺着他的眼神看到正望着木马发呆的赵珍珠。

"价钱随便你开。"周青盟递给他一张银行卡。

管理员摇头："对不起，我这里不能刷卡。"

"那要多少？"周青盟翻翻钱包，没剩下多少现金，就干脆摘下手表递过去。

然后，他回到赵珍珠身边，扶她爬上一匹木马，拍拍她的头，说："凡事有我。"

他给不了她爱，只可以永远关心照顾她，也许历经岁月以后，将沉淀为亲情。

木马转了一夜，赵珍珠不知不觉抱着马脖子睡着了。

是晨练老人的广播惊醒了她。她揉揉眼睛，不知周青盟何时已经离开。管理员一直守在旁边，见她醒了，连忙把早餐递给她："是你朋友留下的，他刚走不久，叮嘱我等你醒过来，告诉你让你等他的消息，他还没有放弃。"

与此同时，清晨的机场并不宁静。Natalie看着憔悴的方蓝调靠着椅背闭上眼睛，昨夜该又是一夜未眠。

"我去帮你买杯咖啡。"她柔声道。

他点了点头，眼睛一直懒得睁开。

可当Natalie回来时，方蓝调已经不在了。

清晨赶飞机的人不多，她一连问了好几个人都没注意到方蓝调去哪儿了，只有一个年轻女孩摘下耳机，说："我好像看到有个男人过来，扶着他走了。"她形容

228

了一下男人的身高和长相，Natalie一下子就想到了周青盟。

一辆白色轿车在高速公路上疾驶。

后座的方蓝调悠悠转醒。他只记得自己在机场闭目养神时，被一拳猝不及防打晕了，当他醒来时就在这里了。

开车的人是周青盟，方向是陆城监狱。

方蓝调起身去夺周青盟的方向盘，却差点撞上前面的一辆货车。一阵惊魂后，他停下来，说："没用的。我知道许渊会说什么，可是我已经决定了。周青盟，你不是也爱她吗？可你不也是必须放弃她吗？人生，又哪由得自己的心来做主？"

这句话戳到了周青盟的痛处，他没有回答。

他只希望方蓝调在见到许渊后能够改变想法。

再见许渊，果然如赵珍珠说的那样，他简直把自己糟蹋得不成样子了。

脚已经取下了石膏，走路一跛一跛的。没想到，就算是这样，他也没能把方蓝调骗来，而是由周青盟挟持过来的。

"谢谢。"许渊对周青盟道了一声谢，从未想过两个人有朝一日会站在同一个立场，为了同一个心爱的女人而坚持不懈地努力。

再看向方蓝调，昔日的友情荡然无存："你终于来了。你知道吗？如果可以，我真的很想揍你一顿。如果你真的是我的朋友，又怎么会不了解我会怎么做？怎么舍得在我和周青盟之后继续伤害她？"

方蓝调的脸上是一副麻木不仁的表情："不管你怎么说，我都不会改变决定的。我始终无法心安理得地和她在一起。如果你没有其他话要说，抱歉，我还要赶飞机。"

"难道我就可以心安理得地和她在一起吗？我告诉你，今生今世我都不会和赵珍珠在一起。如果今生今世还不足以打消你的顾虑，那来生来世，三生三世我发誓都不会和她在一起！"

只为让方蓝调放心，许渊便立下此誓，永生永世一个人孤独。

"Del……"方蓝调不禁动容，"可我还是不可以……"

话还没说完，方蓝调就眼睁睁地看着许渊挪动着双腿，单腿跪下，另一只行动不便的腿微微一曲，也要跪下。这还是他人生中第一次下跪求人。

"你在干什么！你疯了吗？"在英国时，许渊是一个多么骄傲的人。他是方蓝调的良师、益友，甚至是偶像。如果不是他，根本就不会有今天的方蓝调。

方蓝调用力扶着他，可他却纹丝不动，仍旧跪着，仰着一张坚决的脸。

　　"我说过，我会不惜一切，把她的幸福还给她。"

　　周青盟在他身边，心有戚戚。

　　谁能想到，他们两人之于赵珍珠，一个是发誓要禁锢她一辈子的，一个是她以为可以白头到老的，却都不是她最后停靠的港湾，而只是美丽的驿站，含笑送她去往方蓝调的世界。

　　爱非占有，而是成全，是守护，是奉献，是以一生的温柔，换你一世的幸福。

　　天空下起了太阳雨。这是最温暖的雨水。

　　公园里的赵珍珠伸出手，接住的雨滴浸湿了她干燥的掌纹。

　　忽然，一把伞在她的头顶上空出现。

　　"他还是走了吧？"赵珍珠没有回头，只以为是周青盟回来了，努力装成无所谓地笑道，"没关系的。一个人的幸福并不一定与爱情有关，有你们这样一群无条件支持我的朋友，我感觉很幸福。"说着最后两个字"幸福"的同时，她翩然转身，在看见来人的瞬间石化了。

　　面前的方蓝调撑着一把伞，伞的外面是黑色，里面却是蓝天白云。

　　没有多余的语言，也没有多余的解释，他出现在这里，已是最好的答案。

　　"走吧，回家。"他一手撑着伞，一手握住她的手，用力地十指交扣，就此牵定一生。

终曲：归宿

我是方蓝调，是你最后的归宿。

两年后，陆城的首间分子料理店开张，不少饕餮食客怀着好奇的心情前来品尝。

"鱼子酱是哈密瓜味的？"

"这蛋黄好逼真，居然是芒果。"

"这泡沫是番茄鸡蛋的味道。"

······

惊呼声此起彼伏，分子料理完全颠覆了人们对美食的认识。

食客当中，最显眼的当属两对了。

一对像是父亲和女儿，男人的大手牵着蹒跚的小女孩的小手，小女孩的头发很长，扎着两条小辫子，可惜辫子编得不好看，不过这已是这位像父亲的男人最高的水准了。因为座位太高，小女孩爬不上去，男人便把她抱在怀里坐着，给她念菜单，小女孩听得口水直流。

"我要吃那个！"小女孩指着旁边桌上冒着冷气的冰激凌。她刚刚亲眼看着服务员在一个容器里倒一种奇怪的液体，瞬间容器周围白雾缭绕，就好像变魔术一样，然后容器里碗装着的芒果汁一下子就冻成了芒果冰激凌。

"这是液氮冰激凌，需要来一份吗？"服务员把变魔术的器具搬到他们这一桌，男人把小女孩抱到靠里的位置，还用手把她的脸遮住，只张开一条指缝，露出她圆圆的眼睛。

男人叮嘱服务员："小心，别让冷气喷到她脸上。"

"好！小姑娘要看清楚哦，因为芒果汁一下子就会被冻住哦！"

服务员神秘地眨眨眼睛，一边搅拌着芒果汁，一边在容器里缓缓地倒入液氮，白雾升起。小女孩想伸手去抓白雾，却被男人抓住她挥舞的小手，生怕她被冻伤。

片刻后，服务员笑眯眯地给小女孩盛上一碗冰激凌。

小女孩忍不住鼓掌，兴奋地对男人说："哇，胡叔叔，他们好厉害啊。"她迫不及待地尝了一口冰激凌，发出一声满足的声音。忽然又像是想起什么，转头认真地对男人说，"胡叔叔，以后你不可以偷偷哭哦，不然我就去学这种魔法，见到你的眼泪就把它冻成小冰珠。"

男人拍拍小女孩的头，宠溺地同意："好的。"

"胡叔叔真乖。"小女孩舀了一勺芒果冰激凌，喂到男人嘴里。

男人正是胡珀。小女孩是邵凡安，姓邵不姓楚。因为邵曦晨终于如愿离了婚，离开了楚家金碧辉煌的牢笼。不过，她却没有机会享受可贵的自由。

当她看到张妈缠绵病榻，胡珀无助而痛苦的样子，就悄悄去做了血型测试，结果是匹配的。她请医生帮忙瞒着胡珀，捐肝给了张妈。医生嘱咐她只要注意休息，好好调养，手术对身体的影响不大。可是，出院后的她回到楚家，没有受到任何关爱，楚母埋怨她悄无声息地消失了数天，楚峥嵘还讽刺她是不是闹离婚离家出走到头来却发现还是离不开楚家的钱。她身心俱疲，却无人能诉，不久就一病不起。

如果不是楚峥嵘拿着身体检验报告来问胡珀，胡珀只怕永远会被蒙在鼓里。

明玉轩相当缺钱，再没有现金周转就会关门倒闭。楚峥嵘开口闭口都是钱："我女人救了你妈，你是不是多少得拿出一点感谢费来？她说是无偿捐赠不算数，可她嫁进楚家就是我楚家的人。"

"她在哪里？她在哪里！"胡珀的眼珠子瞪得都快要爆出来，骇人的样子吓得楚峥嵘有问必答。

当胡珀来到邵曦晨的病房看她时，她已经憔悴得失去了所有的颜色，就像一朵抽去了水分的干花，皱巴巴的。

她看见胡珀时，用手遮着自己的脸，低声重复着同一句话："不要看我。不要看我。"

他拉开她的手，凝视她干瘪的容颜，眼睛里仍充满了惊艳，就像年少时每一次相见，他都会为之心动："你为什么要这么做？"

"我是个坏女人，这是我唯一能做的一件好事了。"

"瑶华……"他终于再次呼唤她这个纯真的名字，令她流下滚烫的泪水，"我帮你和楚峥嵘离婚好吗？"

"可是离了婚，凡安就会彻底离开我了。"

"我会有办法的。楚峥嵘现在只认钱。"

胡珀卖掉了西月街的房子，那房子买得早，现在也已确定附近要修地铁，一所名小学也要在附近开办分校，房价陡增。再加上他之前中彩票剩下的钱，足以让楚峥嵘闭嘴点头。

他再次变回一无所有的胡珀，可是这一次，他很满足，因为邵曦晨安然地睡在他的臂弯里，昏昏沉沉地听他说着他们以后的生活。

"等我们把凡安从香港接回来，我们就去登记结婚，我会把凡安当成自己的女儿一样宠爱的。"

凡安回来的那天，邵曦晨的身体状况已十分糟糕。她在听到凡安奶声奶气地叫了一声"妈妈"后才勉力睁开眼睛，看到了朝思暮想的凡安，却连抱一抱的力气都没有。

"胡先生，你们还要登记吗？"民政局的工作人员问。原来是民政局收到胡珀的申请，知道病人无法前往民政局办理手续，特意派工作人员来了医院。

胡珀果断地点头。

可是，邵曦晨的手压着结婚登记的纸，只颤巍巍地签了一个"邵"字就松开了笔。

她离开时，嘴角带着幸福的微笑。

今生，她都不能成为他的妻子了。

餐厅里另一对显眼的人是一对夫妻，男人英俊帅气，女人甜美可爱。女人一口气点了菜单上大半的食物，服务员谨慎地建议道："两位，这么多可能吃不完。"男人笑着说："把她点的都端上来。放心，她很能吃。"

服务员看着男人迷人的笑容，心里一阵小鹿乱撞，转身时差点跌倒。

邱珊珊伸出手，扯着他的脸颊，扯出一个非常丑的鬼脸，建议道："李多乐，你去韩国整个容可不可以？尤其是那双桃花眼，好看得特别讨厌。"

"没问题。"意外的是李多乐爽快地答应了她，还马上打电话给自己的男秘书，吩咐他订两张明天去首尔的机票，预约一下最有名的整容医生。

"别别别。"邱珊珊慌忙抢过他的手机，对电话那头的男秘书说："没事了，他开玩笑的。"

男秘书在电话那边点头如捣蒜："李太太，李老板常在我面前夸你，说你眼睛像葡萄，嘴唇像樱桃，脸蛋像苹果，身材像葫芦，世界上没有任何一个女人比你更加秀色可餐了。"

"好了好了，不要每时每刻都帮你老板说好话。"

"真的真的。"男秘书恨不得把心都剖开给她看。谁让合同里明文写了一条工作职责是监督老板只做让老板娘开心的事呢。

李多乐和邱珊珊能够重归于好，全都归功于他们的小机灵鬼。产后三个月，邱珊珊就找到了工作，上班赚奶粉钱，请了保姆在家看孩子。初入职场的她感觉特别好，什么事都顺风顺水，拉着赵珍珠庆功时说："原来当女强人的感觉这么好。你不知道，我上司谈不下来的生意，我一出马立马能成。"

赵珍珠偷偷翻白眼，能不成吗？你谈的客户李多乐都率先谈过了，还应允下诸多好处。而且当邱珊珊有事请假时，上司也都会痛快地批假，原因是李多乐刚知道她在哪里上班就不动声色把公司给收购了。还有她家的保姆也被李多乐收买了，老给李多乐通风报信，邱珊珊一出门上班，李多乐就来当奶爸，反复教小孩叫爸爸。当邱珊珊听到小孩会说话时说出的第一个词是爸爸时，如五雷轰顶，她从来都没教过他说爸爸，他怎么就会了呢？而且，小孩大哭大闹时喊爸爸也喊得最厉害。

一夜，小孩发高烧，不肯打针，一个劲地喊爸爸。邱珊珊只能打电话给李多乐。凡事有了第一次就有第二次，当小孩连吃饭都喊爸爸时，邱珊珊也就只能乖乖地缴械投降了。

不过更重要的一个原因是，邵曦晨在病重时写了一封信给邱珊珊："珊珊，他一直喊着你的名字，清醒时，或是睡梦中，他都只爱你一个。我以前很嫉妒你，可是我现在不羡慕你了，因为我知道，有一个人也是这样对我的，只是我以前没有意识到一份珍贵的感情胜过世间万事万物。"

分子美食料理店大获成功，每日宾客盈门，店外大排长龙。在节假日，甚至要提前半个月预约才能有座位。

不过，客人再多，餐厅每晚十点都会准时打烊。

十点后的厨房，只剩下老板和老板娘，老板娘常会在这个时候试验新菜，而老板就是首席实验对象。

"尝尝这个。"赵珍珠用手指蘸了一点粉红色的泡沫，方蓝调吸吮着她的指尖，一下子辣得满头大汗。

"哈哈哈……"赵珍珠笑个不停。

"以后小孩子不敢吃青椒或者茄子的话，你很容易骗过他呢。"

"不好吗？营养均衡。"赵珍珠很得意地晃晃手里的搅拌器，一时没拿稳，差点砸到隆起的肚子，好在方蓝调快速地接住了。

"小心，别伤着培渊。"念到培渊这两个字的时候，他的声音很轻，很柔，就像是怕惊动了肚子里的小天使。

赵珍珠撇撇嘴："培渊哪会这么脆弱的。你天天逼我看各类体育节目，攀岩、皮划艇、高尔夫！你知道对于一个不能跑跑跳跳的孕妇来说，看着别人动来动去有多难受吗？"

"这是胎教啊。以后我教培渊这些运动的时候，他才能很快地学会啊。我会像Del当初教我这些一样，耐心地教培渊。"

方蓝调很自然地谈起许渊，赵珍珠也很自然地接过话题："当初许渊教你这些运动的时候，有没有说过你学得很慢？对于你这种笨学生，他曾经相当头疼呢。"

"培渊肯定会像Del一样聪明的。"对于这一点，方蓝调深信不疑。

"但愿，不会像他那样波折。"

赵珍珠想起许渊的一生，躲进方蓝调的怀里，感受到他身体的真实温暖，不是梦境，也不是幻觉。他是真真切切地陪在她的身边。

方蓝调知道她有点害怕，于是握住她的手，传递着丝丝力量。

"今天研发的新菜取好名了吗？"

"取好了。它的名字是归宿。你还记得你说过的话吗？'我是方蓝调，是你最后的归宿。'我的小半生颠沛流离，徘徊在一线之隔的幸福和痛苦之中，我虽然以为自己必定孤独终老，可内心深处仍渴望有一个陪自己到老的人，有一个避风的港湾，有一个温馨的家。然后，你出现了……"

方蓝调吻住她，不让她继续说下去。

承载了这么多人的付出与希望，他们必须要幸福。

后记

最后，我们不一定成为我们想成为的人

方蓝调的出现，成全了我所有的梦想。

我大学读的是广告学，高三的时候就想当广告人。那时候，连我的数学老师都知道我的志愿，常常在上课时说："让我们请广告人来回答这个问题。"我就真的理直气壮地站起来。那时候我真的以为自己以后肯定会是个广告人，并为这么早就确定了人生理想而沾沾自喜。

我真的很喜欢广告，可以反复看同一个广告，并且特别高兴现在的电视剧中间插播好多好多广告。别人按遥控器，一般是看广告就换台，而我则是看到电视剧就换台，看到广告就停下来认真看。

高考填志愿的时候，我填的都是传媒专业相对有名的高校，也如愿被录取了。我记得新生会上我就在所有同学面前激动地说了一句特别傻的话："我喜欢广告，我太喜欢广告了。"以至于那一级的广告系学生都特别记得我这个傻妞。

大学四年我的确过得很充实。为了完成广告摄影作业，在校园里搭讪帅哥美女给我们当广告模特。广告写作课的作业是围绕一个护肤品品牌的新产品写一百句广告语，当时写得整个人都快废掉了。人生中第一次进酒吧是因为品牌营销课的作业是找一个酒吧写出营销方案。和小伙伴们一起去借老师高大上的录音室给广播广告配音，大家也一直笑场。我们寝室所有人一起合作的公益广告入围了一个全国大赛的复赛，大家一起在寝室里夜谈时还在想穿什么衣服去北京领奖，结果佳作奖根本就不颁奖。艳阳天站在马路边发调研问卷，从此养成了别人找我做问卷我能做就尽量做的习惯。广告法的课程拿了高分，于是老师点我的名说："这个同学做得不错，站起来让大家看一下。"结果那堂课我刚好没去……

我一直都不后悔自己选择了这个专业，即便后来我没能从事广告业，因为就业过程中一直存在专业不对口的问题。这四年真的太好玩了，我们什么都要学，要有经济头脑，所以要和经济系的学生一样学经济学；要有审美格调，所以要和艺术系的学生一样学美术和艺术鉴赏；要有文字功底，所以要和中文系的学生一样学文字写作；要有动手能力，所以要和新闻系的学生一样学摄影和图文编辑……

我总是敬佩那些投身广告的人和他们做出的有趣的广告。一个小孩拿出一块奥利奥，发现它在自己的手里变得那么小，以为是自己长高了，赶紧去量身高，其实不是他长高了，而是奥利奥推出迷你装，变小了；一个婴儿在摇篮里又哭又笑，原来是摇篮摇高时，他可以看到窗外的麦当劳，而摇篮摇低时，他就看不到了；一个小孩在自动贩卖机上买了两罐A牌可乐，放在地上，踩上去，这样才能够到B牌可乐的按钮，然后心满意足地喝着B牌可乐离开，留下地上两罐A牌可乐……

为什么这样的我依然没能成为一个广告人？

一个原因是读大学不久，老师在给我们上课时突然叹气说："其实你们学这个，就业前景并不广阔。我们这座城市，广告行业并不发达，发展得不错的只有房地产广告公司。"而我个人是不怎么喜欢房地产广告的。

于是我就想奔赴其他城市。当时全国鼎鼎大名的一家4A广告公司在全国范围内招聘实习生，我投了简历，但是却没有得到回音。我记得那个夏天，无法再继续忍受等待的折磨的我鼓起勇气打电话给那家公司，连问话的声音都是颤抖的："请问实习生的录用结果出来了吗？"对方回答："如果您没有接到通知就是没有入选。"我的泪水一下子夺眶而出，哑声说："对不起，打扰您了。"然后就匆匆挂断了电话。那时候，我很清楚地听到梦想破碎的声音，就像高楼大厦突然坍塌，钢筋断裂、水泥裂开的声音。

后来在做毕业设计的时候，我也意识到了广告行业的艰难。我们团队在开会时不是吵得特别激烈，就是沉默得令人发指。我们争吵，是因为我们不认可彼此的想法。这个创意太俗了吧！这个做法根本不会起到良好的宣传效果！这些东西写出来做出来有谁愿意看啊！我们沉默，是因为我们发现自己的大多数想法还是那样幼稚，点子还是那么普通，思维还是那么僵化。就算我们想创新，想与众不同，想打破常规，可真正执行起来才发现，我们不知道该从何做起，原来做广告是那么难。

大四毕业季，我在一家广告公司找到工作，但是因为当时有事耽搁不能马上报到，就约好一个月后再去上班。可是那家公司最后没有等我，而是录用了其他人顶替了我的职位。这是我离广告行业最近的一次，我差一点就成了广告人。

最后，我做了游戏策划、动画编剧、办公室文员，却从未做过广告。

我一直觉得这是我最大的一个遗憾。

当年教我的那个数学老师已经去世了，而他在黑板上用粉笔写下一道题，回头说"来，广告人你来答一下"的这一幕仿佛才刚刚发生。

我的大学同学已经不敢拿我当初的豪言壮语"我喜欢广告，我太喜欢广告了"来取笑我，因为他们知道说起这事我就会难过。

我们晚上在寝室卧谈的时候，大家问我想去哪里工作，我不假思索地报了一家公司的名字，后来就是那家公司拒绝了我的实习申请。

即便我成不了一个广告人，我也还是喜欢广告。别人问我读什么专业，我都会骄傲地告诉他。去超市买东西，我永远只买广告做得好的产品，就算它实际上并不怎么好用。每到一个国家旅行，我都爱拍他们的户外广告，爱和当地人讨论他们对广告的看法。只是，我从此只是一个旁观者。

生命中应该总是充满这样的不如意吧。

你曾经很想当一个演员，但是青春过去，你能怀念的只有北漂的生活。

你曾经很想当一个漫画家，但是你从来没有完整地画完过一个故事。

你曾经很喜欢一个人，以为能天长地久，以为非TA不可，可是最后，你们没有一起白头，甚至反目成仇。

所以，我写了方蓝调这个人物。

也许你们喜欢"你拥有一根仙女棒，可以把我变成你爱的模样"的周青盟，或者是"爱你至深却已缘尽"的许渊，又或者是"来我怀里懦弱"的胡珀，可是在我心里，我只爱方蓝调。

他是年轻的广告才子，创作疯狂，为人沉稳，在堵车的时候，也能心平气和地画草稿，在客户面前能自信地介绍营销方案，凡事都坚持自己的原则，只求杰作。

我真想成为他的下属，就算他把稿纸揉成一团扔到我的脸上，朝我怒吼："这是什么文案啊？你要不要重修小学语文？这是什么设计啊？你当自己是毕加索但客户以为你是神经病啊！这是什么推广方案啊？你是竞争对手派来的卧底要搞垮的公司的客户是不是……"

我想，我应该会蹲下来捡起稿纸，努力笑着说："方总监，请再给我一次机会。"

我不知道正在看这本书的你们有没有想好未来要成为什么样的人，演员也好，歌手也好，画家也好，厨师也好，宇航员也好，我都希望你们能够尽力去做。

广告人李奥贝纳先生说："伸手摘星，即使徒劳无功，亦不致满手污泥。可能听起来有些天真，但这个世界真该多一点这样的浪漫。"

请坚持梦想，让世界多一点浪漫。